Sylke Tannhäuser

Heidetod

Ruhrkrimi-Verlag

Bibliografische Information der Deutschen Nationalbibliothek:
Die Deutsche Nationalbibliothek verzeichnet diese Publikation in der Deutschen Nationalbibliografie; detaillierte bibliografische Daten sind im Internet über http://dnb.dnb.de abrufbar.

Taschenbuch: **ISBN 978-3-947848-78-2**
e-Book: ISBN 978-3-947848-73-7

Originalausgabe /06/2023

Titelfoto: © Verein Dübener Heide e. V.

Alle Personen, Namen und Ereignisse sind frei erfunden. Ähnlichkeiten mit realen Personen, Namen und Ereignissen sind zufällig und nicht beabsichtigt.

https://www.ruhrkrimi.de

Sylke Tannhäuser wurde in Leipzig geboren, wuchs in Zittau auf und kehrte nach dem Abitur nach Leipzig zurück. Die studierte Betriebs- und Verwaltungswirtin lebt in Leipzig und Löbnitz. Sie betreibt eine Schreibschule und hat zahlreiche Kurzgeschichten und Romane veröffentlicht.

Eins

Vampire, dachte Mariella. Saugen einen aus, bis man keine Energie mehr hat. Loriana Teziano war so ein menschlicher Vampir. Mariella hier, Mariella da – Lores Geplapper brachte sie dazu, die Stirn zu runzeln. Sie hatte ihr untersagt, ohne Grund in der kleinen Apotheke im Erdgeschoss ihres Wohnhauses aufzutauchen und sie von der Arbeit abzuhalten, doch Lore hielt sich nur selten daran. Wie sie auch alle anderen Bedingungen ignorierte, unter denen sie ihr das Mansardenzimmer unter dem Dach vermietet hatte. Sie reinigte die Treppe nicht, stapelte Taschen und Schuhe im Eingangsbereich, und freitags wummerten die Bässe ihrer Lieblingsmusik durch das Haus. Nicht zum ersten Mal erwog Mariella, dem jungen Mädchen den Mietvertrag zu kündigen, aber sie brauchte das Geld. Die Apotheke warf nicht genug ab, um davon zu leben, also musste sie sich arrangieren. Vielleicht würde sie als Angestellte in einer anderen Stadt mehr verdienen, wäre da nicht das Erbe, dem sie sich verpflichtet fühlte. Sie führte das Geschäft in fünfter Generation, das bedeutete eine ganze Menge. Für sie in erster Linie Verpflichtung, aber für die Sabnitzer Dörfler war die Apotheke eine Institution, an die sie sich gewöhnt hatten. Wie man an einem alten Brauch hängt.

Donnergrollen unterbrach ihre Gedanken, und ein Krachen, als würde sich die Erde spalten, ließ das alte Haus erbeben.

»Mamma mia.« Lore bekreuzigte sich.

»Der Sturm wird stärker.« Mariella trat ans Fenster und starrte in das Dunkel auf dem menschenleeren Anger, der jetzt zu einem kleinen See geworden war, in den ohne Unterlass dicke Tropfen platschten, die im Laternenlicht schimmerten wie Glasperlen.

Eine feuchte Nase stieß gegen ihre Hand, und sie wandte den

Blick nach unten. Juan, ihr treuer Freund, ein Mischlingsrüde mit Schlappohren und einem Fell, das die Farbe von Stroh hatte. Er wedelte mit dem Schwanz und schaute sie mit schräg gelegtem Kopf an.

»Morgen«, vertröstete sie ihn. Sie hoffte, das Gewitter wäre dann vorbei. Als hätte der Hund sie verstanden, verkroch er sich in den Korb neben der Theke, das rechte Ohr hoch aufgerichtet, das linke nach unten geknickt. Mariella lächelte gerührt.

»Papa mag Antonio nicht«, setzte Lore das Gespräch fort. »Weil er Pizzabäcker ist und nichts von Eis versteht.«

Signore Teziano besaß mehrere Eisdielen, eine davon mitten im Dorf.

»Seit wann kümmert es dich, was dein Vater sagt?«

»Ich will nur Frieden. *La famiglia* ist uns heilig, das weißt du doch.«

»Natürlich.« Mariella erwog, Lore daran zu erinnern, weshalb sie nicht in der pompösen Villa der Tezianos wohnte, sondern in einem kleinen Zimmerchen mit undichten Fenstern, doch sie ließ es sein. »Ich mache mir einen Tee. Möchtest du auch eine Tasse?«

»Nur, wenn du nicht wieder Schafgarbe mit Kümmel und Zitrone mischst.«

»Kreuzkümmel und Limette«, berichtigte Mariella, während sie in der angrenzenden Kochnische zu hantieren begann. Der kräftige Geruch nach einer Sommerwiese durchzog den Verkaufsraum.

»Was ist das?«, fragte Lore mit hochgezogenen Augenbrauen, als sie eine der Tassen entgegennahm.

»Heuaufguss mit Himbeeren, gut für die Nerven.«

»Als ob ich so etwas nötig hätte.« Lore kostete. »Papa will mich zu meinem Onkel nach Palermo schicken. Ich weiß genau, was er vorhat. Onkel Matteo hat viele Freunde, und jeder davon hat mindestens einen Sohn. Er will mich verkuppeln, doch da spiele ich nicht mit.«

»Palermo? Das ist die Hochburg der Cosa Nostra.«

Lore strich sich eine ihrer widerspenstigen schwarzen Locken hinters Ohr. »Wen interessiert das schon. Hast du mir überhaupt zugehört? Ich soll verschachert werden wie eine Leibeigene.«

»So schlimm wird es schon nicht werden.«

Lore verzog den Mund. »Das sagst du. Ich bleibe hier, Deutschland ist meine Heimat, basta. Hier fühle mich hier sehr wohl, außerdem kann ich dich nicht allein lassen, du schuftest dich sonst zu Tode. Jemand muss auf dich aufpassen.«

»Ich habe Juan.«

»Einen Hund.« Lore rümpfte die Nase. »Weißt du, was du brauchst? Einen Mann.«

Mariella wandte sich ab, um die Tassen zu spülen. Ihre letzte Beziehung war drei Jahre her, und längst war sie bereit für eine neue Liebe, aber wo sollte sie die finden? In Gedanken ging sie die jungen Männer des Dorfes durch: Anton, den Fleischergesellen. Mark, mit dem sie zur Schule gegangen war. Heiner Valk, der vor einem Jahr als neuer Erzieher im Kindergarten angefangen hatte. Keiner reizte sie.

Lore räusperte sich. »Antonio hat mich gefragt, ob ich ihn heiraten will.«

»Du bist bestimmt glücklich darüber.«

»Klar«, sagte Lore zögernd.

Mariella zog die Brauen hoch. »Ich denke, du liebst ihn?«

Der nächste Tag war ein Sonnabend. Wochenende. In der Nacht hatte sich der Sturm gelegt, und gleich in der Früh hatte Mariella einen Rundgang um das Haus gemacht. Erleichtert hatte sie festgestellt, dass das alte Ziegeldach unbeschädigt geblieben war. Sie hatte die grünen Fensterläden abgewischt und das überschüssige Wasser aus den Blumenkübeln geschöpft. Auch um die vom Sturm gebeutelten Pflanzen hatte sie sich gekümmert, geknickte Stängel abgezupft, abgefallene Blütenblätter zusammengekehrt. Vor allem die Pelargonien waren arg mitgenommen, doch sie würden sich wieder erholen.

Nun saß sie am Frühstückstisch und kaute an einem Marmeladenbrötchen. Der Mitteldeutsche Rundfunksender berichtete von zahlreichen Schäden; ganze Ortschaften waren von der Außenwelt abgeschnitten. Bad Düben, Laußig, Zschepplin und mehrere Flecken, die zu Eilenburg gehörten. Auch in Sabnitz hatte das Unwetter seine Spuren hinterlassen, doch wenigstens war die Stromversorgung gesichert, und auch die Straßen waren befahrbar.

»Gute Aussichten.« Mariella kraulte Juan den Rücken und beeilte sich, ihr Frühstück zu beenden und nach draußen zu kommen.

Als sie die Haustür öffnete, fuhr der Wind in den Flur. Juan zerrte an der Leine und kläffte. Irgendwo im Dorf antwortete ein anderer Hund, ansonsten herrschte Stille. Als ob sich der Ort erst von der Nacht erholen müsste, dachte Mariella. Anscheinend hatten die meisten Sabnitzer noch nicht begonnen, ihre Häuser und Grundstücke auf Sturmschäden hin zu begutachten und sie zu beseitigen, denn sonst wäre mit Sicherheit das Geknatter von Motorsägen und ähnlichen Gerätschaften zu hören.

Mariella beschloss, zu den Ausläufern der Dübener Heide zu wandern, die gleich hinter dem Dorf begannen. Seit jeher war das ihr Lieblingsziel, wenn sie mit Juan unterwegs war. Sie mochte das Gebiet, das jedermann kurz Heide nannte, obwohl sich ein Außenstehender darunter eher eine Ebene mit Erikapflanzen vorstellen würde, statt einen ausgedehnten Wald. Sie mochte auch die Bäume, die sich wie Zeugen der Vergangenheit in den Himmel reckten und ihr das Gefühl gaben, in einem beschützten Tal zu leben. Das Gesicht in die Sonne gereckt, schritt sie flott aus. Immer wieder musste sie aufpassen, dass sie auf dem schmalen Pfad, der von Sabnitz zum Wald führte, in keine Pfütze trat, aber nach einem Marsch von zwanzig Minuten hatte sie den Saum des Waldes erreicht. Erst dort löste sie Juans Leine, und als hätte der nur auf eine Gelegenheit gewartet, verschwand er augenblicklich im Unterholz.

Der Orkan hatte den Wald schwer getroffen und eine Schneise in ihn geschlagen. Entwurzelte Bäume ächzten und knirschten bei jeder Luftbewegung. Es duftete nach Harz und Kiefernadeln. Fast wie zu Weihnachten, wäre da nicht auch der Geruch von feuchter Erde gewesen. Modrig und mit einer Ahnung von Verfall. Eine unheimliche Stimmung lag über allem.

Mariella hielt sich links und lief zu dem Sandweg zurück, der sich am Waldesrand entlang zog und der von Bauern und Forstarbeitern als Fahrstrecke genutzt wurde. Weit voraus blitzte Juans helles Fell durch das Gestrüpp. Vermutlich war er auf der Jagd nach Fröschen und Mäusen, von denen es hier nur so wimmelte.

Außerhalb des Schattens der Bäume roch es nach frischem Grün. Als hätte sich die Natur gewaschen. Tief atmete Mariella ein.

Unvermittelt brach Juans Bellen ab, gleich darauf hörte sie ihn winseln. Sie stürzte ihm nach und fand ihn schließlich vor einer umgestürzten Kiefer sitzend und aufgeregt mit dem Schwanz wedelnd vor. Bei ihm angekommen, hockte sie sich neben ihn und umarmte ihn. »Du hast mir ja einen Schrecken eingejagt.«

Juan schnappte nach einem Zweig und zerrte daran. Mariella lächelte, doch ihr Lächeln erstarb, als sie etwas Rundes zwischen Ästen und Gräsern erkannte. Einen Kopf, direkt unter dem Stamm. Lange schwarze Haare hatten sich in den Zweigen verfangen. Das Gesicht war von den Kiefernadeln verdeckt, aber nicht weit genug, um zu verbergen, wie verunstaltet es war. Durch ein Loch in der Wange schimmerten weiße Zähne.

Mariella stieß Juan beiseite, nestelte ihr Handy aus der Jackentasche und wählte die 112. Aus der Notrufzentrale meldete sich eine Männerstimme.

»Ich habe einen Kopf gefunden, im Wald«, stieß sie hervor. »Er liegt unweit des Forstweges hinter den Wiesen in der Nähe von Sabnitz, am Rand der Dübener Heide. Aus dem Dorf raus und dann am Waldrand entlang. Nur ich bin hier, Mariella Rabner, Ich bin aus dem Ort, aus Sabnitz.«

Der Mann versprach, die Polizei zu informieren. Bis dahin sollte sie Ruhe bewahren und nichts anfassen.

Unschlüssig schaute sie sich um. Ein Frösteln lief ihr über den Rücken, und obwohl sie sich die Arme rieb, blieb es bestehen. Erst als etwas ihr Bein berührte, war es fort. Juan. Aufgeregt wedelte er mit dem Schwanz, als wäre das hier eines ihrer Spiele. Sie tastete nach seinem Halsband, doch ihre Hände zitterten zu stark, und sie brauchte mehrere Anläufe, um den Karabiner der Leine einzuklinken.

»Guter Hund, ein ganz feiner bist du.« Wie ein Mantra murmelte sie die Worte, als sie Juan weg von dem Baum zum Weg zog.

Hier gab es keinen Schatten, und inzwischen brannte die Sonne vom Himmel herab, so dass ihr der Schweiß ausbrach. Sie müsste sich eine kühlere Stelle suchen, im Schatten. Aber Schatten, das hieße in den Wald zurück und somit in die Nähe des grusligen Fundes. Also setzte sie sich ins Gras und schaute zum Dorf. Aus der Ferne grüßten die roten Dächer der Häuser, überragt von der Spitze des Kirchturms. Die Schindeln schimmerten im Sonnenlicht, und Licht spiegelte sich auch auf dem Zifferblatt der Kirchturmuhr. Ein Hahn krähte, ein zweiter fiel ein und dann schien sich zwischen ihnen ein Wettstreit zu entspinnen. Alles wie immer, oder wenigstens wie an Tagen, die als normal durchgingen. Dieser Tag war es nicht. Nicht für Mariella. Wie gern würde sie jetzt an ihrem Küchentisch sitzen oder durch den Garten laufen. Wie gern wäre sie daheim in ihrem Haus in der Mitte des Dorfes. Das Dorf versprach Sicherheit, und Mariella schluckte, um die Tränen hinunterzuwürgen. Sie schlang die Arme um Juans Nacken und vergrub das Gesicht in seinem weichen Fell.

Eine halbe Stunde später näherte sich ein Streifenwagen. Erleichtert sprang Mariella auf, nestelte den Karabinerhaken an das Halsband des Hundes und zog Juan mit sich, dem Auto entgegen. Vor ihr stoppte der Wagen, und zwei Männer stiegen aus. Beide trugen Uniform. Keine Kripo, dachte sie und war enttäuscht. In Filmen war der Kriminalkommissar meistens der Erste, der am Ort des Verbrechens auftauchte. Aber was wusste sie schon von der Wirklichkeit der Kriminalpolizei. Bis jetzt hatte sie noch nie etwas mit ihr zu tun gehabt.

»Wir sind vom Polizeirevier Delitzsch. Oberwachtmeister Veit Hütter«, stellte sich der Größere vor. Er war bestimmt noch keine dreißig und trug die Haare streng nach hinten gekämmt. Es glänzte wie schwarzer Lack. »Sie haben den Fund eines Kopfes gemeldet?«

Mariella nickte und wies auf den Wald hinter ihr. »Dort liegt er. Unter einem Baum.«

»Der Kriminaldauerdienst ist informiert. Sie schicken jemanden her, es kann nicht lange dauern. Waren Sie in unmittelbarer Nähe des Kopfes? Haben Sie etwas angefasst?«

»Nein.«

»Am besten, Sie warten in meinem Streifenwagen.« Hütter vergewisserte sich nicht, ob sie folgte, sondern wandte sich ab. Er hielt sich wie ein Mann, der von sich und von seinem

Können überzeugt war. Mariella hätte sich nicht gewundert, wenn seine Tritte auf dem weichen Boden gedröhnt hätten, als würde er eine Asphaltstraße entlangmarschieren. Sie beschloss, den jungen Mann nicht zu mögen.

Sie lief ihm nach. »Also wird die Kriminalpolizei doch noch kommen? Weil Sie einen Mord vermuten?«

»Die übliche Vorgehensweise bei einem unklaren Todesfall wie diesem.«

Ein kalter Schauer lief Mariella über den Rücken, und sie schlang die Arme um den Leib, um sich zu wärmen. Zu Hause würde sie sich einen Tee brauen. Hopfen und Melisse – eine bewährte Mischung.

Der andere Polizist hielt ihr die Tür zum Rücksitz des Streifenwagens auf.

»Darf der Hund mit rein?«, fragte sie. »Ich möchte ihn nicht allein lassen.«

Der Polizist nickte, wartete, bis sie eingestiegen war und Juan auf ihren Schoß gezogen hatte. Dann setzte er sich neben sie. Aufmunternd lächelte er ihr zu. »Ein hübscher Kerl, der Kleine. Er hat kluge Augen.«

Hütter hatte sich auf den Fahrersitz geschoben und sich zum Fonds herumgedreht. »Wachtmeister Siebel«, sagte er zu Mariella.

»Sie steht bestimmt unter Schock«, erwiderte Siebel leise. Sein sächsischer Dialekt mit den weichen Lauten war nicht zu überhören.

Hütter zückte ein Notizbuch und einen Stift. »Name, Geburtsdatum, Wohnanschrift?«

»Sagten Sie nicht, dass die Kripo kommt?«

»Bis die Kollegen eintreffen, fange ich schon mal an.« Er trommelte mit dem Kugelschreiber auf dem Notizbuch herum.

Was für wunderbar blaue Augen er hat, dachte Mariella. Es

war ein Blau, das an Meer und an Sommer erinnerte. Unwillig schüttelte sie den Kopf. Aus der Brusttasche seines Hemdes hing eine Fliegerbrille. Der Mann sah aus wie ein Cop aus einem billigen Kinofilm.

»Also: Name, Geburtsdatum, Anschrift«, brachte sich Hütter in Erinnerung.

»Rabner, das ist mein Name. Mariella Rabner, geboren am 6. März. 1988. Mir gehört die Apotheke im Dorf. Anger 17 in Sabnitz, liegt gleich um die Ecke.« Sie reichte ihm ihren Personalausweis.

Hütter runzelte die Stirn und kniff die Lippen zusammen. »Sabnitz? Das klingt wie ein Kaff.«

»Sie stammen wohl nicht von hier, oder?«

Hütter antwortete nicht, denn Motorengeräusch kündigte Neuankömmlinge an, und er stieg aus, um ihnen entgegenzugehen.

Ein schwergewichtiger Mann mit Halbglatze quälte sich aus dem Wagen, stemmte die Hände in den Rücken und streckte sich. »Kriminalhauptkommissar Norbert Breitmann«, sagte er zu Hütter, als wäre jedes weitere Wort zu viel. »Und Sie sind?«

»Oberwachtmeister Hütter. Kollege Siebel und ich vom Delitzscher Revier waren die ersten hier, abgesehen von der Frau, die den Fund gemeldet hat. Sie sitzt im Streifenwagen.«

»Ich kümmere mich gleich um sie.«

»Reden Sie von mir?« Mariella war Hütter gefolgt. Juan schnüffelte an seinem Schuh herum.

Breitmann warf Hütter einen Blick zu, nahm Mariella am Arm und führte sie beiseite. Widerwillig ließ der Hund von Hütter ab und trabte mit.

»Sie waren es, die die Notzentrale informiert hat?«, fragte Breitmann.

Mariella nickte. »Ich habe schon alles erzählt, was ich weiß.«

»Da bin ich mir sicher, aber ich hätte es gern noch einmal von

Ihnen selbst gehört. Ich leite die Ermittlungen, deshalb.«

Mariella seufzte, dann berichtete sie, wie sie auf den Fund gestoßen war, und Breitmann hörte ihr zu, ohne sie zu unterbrechen.

Männer in weißen Schutzanzügen, die bis über den Kopf reichten, hatten die Stelle mit rot-weiß gestreiftem Band abgesperrt und untersuchten den Boden. Blätter, Rinde und Erdbrocken wurden eingesammelt, und auch der Kopf wurde in einer Schutzhülle verstaut.

»Bissspuren«, sagte einer der Männer. »Vermutlich von einem Tier.«

Breitmann hob die Stimme. »Das Gebiet wird weiträumiger abgeriegelt. Ich will, dass jedes gottverdammte Blatt und jeder Stein umgedreht werden, bis wir den Körper gefunden haben.«

Zwei

Hütter hatte Breitmann seine Hilfe angeboten. *Machen Sie sich nützlich, indem Sie Ihren Bericht schreiben.* Das waren Breitmanns Worte gewesen.

Veit Hütter stammte aus Bamberg. Eigentlich hatte er dortbleiben wollen, bei seinen Freunden und den Eltern. Aber andererseits wollte er aufsteigen, Karriere machen, und da war die Versetzung von der Bereitschaftspolizei nach Nordsachsen gerade recht gekommen. Bis er nach Delitzsch gezogen war, hatte er keine Ahnung von dem Völkchen gehabt, unter dem er nun lebte. Gemütlich und immer zu einem Schwätzchen aufgelegt waren sie, die Sachsen. Ganz anders als die Franken, die eher maulfaul waren und mit Worten geizten, wo es nur ging. Die lustige Lebensart und der ungewohnte sächsische Dialekt hatten ihm anfänglich zu schaffen gemacht, auch im Miteinander mit den Kollegen des Reviers, die gern so taten, als hätten sie die Ruhe weg. Inzwischen jedoch wusste er, wie sie tickten. So gemütlich, wie sie sich gaben, waren sie im Grunde gar nicht. Im Gegenteil, sie arbeiteten hart. Das hatte er unzählige Male erlebt und deshalb den Umzug nie bereut. Delitzsch war seine zweite Heimat geworden, und die Kollegen aus dem Revier waren seine Familie. Doch nun gab es den Kopf im Wald und damit vielleicht eine Chance für ihn, zur Kripo zu wechseln. Die Aufklärung von Todesfällen war eine ganz andere Hausnummer als die Eigentumsdelikte, mit denen er sich bisher befasst hatte.

Eine Stunde später durchkämmten Männer und Frauen den Wald. Breitmann hatte jeden Polizisten mobilisiert, der abkömmlich war. In langgezogenen Reihen liefen sie im Abstand von zwei Metern nebeneinanderher. Wortfetzen knisterten aus den Funkgeräten der Suchmannschaft.

Irgendjemand hatte Hütter einen Ganzkörperanzug samt

dünner Plastiküberzüge für die Füße und Einweghandschuhe in die Hand gedrückt. Kaum hatte er die Sachen übergezogen, bekam er einen Stecken, mit dem er in dem aufgeweichten Boden herumstocherte. Stieß er dabei auf einen Widerstand, schob er Erde und Laub beiseite. Meistens waren es Steine, die sich darunter verbargen, manchmal auch Stücke abgestorbener Bäume, von denen modriger Geruch aufstieg. Langsam kämpfte er sich den Waldrand entlang, den Blick nach unten gerichtet. Hier hatte sich der Baumbestand etwas gelichtet, und Gräser von den angrenzenden Wiesen hatten sich ausgebreitet. Dazwischen gab es Stellen, an denen Himbeerbüsche wucherten.

»Verdammt.« Hütter war an den Dornen hängengeblieben und riss sich los. Da fiel sein Blick auf eine Lücke zwischen den Sträuchern. Im Sonnenlicht schillerte etwas wie blaues Metall. Er beugte sich hinab, um es besser sehen zu können. Es war ein dicker Käfer, der sich über ein Hindernis schob. Das Ding, über das er kroch, war ein Fuß. Die Zehen ragten steil aus der Erde.

Hütter holte tief Luft. »Hier ist etwas!«, rief er zu den anderen Polizisten hinüber.

Breitmann bahnte sich zu ihm durch, zusammen mit den Kollegen des Erkennungsdienstes. »Weg da, Hütter. Wir brauchen Platz.«

Einer der Männer zückte eine Kamera und machte Fotos. Ein anderer entnahm Bodenproben, dann wurde vorsichtig das Gestrüpp zur Seite gezogen und der Körper freigelegt. Es war eine Frau, und obwohl der Leib schlammverkrustet war, konnte man sehen, dass die Leiche nackt war. Der Oberkörper wies mehrere Stichverletzungen auf, und dort, wo ihr Kopf hingehörte, befand sich eine Kuhle, darum herum Abdrücke, die von Tieren stammen mussten, von Füchsen oder von Mardern möglicherweise. Die Krallen hatten deutliche Kratzspuren in der Erde hinterlassen, auch auf der Leiche.

In Hütters Magen bildete sich ein Kloß, ein heißer Schwall stieg in ihm auf. Unter einem Baum übergab er sich ächzend.

Breitmann klopfte ihm auf die Schulter. »Machen Sie sich nichts daraus, so geht es vielen.«

Veit Hütter wischte sich mit einem Taschentuch über den Mund und nickte. In seinem Magen grummelte es.

»Ab mit Ihnen ins Büro. Schreiben Sie Ihren Bericht. Arbeit ist die beste Medizin«, sagte Breitmann und wies die übrigen Helfer an, nach dem Werkzeug zu suchen, mit dem der Toten die Wunden beigebracht worden waren.

Das Polizeirevier Delitzsch befand sich in einem Betonbau, der abgesehen von den hellen Fensterrahmen trist und schmucklos war. Hütter fand eine Lücke am äußeren Rand des Parkplatzes und stellte den Wagen ab. Bruno Siebel klemmte sich seine Tasche unter den Arm und ging voraus. Ein wenig später folgte Veit Hütter nach.

Trumm erwartete sie bereits auf dem Flur. Der Leiter des Reviers war ein drahtiger Mittvierziger mit abstehenden Ohren und mit einer runden Nickelbrille, der nur für den Job lebte. Wann immer Hütter zum Dienst kam, war er schon da. Vor einigen Jahren hatte er seine Frau verloren, bei einem Verkehrsunfall, und seitdem schien er lieber im Büro als in seiner Wohnung zu sein. Man munkelte, er würde sogar manchmal im Revier übernachten.

»Breitmann hat mich schon informiert«, sagte Trumm. »Böse Sache, so ein Mord. Die Leiche war bestimmt kein schöner Anblick. Wenn Sie darüber reden wollen, Hütter, oder wenn Sie Abstand brauchen...«

»Ich will bei den Ermittlungen helfen.«

»Natürlich, aber ich würde Sie lieber … nun ja, ich würde Sie lieber im Auge behalten.«

Hütter schluckte.

Bruno Siebel rieb sich den spitzen Bauch, als hätte er wieder Magenschmerzen. Auf seiner Glatze spiegelte sich das Licht der Neonleuchte.

Von draußen kam Stimmengewirr herein, dann drängte eine Traube Männer ins Haus, Breitmann vorneweg.

»Ich weiß, was eine Moko bedeutet«, sagte Hütter schnell. »Zwölf Stunden Arbeit, sieben Tage die Woche, aber das schreckt mich nicht ab, und Breitmann…«

»Breitmann, ach der...«, fiel Trumm ihm ins Wort.

Der Kommissar musste etwas gehört haben. »Gibt es ein Problem?« Er warf Hütter einen schnellen Blick zu, dann sagte er zu Trumm: »Lassen Sie uns in Ihr Büro gehen, ich muss mit Ihnen reden.«

Hütter schaute ihnen nach, bis sie nicht mehr zu sehen waren. Seufzend folgte er Siebel in ihr Dienstzimmer.

Er schaltete seinen Computer an. »Ich schlage vor, wir checken die Vermisstenmeldungen.«

Das Telefon klingelte, und Siebel nahm den Hörer ab. »Ja? – Geht klar.«

Er gab Hütter einen Wink. »Du sollst zum Chef kommen.«

Das Büro von Manfred Trumm war genauso karg eingerichtet wie die übrigen Räume: ein grauer Aktenschrank, ein grauer Schreibtisch und zwei dunkelblau gepolsterte Stühle. Trumm nannte es zweckmäßig.

Auf dem Schrank standen mehrere Geschenkpackungen, alle mit Etiketten verschiedener Weingüter. Wackerbarth, Hoflößnitz, Proschwitz. Hütter kannte keines davon, er bevorzugte Bier.

Vor dem Schreibtisch blieb er stehen.

»Diese verdammte Sommergrippe, der Krankenstand ist mal wieder viel zu hoch.« Trumm riss ein Zuckertütchen auf und kippte den Inhalt in den Kaffeebecher, der vor ihm auf dem Schreibtisch stand. Bedächtig rührte er um.

Durch das geöffnete Fenster drangen Motorengeräusche von der Halleschen Straße herauf. Hütter legte die Hände ineinander und wartete.

»Sehen Sie, Hütter, dem Breitmann fehlen Leute.«

»Hat er mit Ihnen gesprochen? Wegen mir?«

»Genaugenommen hat er nur gesagt, dass er jede Hilfe nimmt, die er kriegen kann. Wie lange sind Sie schon bei uns?«

»Fast ein Jahr.«

»Ihr Abschluss war nicht überragend, was?«

Die praktische Ausbildung an der Polizeischule war Hütter leichtgefallen, die mündlichen Prüfungen hingegen nicht; er war geradeso durchgekommen.

»Na ja, ich bin eher der zupackende Typ.«

»Tja.« Trumms Augen hatten sich verengt, und Hütter gab sich Mühe, dem Blick standzuhalten.

Eine Weile herrschte Schweigen, bis Trumm schließlich sagte: »Es ist nur vorübergehend, und Siebel wird Sie begleiten. Für unterstützende Tätigkeiten, klar?«

Um über alles zu berichten, was ich sage oder mache, dachte Hütter. Er kniff die Lippen zusammen und nickte.

Drei

Mariella erwachte mit einem Ruck. Ihre Haut war eiskalt. Durch das Fenster drang Sonnenschein und malte einen Streifen auf den Schrank. Die Zweige des Kastanienbaumes vor dem Haus bewegten sich im Wind, ihr Schatten ließ ihn mal hell, mal dunkel werden. Wie Juans Fell, genauso hatte es durch das Geäst im Wald geblitzt.

Als die Erinnerung kam, zuckte sie unwillkürlich zusammen. Sie hatte einen Kopf gefunden und dann hatte die Polizei den Wald abgesperrt. Der Kommissar hatte Fragen gestellt, aber sie hatte nicht viel gewusst und nur eines gewollt: weg aus dem Wald und vor allem weg von dem grausigen Fund. Der Kommissar war sehr verständnisvoll gewesen und hatte sie nach Hause bringen lassen. Die junge Beamtin, die sie begleitet hatte, war in ihrem Alter und vermutlich auf solche Situationen vorbereitet, denn sie hatte alles Mögliche von sich gegeben, um sie aufzumuntern.

Es muss ja weitergehen.

Für Mariella war es wie ein Déjà-vu gewesen. Den Satz hatte auch ihre Mutter oft gesagt. Bei jedem Unfall, bei jedem Tod, und vor allem, wenn sie bei einer Beerdigung gewesen war.

Es muss ja weitergehen – hatte auch die Polizistin mehr als einmal wiederholt. Karin oder Katrin. Mariella hatte ihren Namen vergessen, irgendetwas mit K jedenfalls, und ob sie psychologische Betreuung wolle, hatte Karin-Katrin gefragt, aber sie hatte abgelehnt. Stattdessen hatte sie wissen wollen, was jetzt passierte. Es würde Untersuchungen geben, hatte die junge Frau geantwortet. Später dann, bei einer Tasse Tee, hatte sie erklärt, dass zunächst festgestellt werden musste, wer die Tote war und wann und wie sie gestorben war. Erst wenn ein Unfall oder Suizid ausgeschlossen werden konnte, würde ein

Verbrechen vorliegen. Fremdverschulden, so hatte Katrin-Karin es genannt und sie daran erinnert, dass sie sich in den nächsten Tagen in der Polizeiinspektion Leipzig melden müsse, um das Protokoll zu unterschreiben.

Der Tee hatte sie müde gemacht, und Katrin-Karin hatte darauf bestanden, dass sie sich ins Bett legte. Irgendwann musste sie eingeschlafen sein. Einmal war sie aufgewacht und hatte Lore an ihrem Bett sitzen sehen, müde und mit einer Trauer in den Augen, die sie erschreckt hatte.

»Geh schlafen!« Ohne zu warten, ob Lore aufstand, war sie zurück in die Dunkelheit des Vergessens gesunken. Wie ein Stein, der in einen See geworfen wurde.

Mariella schloss die Augen. Sie wollte jetzt nicht nachdenken.

Ein leises Klopfen klang durch die Tür, unmittelbar darauf lugte Lore ins Zimmer. »Bist du wach?«

»Nein.« Mariella atmete tief ein und richtete sich auf. »Komm trotzdem rein.«

Lore hielt ein gedecktes Tablett in den Händen. »Ich habe Frühstück gemacht.«

Der Geruch nach frisch gebackenen Brötchen mischte sich mit dem Duft nach Kaffee und erinnerte Mariella daran, dass sie seit dem letzten Morgen nichts gegessen hatte.

»Was war da gestern im Wald?« Lore stellte das Tablett vor Mariella auf der Bettdecke ab und setzte sich auf die Bettkante.

Mariella nahm die Tasse vom Tablett. Der heiße Kaffee wärmte ihre Hände, und erst jetzt merkte sie, dass sie eine Gänsehaut hatte. »Du wolltest doch das Wochenende bei deinem Antonio verbringen«, wich sie aus.

»Erstens muss er arbeiten und zweitens mag ich das Dorf jetzt nicht verlassen. Die Polizei fragt überall herum. Das ist immer so, wenn eine Leiche auftaucht, das kannst du in jedem Fernsehkrimi sehen. Wer hat was wann wie und warum getan – das sind die entscheidenden Punkte.«

»Mein Gott, Lore, du redest, als würde feststehen, dass ein Mord passiert ist.«

»Du weißt es wohl noch nicht?«

»Was denn?«

»Nach dem Kopf wurde auch der Rest der Frau entdeckt, und jetzt kursieren Gerüchte.«

»Was für Gerüchte?«

Lore schwieg.

»Komm schon Lore, was macht die Runde?«

»Die Hitzelmann erzählt, dass es einen Triebtäter gäbe, hier bei uns oder ganz in der Nähe. Bauer Klimmer und mein Vater glauben das auch. Mir macht die Sache Angst.« Lores Stirn umwölkte sich. »Papa besteht nun erst recht darauf, dass ich nach Palermo fahre.«

Lores Handy gab ein paar Töne von sich, wie immer, wenn sie an einen Termin erinnert werden wollte. Sie schaute auf das Display und sprang auf. »Mamma mia, so spät schon? Ich muss los, Papa wartet. Du kommst doch zurecht, oder?« Ohne eine Antwort abzuwarten, stürmte sie hinaus. Mit einem Knall fiel hinter ihr die Tür ins Schloss.

Plötzlich hatte Mariella keinen Appetit mehr auf ein Frühstück. Sie schob das Tablett beiseite, stand auf und ging ins Bad. Aus dem Spiegel über dem Waschtisch schaute ihr ein blasses Gesicht entgegen. Unter ihren Augen lagen Schatten. Sie sah aus wie vierzig statt wie Anfang dreißig. Kaltes Wasser würde die Schatten verschwinden lassen, nahm sie jedenfalls an, doch was den gehetzten Ausdruck in ihren Augen betraf, da war sie sich nicht so sicher. Sie beugte sich über das Becken, ließ Wasser in die Hände laufen und schaufelte es sich ins Gesicht. Ein erneuter Blick in den Spiegel zeigte ihr, dass sie recht gehabt hatte. Vielleicht half eine ausgiebige Dusche.

Als sie den Hahn aufdrehte, röchelte es in der Leitung, und die Brause tröpfelte vor sich hin, dann jedoch spuckte sie unvermittelt einen dicken Strahl aus. Eiskalt prasselte das Wasser auf Mariella herab, sodass sie erschrocken nach Luft schnappte. Doch sie stellte das Wasser nicht wärmer, sondern legte den Kopf in den Nacken und hielt den Atem an. Erst als sie meinte ersticken zu müssen, beugte sie sich nach vorn und atmete weiter. Dann schloss sie den Hahn und rubbelte sich mit einem Handtuch ab, bis ihre Haut brannte.

Sie hängte das Handtuch an einen Haken und ging zurück ins Schlafzimmer. Die Kleidung, die sie am Vortag getragen hatte, lag zusammengeknüllt auf einem Stuhl. Sie konnte sich nicht erinnern, dass sie sie dort hingelegt hatte, und warf sie in den Wäschekorb. Dann wählte sie eine hellblaue Jeans und ein rotes Shirt. Die Sonnenstreifen auf dem Schrank waren ein Stückchen nach links gerutscht. Ein Sommertag wie viele. Sie könnte eine Runde gehen, Juan brauchte Auslauf, und er liebte den Wald. Aber ausgerechnet jetzt dorthin? Mariella schüttelte sich.

Andererseits…

Es muss ja weitergehen.

Aber Juan war nicht in seinem Körbchen, auch seine Leine fehlte, und Mariella erinnerte sich, dass Lore irgendetwas gesagt hatte, wie *den Hund mitnehmen, damit du Ruhe hast*. Als ob Ruhe die Gedanken in ihrem Kopf verbannen würde!

Mariella stützte die Hände auf das Fensterbrett und schaute hinaus auf den Platz. Friedliche Stille lag über dem Dorf. Ein Triebtäter? Wieso ausgerechnet hier? Sabnitz war nicht Dresden oder Leipzig, ja, nicht einmal Delitzsch, die Kleinstadt, die keine fünfzehn Kilometer entfernt war. Im Dorf hatte es noch nie ein Gewaltverbrechen gegeben. Einen Diebstahl oder eine Prügelei, das ja, aber keinen Mord. Natürlich hörte man das eine oder andere aus der Umgebung, aber das war immer weit weg.

Betraf sie nicht. Ob Vera Hitzelmann wirklich etwas wusste?

Als Mariella das Hitzelmannsche Haus erreichte, war Vera gerade dabei, die Sonntagszeitung aus dem Briefkasten zu nehmen. »Diese Tote, ist das nicht furchtbar ... jetzt ist man nimmer mehr sicher«, sagte sie, als Mariella bei ihr stehenblieb.

»Ja, furchtbar.« Mariella nickte.

»Ich muss nach dem Sonntagsbraten sehen, wenn du willst, komm mit rein.«

Im Haus war es düster, und Mariella brauchte geraume Zeit, bis sich ihre Augen an das spärliche Licht gewöhnt hatten, das durch die winzigen Fenster drang.

»Setz dich.« Vera scheuchte eine getigerte Katze vom Küchenstuhl herunter, dem einzigen, den es gab. Mit einem Fauchen verschwand das Tier unter dem Tisch.

Mariella blickte sich um. Auf dem Holzschrank standen Gläser mit Gewürzen. Am Balken darüber hingen Sträuße von getrocknetem Lavendel, die der verblichenen Farbe nach zu urteilen aus dem letzten Jahr stammten. Sie erinnerten sie an die Provence; der Urlaub lag schon einige Jahre zurück. Was gäbe sie darum, jetzt in Frankreich zu sein. Dort wäre sie nie auf diesen Schädel gestoßen.

»Solltest du dich nicht ausruhen, nach deinem Erlebnis gestern?« Veras raue Stimme riss Mariella aus ihren Gedanken. Die Ältere hatte eine ausgewaschene, geblümte Schürze umgebunden und machte sich am Ofen zu schaffen. Statt des modernen Herdes benutzte sie einen alten Holzofen, den sie mit dicken Scheiten befeuerte, die in einer Kiepe in der Ecke lagen. Heller Rauch drang aus der Luke, als sie die Kasserolle aus der Röhre zog, und der Geruch nach würzig gebratenem Fleisch machte sich breit.

Mariella räusperte sich. »Also, du hast gerade gesagt, niemand wäre mehr sicher. Wie hast du das gemeint?«.

»Was glaubst du wohl? In der Heide strolcht ein Kerl herum, ein Triebtäter, das habe ich schon dem Polizisten gesagt. Der hat `s aufgeschrieben und mich gefragt, wann ich das letzte Mal im Wald gewesen bin und ob mir da was aufgefallen ist. Ist es aber nicht, leider.«

»Woher weißt du das von dem Triebtäter?«

Vera begann, den Kaninchenbraten zu zerteilen. Knochen knackten. »Die Leute im Geschäft haben es erzählt.«

Die Hitzelmann arbeitete im Einkaufsmarkt im Nachbarort und hatte vermutlich wie immer bis zum Ladenschluss an der Kasse gesessen. Samstags schloss der Markt um achtzehn Uhr. Am selben Tag zwischen Frühstück und Mittag hatte Mariella den grausigen Fund gemacht. Schlechte Nachrichten sprachen sich schnell herum, aber dass es so schnell ging, damit hatte sie nicht gerechnet.

Die Katze kam unter dem Tisch hervor. Ihr Schwanz peitschte gegen Mariellas Bein. Mariella beugte sich hinunter, um sie zu streicheln, doch ein Fauchen warnte sie. Schnell zog sie ihre Hand zurück. »Was für ein liebes Tier«, sagte sie sarkastisch.

Vera legte das Messer beiseite und drapierte die Fleischstücke auf einer Porzellanplatte. »Warum fragst du ausgerechnet mich? Und was geht er dich überhaupt an, dieser Mord?«

»Na hör mal!« Mariella starrte auf das Messer. »Ich versuche nur, mir ein Bild zu machen. Ich war es doch, die im Wald dabei war.«

»Wie gesagt, ich weiß nix.«

»Außer das, was die Leute reden, was?« Mariella ging zur Tür. Was hatte sie sich bloß erhofft? Sie verstand sich selbst nicht mehr. Jeder im Ort wusste, wie Vera war. Dass sie gern tratschte und zu allem ihren Senf dazu gab. Sie hätte sich den Besuch sparen können.

Draußen atmete sie tief aus. Nach dem düsteren Haus tat ihr

die Sonne gut, sie vertrieb die Kälte, die wie in Tier in ihr hockte. Eine Frau kam die Straße entlang, sie hatte einen Hund an der Leine. Lore, wie Marielle sogleich erkannte.

Sie ging in die Hocke und pfiff. »Komm her, mein Süßer.«

Juan stürmte in ihre Arme, so dass sie fast den Halt verlor. »Ich habe dir gefehlt, was? Du mir auch.« Lachend kraulte sie das strohfarbene Fell.

»War er lieb?«, wollte sie von Lore wissen, die Juan hinterhergerannt war und keuchend bei ihr stehen blieb.

»Wie immer. Er ist einfach ein Charmeur.«

»Lass uns nach Hause gehen. Wir könnten uns in den Garten setzen«, schlug Mariella vor und fügte nach einem Seitenblick hinzu. »Du siehst aus, als könntest du eine Pause gebrauchen.«

»Eine Abwechslung, meinst du. Ich kann Papas Reden nicht mehr hören.«

»Wann soll es eigentlich losgehen nach Palermo?«

»Gar nicht. Papa kann sich noch so viel Mühe geben, ich bleibe.«

»Klingt nach Ärger.«

»Das kriege ich schon hin.«

Mariella schaute zu Veras Fenster zurück. Die Gardine bewegte sich und Mariella wandte sich ab. Lore und sie redeten, als wäre nichts passiert. *Es muss ja weitergehen…*

»Ich wüsste zu gern, was es mit der Toten aus dem Wald auf sich hat. Sie kann ja wohl niemand aus dem Dorf sein, oder? Vielleicht eine Touristin?« Lores Stimme holte Mariella zurück.

»Was?«

»Die Tote, sie muss eine Fremde sein, und die gibt es am ehesten auf dem Campingplatz. Ich kenne jemanden, der dort arbeitet. Lass uns hinfahren und uns umhören.«

Der Campingplatz befand am Ufer der Mulde nördlich des Dorfes und war aufgrund seiner Lage ein attraktives Urlaubsrevier. Noch dazu gehörte er zu den kleineren Plätzen der Region und war besonders beliebt bei den Gästen, die abseits vom Trubel Ferien machen wollten. So stand es auf den Aushängen, die an jeder Straßenkreuzung für den Platz warben.

Lore und Mariella hatten die Fahrräder genommen. »Ob das wirklich eine gute Idee ist?« Mariella schaute zu Lore hinüber, die neben ihr fuhr und richtig begeistert aussah. Sie hatte ja auch nicht eben mit der Hitzelmann geredet, im Gegensatz zu ihr. Hatte es ihr etwas gebracht? Mariella schluckte. »Bestimmt hat die Kripo schon längst alles überprüft. Warum müssen wir uns unbedingt einmischen?«

Lore antwortete nicht und trat kräftig in die Pedale, so dass Mariella Mühe hatte, mit ihr mitzuhalten. Juan rannte bellend voraus. Als sie den Campingplatz erreichten, rief Mariella ihn zu sich heran, um ihn an die Leine zu nehmen.

Der Platz war übersichtlich. Etwa zehn Meter vom Ufer entfernt reihten sich Wohnwagen aneinander, ein jeder mit einem ausladenden Vorzelt versehen. Im Sand vor dem Schilf lagen mehrere Kanus. Daneben saßen junge Männer und Frauen im Kreis um einen Grill herum und tranken Bier aus Dosen, während sie darauf warteten, dass die auf dem Rost liegenden Würstchen durchgebraten waren. Eine Mutter befahl lautstark drei Kindern, endlich zum Essen ins Zelt zu kommen. Die Kleinen wollten lieber baden, und das Jüngste, ein Mädchen von etwa fünf Jahren, verzog den Mund und begann zu heulen.

Lore verdrehte die Augen. »Kinder sind ja süß, aber wenn ich sowas höre…«

Sie lehnten die Räder an einen Baum. Ein junger Mann in weißem T-Shirt und olivgrüner Cargo Shorts kam auf sie zu geschlendert, die Hände in den Taschen der Hose vergraben.

Seine schwarzen Haare und die dunklen Augen deuteten darauf hin, dass er aus dem Süden stammte.

Bei Lores Anblick glitt ein Lächeln über sein Gesicht. »Ciao Bello, was treibt dich zu mir?«

»Das ist Manuel, er arbeitet hier«, stellte Lore ihn vor.

Manuel zwinkerte Mariella zu. »Hallo.«

»Er flirtet gern«, sagte Lore zu Mariella, und dann zu Manuel: »Wir brauchen deine Hilfe. Gab es in den letzten Jahren einen Vorfall mit einer Urlauberin bei euch? Vielleicht etwas Ungewöhnliches?«

»Sowas passiert hier jeden Tag.« Manuel nahm die Hände aus den Taschen. Eine Schachtel Camel und ein Feuerzeug kamen zum Vorschein, und er zündete sich eine Zigarette an. Langsam atmete er den Rauch aus. »Gestern haben wir nach einem Koffer gesucht, stundenlang, bis sich herausgestellt hat, dass er schon im Auto der Urlauber war.«

»Solche Dinge meine ich nicht«, sagte Lore. »Erinnerst du dich, ob jemals eine Person verschwunden ist? Wird jemand vermisst?«

Manuel schüttelte den Kopf. »Warum fragst du?«

»In der Dübener Heide wurden Teile einer Leiche entdeckt, aber niemand weiß, um wen es sich handelt.«

»Mann oder Frau?«, fragte Manuel. Demnach hatte sich noch nichts bis zu ihm herumgesprochen. Hatte sich die Polizisten bei ihren Befragungen bis jetzt nur auf die Sabnitzer beschränkt?

»Wie es aussieht, ist es eine Frau, eine mit langen dunklen Haaren«, sagte Mariella.

Lore nickte eifrig. »Vielleicht ein Gast?«

»Falls ja, dann war sie bestimmt nicht bei uns zu Besuch und außerdem wären wir längst zur Polizei gegangen, wenn wir jemanden vermisst hätten, mia ragazza, ganz normal, si?«

Mariella fasst Lore am Ellbogen, nickte Manuel entschuldigend zu und zog sie mit sich fort. Sie sollten sich wirklich aus der Sache heraushalten. »Dort, auf dem Parkplatz – das ist doch Martin, oder?« Sie zeigte in Richtung eines jungen Mannes, der aus einem Jeep stiegt.

»Stimmt, das ist der Gruber, und daneben …«

»Veronika, seine Frau. Der war mal mit Pia Zein zusammen, sogar heiraten wollten sie. Jedenfalls habe ich das gehört, in der Apotheke.« Mariella achtete wenig auf das Gerede, das im Geschäft die Runde machte, während die Kunden darauf warteten, dass sie bedient wurden, aber manchmal schnappte sie doch etwas auf und behielt es im Gedächtnis, vor allem, wenn es um große Sachen ging. Eine bevorstehende Hochzeit war so eine Sache. Etwas, für das sich jeder im Dorf interessierte, vor allem, wenn der Bräutigam eine Braut gegen die andere austauschte.

»Heiraten wollte nur der Gruber, Pia hingegen hatte vor, als Au-pair in die Staaten zu gehen«, sagte Lore. »Die beiden scheinen glücklich zu sein.« Sie nickte in Richtung Martin und Veronika, die händchenhaltend zum Badestrand hinunter gingen.

Mariella fiel Breitmann ein und dass sie noch das Protokoll unterschreiben musste. Sie zückte ihr Handy und wählte seine Nummer, doch er nahm nicht ab.

»Lore?«

»Ja?«

»Kannst du dich um Juan kümmern?«

»Klar, aber warum?«

»Ich muss nochmal weg.«

Die Polizeiinspektion hatte ihren Sitz in einem Eckgebäude in der Dimitroffstraße. Der Bau aus den 1930er mit der Klinkerfassade erstreckte sich über die gesamte Länge bis zur nächsten Querstraße, in der die Staatsanwaltschaft residierte und war praktisch das Tor zur Leipziger Südvorstadt. Es herrschte rege Betriebsamkeit, und Mariella musste einige Minuten warten, bis sie von Norbert Breitmann in seinem Büro empfangen wurde.

»So eilig ist die Unterschrift unter Ihrer Aussage nun doch nicht. Es hätte genügt, wenn Sie am Montag gekommen wären«, begrüßte er sie. »Aber gut, was du heute kannst besorgen, das verschiebe nicht auf morgen. Wissen Sie, woher das Sprichwort stammt?«

Sie setzte zu einer Antwort an, doch ehe sie etwas sagen konnte, kam ein älterer Polizeibeamter herein und flüsterte Breitmann etwas ins Ohr.

Breitmann nickte. »Entschuldigen Sie mich einen Moment, ich komme gleich wieder.« Dann ließ er Mariella mit dem Älteren allein.

Der Polizist stellte sich an die Tür, als wollte er verhindern, dass sie abhaute.

Mariella ließ den Blick durch den Raum schweifen. Auf dem Fensterbrett stand ein mickriger Gummibaum, staubig grün, daneben eine leere Glaskaraffe mit Kalkrändern. An der Wand hing ein Stadtplan von Leipzig neben einer Karte, die den ganzen, verschlafenen Landkreis zeigte. In der Mitte lag Sabnitz, ein Stück entfernt die Stadt und der Campingplatz, von dem sie gerade gekommen war. Das Umland war eine grüne Fläche, die für Wiesen und Felder stand. In einem dunkleren Grün waren die Waldgebiete gehalten, eines davon die Dübener Heide. An zwei Stellen steckten rote Fähnchen in der Karte. Sie erhob sich, um sie aus der Nähe zu betrachten, doch ein Räuspern des Polizisten schreckte sie auf, und sie setzte sich schnell wieder hin.

Norbert Breitmann kam zurück. Sein Blick war ernst. »Tut mir leid, dass Sie warten mussten, aber wir haben die Identität der Leiche ermittelt. Es handelt sich um eine gewisse Pia Zein.«

Mariella schloss kurz die Augen. Vor nicht einmal einer Stunde hatten sie und Lore noch über Pia gesprochen. Pia, die

Tochter von Klara, der Bibliothekarin. »Großer Gott! Ist das sicher?«

»Sie wurde obduziert, und ihr Zahnstatus wurde an die Zahnärzte der Umgebung geschickt. Einer hat sich daraufhin gemeldet und uns seine Unterlagen zur Verfügung gestellt. Wir haben sie mit ihrem Gebiss verglichen. Ein Irrtum ist ausgeschlossen.«

Früher, als Pia noch klein gewesen war, hatte Mariella manchmal auf sie aufgepasst und mit ihr gespielt. Mädchenspiele, Prinzessinnenspiele. Später hatten sie sich kaum noch gesehen. Und jetzt war sie tot.

»Wie ist sie gestorben?«

»Das darf ich Ihnen nicht sagen. Aus ermittlungstaktischen Gründen.« Er schwieg kurz. »Kennen Sie die junge Frau? Jedes noch so kleine Detail könnte wichtig sein.«

Mariella erzählte, was sie über Pia wusste. Auch von Martin Gruber, und dass Pia sich von ihm getrennt hatte, weil sie nach Amerika wollte. »Klara Zein, Pias Mutter, wird Ihnen mehr darüber sagen können«, endete sie und starrte auf die Schriftstücke, die auf einem Stapel auf dem Tisch lagen. Auf dem obersten stand eine dicke Überschrift: Rechtsmedizinisches Gutachten.

Der Drucker spuckte ein Blatt Papier aus, das Protokoll, wie Breitmann erklärte. Er bat sie, es gründlich durchzulesen, doch sie überflog es nur und setzte ihren Namen darunter.

»Erledige deine Aufgaben, ehe du später nicht mehr dazu kommst«, sagte Breitmann, nahm ihr das Protokoll ab und schob es in eine Kladde. »Das Sprichwort. Es soll aus Luthers Übersetzung der Bibel stammen, aber es gibt keinen Nachweis dafür.«

»Mit Beweisen kennen Sie sich aus, ja?«

»Mit Sprichwörtern auch.«

Mariella wich seinem musternden Blick aus und verabschiedete sich schnell. Vor der Tür lehnte sie sich an die Wand. Nie hätte sie vermutet, dass sie im Wald auf jemanden gestoßen war, den sie kannte. Die Tote war nicht nur einfach eine Frau, jetzt hatte sie einen Namen und ein Gesicht, war eine von ihnen, und das machte den Leichenfund für Mariella zu einer persönlichen Angelegenheit. Breitmann hatte ihr nicht viel gesagt, durfte nicht, wollte nicht, konnte nicht. Polizistenpflicht. Mariella schnaubte. Aber wen sonst könnte sie nach Einzelheiten fragen? Ob sie bei Hütter mehr Glück hatte? Er hatte den Eindruck gemacht, dass er noch nicht allzu lange bei der Polizei war, jedenfalls hatte er vor Breitmann ziemlich strammgestanden.

Zwei Männer kamen ihr auf dem Gang entgegen. »Wissen Sie, wo ich Wachtmeister Hütter finde?«, fragte sie.

»Die Treppe hinauf und die erste Tür rechts«, antwortete der kleinere der beiden, während er sie anstarrte, als hätte er noch nie eine Frau gesehen.

Aber Hütter war nicht da, dafür der Polizist, der mit Hütter an den Fundort gekommen war. Sie erinnerte sich: Siebel. Er erklärte ihr, dass Oberwachtmeister Hütter an diesem Tag wohl nicht mehr auftauchen würde.

»Sie waren schnell«, sagte Mariella. »Ich meine, die Tote wurde schnell identifiziert.«

»Wir hatten Glück, die Leiche wurde gestern Abend obduziert. Normalerweise dauert das länger, mindestens vierzehn Tage, und dann hat sich vorhin der Zahnarzt der Toten gemeldet. Doppelglück, nicht wahr?«

Ihr kam ein Einfall. »Wo passiert sowas, eine Obduktion?«

»In der Rechtsmedizin. Warum fragen Sie?«

»Meinen Sie, dass ich da mit jemandem sprechen könnte?«

Siebel rieb über seinen Bauch. »Die werden Ihnen nichts sagen.«

Vier

»Wir müssen die Familie der Toten informieren. Bringen wir es hinter uns«, hatte Breitmann gemeint und Veit Hütter angewiesen, ihn nach Sabnitz zu fahren. Hütter hatte noch nie jemandem die Nachricht vom Tod eines Angehörigen überbringen müssen. Er hoffte, dass nicht er, sondern der Alte das Reden übernehmen würde.

Am Ortseingang verlangsamte er die Geschwindigkeit und fuhr in Schrittgeschwindigkeit die Hauptstraße entlang. Rechts und links reihten sich Vierseitenhöfe aneinander, unterbrochen von schmalen Gassen, die im rechten Winkel von der Straße abzweigten. Alles sauber und adrett wie aus einem Heimatfilm. Er studierte die Straßenschilder. Eichensteg, Birkengasse, Ulmenweg.

Breitmann zeigte nach rechts. »Hier entlang, Hütter.«

Er bog ab und kam vor dem Haus Nummer 17 zum Stehen. Es war ein altes Bauernhaus, eher eine der Katen, in denen früher einmal Tagelöhner gelebt hatten. Unter dem tiefhängenden Dach duckten sich Fenster, die so niedrig waren, dass man ohne Mühe ins Innere schauen konnte.

Durch die Autoscheibe musterte er das Gebäude. Das Haus hatte schon bessere Tage gesehen. Über der Eingangstür blätterte der Putz ab und gab den Blick auf das Mauerwerk frei. Der Vorgarten jedoch wirkte gepflegt. Stiefmütterchen umrahmten ein Rondell, das mit Rosenbüschen bepflanzt war, und nichts deutete darauf hin, dass bis vor kurzem ein Sturm gewütet hatte.

»Sieht winzig aus, das Haus«, sagte er.

»Raum ist in der kleinsten Hütte. Schiller, der Jüngling am Bache. Da heißt es: Raum ist in der kleinsten Hütte für ein glücklich liebend Paar. Sprichwörter sind mein Hobby, gewöhnen Sie sich daran.«

Breitmann stieg aus, und Hütter folgte ihm.

Auf das Klingeln des Oberkommissars hin öffnete sich die Tür.

Laut Meldedaten war Klara Zein zweiundfünfzig, aber sie sah weit älter aus. Sie war so schlank, dass sie zerbrechlich wirkte, und ihr Blick war vorsichtig und voller Abwehr, als wollte sie sich gegen etwas wappnen.

Breitmann zeigte seinen Ausweis. »Wir sind von der Kriminalpolizei. Es geht um Ihre Tochter, Frau Zein. Dürfen wir hereinkommen?«

»Mein Mädel? Ist die Pia endlich wieder da?« Sie reckte den Hals, um an Breitmann vorbei auf die Straße zu sehen.

»Es wäre mir lieber, wenn wir drinnen reden könnten.«

Mit sichtlichem Zögern bat Klara sie in die Wohnstube.

Hütter schaute sich um. Abgesehen von einem Ohrensessel und einer Couch, vor der ein niedriger Tisch stand, enthielt das Zimmer nur Bücherregale. Wie eine Tapete bedeckten sie die Wände bis unter die Decke, und dennoch wirkte der Raum hell und freundlich. Vielleicht, weil die großen Terrassentüren offenstanden und die Sonne hereinließen.

Breitmann räusperte sich. »Wir haben leider keine guten Nachrichten. Ihre Tochter ist tot, Frau Zein. Es tut uns sehr leid.«

Hütter schluckte. Das war alles? Ein paar knappe Sätze und sonst nichts?

Klara stand stocksteif da und schloss die Augen. In der Stille war das Summen einer Wespe, die sich ins Haus verirrt hatte, umso lauter zu hören.

»Ich habe einen Seelsorger gebeten, sich um Sie zu kümmern. Er müsste bald hier sein.« Nun klang Breitmann doch mitfühlend.

»Wie…war sie… ich mein, was ist passiert?« Klaras Stimme brach.

»Wir ermitteln noch, deshalb muss ich Ihnen ein paar Fragen stellen.«

Klara schlug die Hände vors Gesicht und begann zu schluchzen.

Norbert Breitmann wartete, bis sie sich ein wenig beruhigt hatte. Als sie die Hände sinken ließ, reichte er ihr ein Papiertaschentuch. Dann führte er sie zu dem Sessel, in dem sie zu verschwinden schien. Er selbst nahm auf dem Sofa Platz, und Hütter setzte sich neben ihn.

Klara zupfte an dem Taschentuch herum. Kleine weiße Fetzen fielen in ihren Schoß. Wie Schnee, dachte Hütter und fragte sich, ob der Gedanke tatsächlich an dem Bild lag oder an der verdammten Sommerhitze, die ihm das Gehirn vernebelte. Er sollte sich konzentrieren und von Breitmann lernen.

Tränen liefen Klara über die Wangen, doch sie machte sich nicht die Mühe, sie abzuwischen. Das Taschentuch war längst bis auf den letzten Rest zerpflückt, trotzdem fuhren ihre Finger weiter unablässig zwischen die weißen Schnipsel, nahmen sie auf, rupften und zupften.

»Wann hatten Sie das letzte Mal Kontakt zu ihrer Tochter?«, fragte Breitmann.

»Das ist schon länger her. Pia wollte weg, als Au-pair nach Amerika. Ich war dagegen, aber Pia hat nicht mit sich reden lassen. Wieder und wieder habe ich versucht, dass sie ihre Meinung ändert. Gestritten haben wir deswegen, bevor sie auf und davon ist. Das Knallen, als sie die Tür zugeworfen hat, das vergesse ich niemals mehr.« Klara schluchzte. »Ich hätte sie nicht gehen lasse dürfen. Nicht so.«

»Wann war das genau? An welchem Tag, wissen Sie das noch?«, drängte Breitmann.

Klara schaute auf. »Im letzten Jahr, am 10. März. Das war zu meinem Geburtstag. Pia hat mir gratuliert und dann gesagt, dass sie noch vorm Sommer fort wäre.«

»Wie haben Sie reagiert?«

»Gezankt habe ich mit ihr, und ich habe sie mit Vorwürfen genervt, vor allem wegen Martin.«

»Martin Gruber?«

Klara nickte. »Er war gut für sie, wissen Sie? Aber sie wollte ihn nicht mehr. Nachdem sie zurück nach Delitzsch gefahren ist, an meinem Geburtstag, habe ich versucht, sie zu erreichen, doch sie ist nicht ans Telefon gegangen und hat auch nicht auf die Nachrichten reagiert, die ich ihr auf die Mailbox gesprochen hab. Und dann war ihr Handy tot. Vielleicht war der Akku leer oder sie hat sich ein anderes gekauft, habe ich noch gedacht. Also habe ich gemeint, dass ich ihr einfach ein bisschen Zeit geben müsste. Wenn sie aus dem Ausland zurück wäre, würde sie sich wieder melden, daran habe ich mich geklammert.« Wieder begann sie zu weinen.

»Was für ein Mensch war ihre Tochter?«, schaltete sich Veit Hütter ein.

»Mein Mann, Pias Vater, ist früh verstorben. Ich habe sie allein großgezogen, und die ersten Jahre war ich bei ihr daheim. Ich wollte sie nicht von anderen betreuen lassen, und nur wenn ich wirklich dringend etwas zu erledigen hatte, bei dem ich sie nicht mitnehmen konnte, da habe ich mir einen Babysitter genommen.«

»Mariella Rabner«, stellte Breitmann fest.

Die Apothekerin, die den Schädel der Toten gefunden hatte? Hütter schaute zu Breitmann hinüber, doch der hielt den Blick auf Klara Zein gerichtet.

»Damals war sie noch nicht unsere Apothekerin, war ja selbst fast noch ein Kind. Sie war sechzehn oder siebzehn, glaube ich, aber trotz ihrer Jugend absolut zuverlässig. Später dann ist Pia natürlich zur Schule gegangen, die war gleich um die Ecke. Trotzdem habe ich sie hingebracht und auch wieder abgeholt, ich fand es sicherer.«

»Hatte Ihre Tochter Freunde?«

»Ich habe mit ihr gespielt, ihr Geschichten erzählt und Märchen vorgelesen. Sie hat niemanden gebraucht außer mir.«

»Hatte sie Hobbys oder war sie in einem Sportverein? Bitte denken Sie nach, alles kann wichtig sein.«

»Manchmal wurde sie zu irgendeinem Geburtstag eingeladen, und am Anfang ist sie auch hingegangen, aber später mochte sie das nicht mehr. Da war sie zwölf. Auch zum Abschlussball der Schule wollte sie nicht, dabei hat sie immer fleißig gelernt und war eine gute Schülerin. Sie war so klug. Gleich nach dem Schulabschluss ist sie ausgezogen. Nach Delitzsch in eine Lehre. Ich habe nicht gewusst, dass sie Friseurin werden wollte. Mir wäre es lieber gewesen, wenn sie Abitur gemacht hätte.« Klara seufzte. »Schon damals hat sich das Kind von mir entfernt. Abnabeln, hat sie es genannt. Ich durfte sie nicht einmal besuchen, dabei hätte ich ihr gern geholfen, die Wohnung einzurichten. Sie hätte ihre Kinderzimmermöbel mitnehmen können, und Geschirr, Pfannen und Töpfe, Handtücher und all das. Dadurch hätte sie doch sparen können, oder?«

Hütter betrachtete die kleine, in dem Sessel versunkene Gestalt mit den verhärmten Zügen. »Haben Sie trotzdem versucht, Ihre Tochter in Delitzsch zu sehen?«

»Ja.« Klara Zein starrte auf ihre Hände. »Einmal war ich in dem Geschäft, in dem sie gearbeitet hat. Pia war nicht da, sondern in der Berufsschule, das hat mir ihr Chef gesagt, der war sehr nett. Mehr konnte er mir nicht über sie erzählen. Nur dass sie fleißig wäre und bestrebt, voranzukommen. Die Pia hat natürlich erfahren, dass ich auf ihrer Arbeit war. Sie war mir so böse deswegen, dass nicht mehr mit mir geredet hat. Da war sie schon mit Martin zusammen.«

»Später hat sie sich aber von ihm getrennt. Wissen Sie, warum? Hatten die beiden einen Streit?«

»Ich denke, dass sie ihn einfach leid war. Martin ist ein ruhiger, bodenständiger Mann, sie jedoch wollte was anderes. Die große weite Welt sehen, das wollte sie. Unser Dorf war nix für sie.«

»Zurück zu Pias Arbeitsstelle, können Sie uns die Adresse geben?«

Klara Zein nannte einen kleinen Friseursalon in der Delitzscher Innenstadt. Hütter hatte noch nie etwas von dem Laden gehört.

Norbert Breitmann und Veit Hütter fuhren zurück nach Leipzig zum Rechtsmedizinischen Institut. Keine zwei Kilometer von der Polizeidirektion entfernt befand es sich auf dem Gelände des Universitätsklinikums, eingebettet zwischen den Gebäuden der Virologie und Immunologie, der Medizinischen Mikrobiologie, der Liebigstraße und der Johannisallee. Hütter parkte den Wagen vor dem Eingang und zu der altdeutschen Inschrift über der Eingangstür, ein Überbleibsel aus der Gründungszeit anno 1900: *Institut für Gerichtliche Medizin.*

Sie nahmen die wenigen Stufen, die zu dem hellgelb gestrichenen Treppenhaus führten. Fabius Obermayr erwartete sie bereits.

Obermayr war ein schlanker Mitvierziger mit wirr abstehenden Haaren über einer hohen Stirn. Wer ihn nicht kannte, hätte ihn leicht für einen Nerd halten können, doch seine dunkle, akzentuierte Stimme und sein wacher Blick korrigierten den ersten Eindruck schnell. Er führte sie in einen Raum, der den Büros der Polizeiinspektion ähnelte. Kühle Möbel und Berge von Papier auf dem Tisch.

»Das ist Marie Simon.« Obermayr wies mit der Hand auf eine an einem Schreibtisch sitzende Frau. »Unsere Kriminalbiologin.«

Breitmann und Hütter nickten ihr kurz zu.

»Hallo miteinander.«

Breitmann nickte wieder. »Dann legen Sie mal los.«

Marie Simon straffte sich auf ihrem Stuhl. »Mich interessieren in erster Linie Maden, Käfer oder Fliegen, die sich auf Leichen angesiedelt haben.«

Hütter erinnerte sich, dass er einen Artikel über die Ausbildung forensischer Anthropologen in Amerika gelesen hatte. Es hatte ihn überrascht, dass der Studiengang an der Uni in Tennessee überwiegend von Frauen gewählt wurde.

Marie Simon sah aus, als hätte sie vor nichts Angst. Rote, zu einem Knoten hochgesteckte Haare, kantiges Kinn und ein energischer Blick. »Die Tiere liefern einen Schatz von Informationen für den, der sie zu lesen weiß. Aus den Entwicklungsstadien der Insekten kann ich schließen, wie lange sie mit dem toten Körper in Kontakt waren«, erklärte Simon. »Jede Art entwickelt sich individuell und ist damit unverwechselbar, von der Eiablage bis zur fertigen Fliege. Aus der Art und aus dem Alter ziehe ich Schlussfolgerungen. Ich stelle fest, in welcher Umgebung und in welcher Temperatur die Leiche gelegen hat. Im Idealfall kann ich sogar den Todeszeitraum eingrenzen, stundengenau, Hauptkommissar.«

»Gut, gut«, sagte Breitmann ungeduldig, »und was haben Sie im vorliegenden Fall herausgefunden?«

»Pia Zein wurde getötet, jedoch nicht dort, wo sie gefunden wurde.«

Simon setzte eine randlose Brille auf und blätterte in ihren Aufzeichnungen. »Ah ja, hier steht es. Sie starb an einem hypovolämischen Schock, verursacht durch den hohen Blutverlust infolge von Verletzungen mit einem spitzen Gegenstand.«

»Ein Messer mit einer höchstens sieben Zentimeter langen Klinge«, warf Obermayr ein. »Ihr wurden einundzwanzig Stiche beigebracht, keiner davon war tödlich. Aus der Art der Verletzungen schließen wir, dass der Täter entweder keine Ahnung hatte, wo er zustechen musste, oder er wollte sie gar nicht umbringen. Eigentlich typisch für Beziehungstäter.«

»Und wo wurde sie getötet?«, fragte Breitmann. »Konnten Sie das feststellen?«

»Dazu komme ich jetzt«, erwiderte Simon. »Unter ihren Fingernägeln fanden sich außer Blutpartikeln, Steinstaub und Resten von Stofffasern auch zwei Ameisen. Die Monomorium pharaonis, zu Deutsch Pharaoameise, bevorzugt eine warme Umgebung. Sie haust in Ritzen und Spalten von Gebäuden mit gleichbleibenden Temperaturen, in Bäckereien oder Krankenhäusern zum Beispiel; im Mikrokosmos eines Waldes würde sie nicht überleben. Sie können davon ausgehen, dass sich die Frau im Todeskampf festgekrallt hat, an einer Mauer oder sogar an ihrem Mörder.«

»Trau, schau, wem. Soll heißen, vertraue nicht zu leicht. Vielleicht hat sie ihren Mörder gekannt. Doch zurück zu Ihnen, Kollegin. Könnten die Ameisen schon vorher unter ihre Nägel geraten sein?«

»Unwahrscheinlich. Die Ameisensäure verursacht ein mehr oder minder starkes Brennen, unangenehm auf der Haut. Die Frau hätte die Tiere bestimmt entfernt.«

»Was ist mit dem Staub?«

»Ich habe Sand, Quarz und einige andere Mineralien festgestellt. Bestandteile, die in Sandstein vorkommen.«

»Sie sagten, Sie könnten manchmal sogar den genauen Todeszeitpunkt bestimmen. Wie sieht es damit aus?«

Simon und Obermayr wechselten einen Blick. »Dem Körper hafteten keine Textilgewebsreste an«, sagte der Doktor schließlich.

»Ja, und?«

»Sie war nackt, als sie gefunden wurde.« Simon zog einige Fotos aus einer Mappe und breitete sie auf dem Tisch aus.

Breitmann und Hütter beugten darüber und betrachteten die Bilder. Eines zeigte den Oberkörper, die Stichwunden waren rot eingekreist, aber auch ohne Markierung deutlich zu erkennen. Auf anderen waren die Gliedmaßen abgebildet, jeder Arm und jedes Bein für sich. Dann die Finger in Großaufnahme, Glied für Glied bis zu den Kuppen. Die Nägel waren kurzgehalten und wirkten gepflegt.

»Wie alle organischen Materialien zersetzen sich Textilien im Erdreich«, fuhr Marie Simon fort, »vor allem wenn es feucht ist und wenn es von Kleinstlebewesen nur so wimmelt. Angenommen, ihre Kleidung ist verrottet, warum ist ihr Körper dann noch so gut erhalten?«

»Er hätte verwest sein müssen«, überlegte Breitmann laut.

»Zumindest, wenn er genauso lange in der Erde gelegen hätte.« Simon tippte auf das Foto, auf dem der Brustbereich der Leiche zu sehen war. »Diese Frau war keinesfalls ein Jahr lang im Wald vergraben. Sie wurde erst mehrere Monate nach ihrem Tod an der Fundstelle abgelegt.«

»Was macht Sie da so sicher?«, fragte Veit Hütter.

»Ich habe an ihrem Körper Maden gefunden, die waren in einem Stadium, der darauf schließen lässt, dass die Frau höchstens einen Monat mit der Erde in Berührung gekommen ist. Auch das Wetter der letzten Zeit spricht dafür. Der Boden war ausgetrocknet, das hat den Zersetzungsprozess verzögert.«

»Wenn sie nicht im Wald gelegen hat, wo dann?«

»Schwer zu sagen«, schaltete sich Fabius Obermayr ein. »Fest steht: Die Frau kann nicht am Fundort getötet worden sein, denn die an ihr entdeckte Ameisenart spricht dagegen. Sie müssen nach einem Ort suchen, an dem diese Art vorkommt, und das kann in irgendeinem Gebäude sein, aber eben nicht in der Dübener Heide und auch in keinem anderen Waldgebiet.«

»Kommen wir zum Todeszeitpunkt.« Marie Simon schob ihre Brille auf die Stirn. »Außer Ameisen und Maden habe ich noch ein weiteres Insekt an ihr gefunden, genau gesagt klebte es an ihrem linken, oberen Backenzahn. Eine tote Markusfliege, erstaunlich gut erhalten. Ein Glücksfall, dass die Frau gestorben ist, bevor sie das Tier verschlucken oder ausspucken konnte. So wurde es in ihrem Mund mumifiziert.«

»Das bedeutet?«

»Die Fliege, eigentlich ist es eine Mücke, schwärmt ausschließlich um den 25. April herum aus, am Markustag. Daher der Name. Die Fliege im Mund der Toten stammt nicht aus einem diesjährigen Schwarm, und demzufolge ist die Frau im April des letzten Jahres gestorben.«

Breitmann kratzte sich am Kopf. »Ist die Leiche noch im Haus? Ich hätte sie gern in Augenschein genommen.«

»Hauptkommissar, Sie wissen doch, dass so etwas nicht üblich ist, aber Sie können sich die Videoaufzeichnung anschauen.«

Fabius Obermayr bedeutete Marie Simon und Norbert Breitmann, ihm zu folgen, und die drei begaben sich in den Nachbarraum. Veit Hütter schloss sich ihnen an. Konzentriert verfolgte er auf dem Monitor, wie die Kamera über den Körper schwenkte, der auf dem Untersuchungstisch aus Edelstahl lag, und erst die Füße, dann die Beine und dann den Leib der Toten zeigte. Obermayrs Stimme war zu hören: »Weiblich, schätzungsweise zwanzig Jahre, 1,60 m groß, 55 Kilo. Im Halsbereich und am Oberkörper Stichverletzungen, der Kopf ist nicht mit dem

Körper verbunden.«

Als der Schädel ins Bild kam, zuckte Hütter zusammen.

»Einen Moment, bitte«, ließ sich Breitmann vernehmen.

Obermayr hielt den Film an.

»Der Kopf wurde ja woanders gefunden. Können Sie dazu etwas sagen? Wie wurde er entfernt und wann?«

»Der Täter hat ihn mit einer scharfen Klinge abgetrennt, erkennbar an den Schnitträndern, und zwar post mortem.«

»Nach dem Tod? Im Vergleich zum übrigen Körper sieht er ziemlich mitgenommen aus«, stellte Breitmann fest. »Gibt es dafür eine Erklärung?«

»Vermutlich wurde er von einem Tier ausgegraben.«

»Was halten Sie davon?«, wollte Breitmann von Simon wissen.

Die Biologin vergrößerte einen Bildausschnitt. »Die Einkerbungen über dem Nasenbein sind Bissspuren, sie könnten von einem Fuchs stammen. Füchse stöbern gern im Dickicht und in Erdlöchern nach Beute. Sie fressen aber auch Aas. Das Loch in der Wange wurde von demselben Tier gebissen. Man sieht es an den Abdrücken der Zähne.«

Hütter rief sich die Fundstelle ins Gedächtnis. In der Erde waren Kratzspuren gewesen.

»Die Weichteile des Körpers wurden ebenfalls angefressen«, ergänzte Fabius Obermayr. »Schauen Sie bitte.«

Breitmann winkte ab. »Der Tod von Pia Zein deckt sich in etwa mit dem Zeitpunkt, ab dem sie durch ihre Mutter nicht mehr erreicht wurde.«

»Wir suchen also einen Täter, der im April letzten Jahres mit ihr zu tun hatte, in welcher Form auch immer«, warf Hütter ein.

»Wir suchen eine Person, die über die Tatwaffe verfügte, die Gelegenheit hatte, sie zu benutzen und auch körperlich dazu fähig war«, korrigierte Breitmann.

Fünf

Mariella stand hinter dem Verkaufstresen, als Lore hereinkam, und bediente einen hageren Mann, der an die zwei Meter groß sein mochte und der eine karierte Schirmmütze trug. Arno von Weiden, der Eigentümer des Schlosses aus dem Nachbarort. Bestimmt wusste er schon von der Toten in der Heide, schließlich gehörte der Teil des Waldes, in dem sie gelegen hatte, zu seinem Besitz, und Mariella erwog ihn zu fragen, was er davon hielt, doch ehe sie dazukam, brachte er selbst die Sprache darauf. »Nie im Leben habe ich damit gerechnet, dass quasi vor meiner Haustür eine Leiche herumliegt.«

»Hat es sich noch nicht bis zu Ihnen herumgesprochen, dass die Polizei ihre Identität festgestellt hat? Es ist Pia Zein.«

Von Weiden, im Begriff sich die Nase zu putzen, ließ sein Taschentuch sinken und starrte Mariella mit geweiteten Augen an. »Warum weiß ich davon nichts?«

Lore berührte ihn sanft am Arm. »Bestimmt wird die Kripo auch noch zu Ihnen kommen.«

»Es ist…so... ich weiß nicht ... bizarr.«

»Wie meinen Sie das?«

Arno von Weiden schien sich zu besinnen und erschauerte. »Sie war noch so jung. Es ist schrecklich.«

»Ja, es ist wirklich schrecklich«, sagte Mariella leise und steckte Hustensaft und eine Packung Lutschtabletten in eine kleine Tüte. »Nehmen Sie mehrmals täglich einen Teelöffel von dem Saft. Die Tabletten lutschen Sie je nach Bedarf, aber mehr als zehn Stück am Tag sollten es nicht sein. Und Sie brauchen viel Flüssigkeit, am besten Wasser oder Thymiantee, dann wird es Ihnen bald bessergehen.«

Von Weiden blickte ins Leere und reagierte nicht. Auf seinem Gesicht hatte sich ein Schweißfilm gebildet. Fahrig wischte er ihn ab.

»Ist alles okay mit Ihnen?«, wollte Mariella wissen.

Er schaute um sich, als wüsste er nicht, wo er war.

»Herr von Weiden?«

»Schon gut, alles in Ordnung.« Er warf einige Münzen auf den Tisch und packte die Tüte mit den Medikamenten. Im Hinausstürmen rempelte er Lore an, so dass die gegen den Tresen taumelte.

Kopfschüttelnd schaute Lore ihm nach und rieb sich die Hüfte, an der sie sich gestoßen hatte.

»Was willst du hier?«, fragte Mariella.

»Ich habe Halsweh.«

Mariella nahm aus dem Ständer neben der Theke eine Tüte und schob sie Lore zu. »Das ist eine Kräutermischung aus Salbei, Thymian und Efeu. Mach einen Wickel und trink eine Kanne Tee.«

Lore verzog den Mund. »So ein alter Kauz, der Von Weiden. Komisch, wie der sich benommen hat … als hätte er ein Gespenst gesehen.«

»Immerhin hat sich seine Tochter Pias Ex geangelt.«

Lore zog ihre Jacke fester um sich und nieste.

»Wie es aussieht, hat dich die Sommergrippe erwischt. Du hast Schüttelfrost. Geh heim und leg dich ins Bett.«

»Ein bisschen Schüttelfrost ist nichts im Vergleich zu dem, was Klara jetzt erleben muss. Sie hat ihre Tochter verloren, das eigene Kind. Ich kann mir gar nicht vorstellen, wie weh so etwas tun muss. Jedenfalls tut sie mir leid.« Lore griff nach der Teepackung und verabschiedete sich.

Kaum war sie gegangen, trat Mariella an das Kräuterregal. Während sie die Päckchen musterte, überlegte sie, was Klara Zein helfen könnte. Hanf? Kamille? Oder vielleicht Weißdorn? Schließlich entschied sie sich für Baldrian und Hopfenblüten.

Sorgfältig wog sie die Kräuter ab und gab zum Schluss noch einen Teelöffel getrockneten Beifuß dazu.

Kaum schlug die Kirchturmuhr zwölfmal, schloss Mariella die Apotheke ab. Ihr Ziel war die Baumsiedlung, in der Klara wohnte, seit sie denken konnte. Alte, knorrige Bäume säumten die Straßenränder, es gab Linden, Kastanien und Eichen, vor allem jedoch Buchen. Im Herbst lagen so viele Bucheckern auf den Straßen, dass sie wie ein stacheliger brauner Teppich wirkten. Wenn Autos darüberfuhren, knackten sie unter den Reifen. Doch nicht die vielen Bäume hatten der Siedlung ihren Namen gegeben. Es waren die Straßen, von denen eine jede nach einem Baum benannt war. In der Mitte zog sich die Eibenstraße von der Hauptstraße bis zum Ende des Dorfes hin, davon ging linkerhand der Tannenweg, der Kiefernsteig und die Eschenstraße ab, während sich auf der rechten Seite der Eichensteg, die Birkengasse und der Ulmenweg befanden. In den bog Mariella ein.

Im Schatten der Bäume war es nicht ganz so heiß, allerdings reichte er nicht an die Vorgärten der in Reih und Glied stehenden Häuser heran, sondern endete an den Fußwegen, die in diesem Teil des Dorfes aus festgestampftem Sand bestanden. Bei Sonne waren sie hart und rissig. Bei Regen wurden sie zu einer weichen Masse.

Der überwiegende Teil der Häuser stammte aus den Sechzigern, die Eigentümer waren fast zeitgleich eingezogen. Klara aber gehörte nicht zu dieser eingeschworenen Gemeinschaft, ihr Haus stand ein Stück von den übrigen entfernt. Früher hatten zwei weitere Katen die Lücke gefüllt, aber im Laufe der Jahre waren sie verwaist und schließlich abgerissen worden.

Schon bei Mariellas erstem Klingeln riss Klara die Tür auf, als hätte sie auf jemanden gewartet. Für einen lieben Besuch machte man sich zurecht, Klaras Anblick jedoch war erschreckend. Graue Haut spannte sich über dem mageren Gesicht, die Haare hingen in Strähnen in die Stirn, und der fiebrige Ausdruck in den Augen deutete auf das Leid hin, was die Frau gerade durchmachte.

»Ach, du bist es. Komm rein.« Klara schlurfte ins Wohnzimmer, in dem sie anscheinend gesessen hatte. Die Luft roch abgestanden. Die Jalousien vor den Terrassentüren waren heruntergelassen und hielten die Sonne fern. Das einzige Licht kam von einer dicken Kerze, die vor Pias Foto auf dem Couchtisch stand.

»Ich habe dir etwas mitgebracht, damit du Ruhe findest. Am besten, ich mache dir sofort einen Tee«, sagte Mariella leise.

»Ruhe? Die habe ich erst, wenn der Tod meines Kindes aufgeklärt ist.«

»Die Polizei tut alles …« Fast hätte Mariella gesagt, um den Mörder zu finden, doch im letzten Moment besann sie sich. Klara litt schon so genug. Sie ging in die Küche, um den Tee zu kochen. Während sie einen Topf für das Wasser suchte, hörte sie Klara rufen.

»Mariella? Kannst du nicht etwas unternehmen?«

Sie schaute in die Stube. »Klar, sag ruhig, was du brauchst.«

»Finde das Schwein, das Pia umgebracht hat.«

»Ich? Wie denn? Ich bin Apothekerin, keine Polizistin.«

»Deine Mutter hätte gewusst, was zu tun ist. Sie hat sich um jeden im Dorf gesorgt, und jetzt hast du ihren Platz eingenommen. Hilf mir, bitte, ich flehe dich an. Tu etwas.«

Mariella schloss Klara in die Arme. In ihrem Hals steckte ein dicker Kloß.

Tu etwas. Die Worte dröhnten noch in Mariellas Ohren, als sie am Abend in ihrem Bett lag. Sie hätte Klara gern geholfen, aber wie? Was Klara brauchte, war eine Erklärung für Pias Tod, das hatte sie selbst gesagt. Vielleicht gelang es ihr, etwas über die Obduktion zu erfahren? Viel Hoffnung hatte sie nicht, aber sie musste es versuchen. Klara zuliebe.

Am nächsten Tag blieb die Apotheke geschlossen, und Mariella machte sich auf den Weg nach Leipzig. Sie hätte die Bundesstraße 2 nehmen können, doch sie entschied sich, über Land zu fahren. Raus aus Sabnitz Richtung Delitzsch, vorbei an Brodau und durch Lemsel. An der Autobahnbrücke über die A 14 grüßte von fern das Völkerschlachtdenkmal. Von der oberen Plattform aus bot sich der Blick über die gesamte Messestadt. Mariella war schon oft auf dem Denkmal gewesen. Vielleicht war es an der Zeit, wieder einmal einen Ausflug zu machen und die letzten Tage einfach zu vergessen. Doch sie ahnte, dass es ihr nicht gelingen würde. Die tote Pia hatte sich in ihre Gedanken eingebrannt.

Sie hatte das Fenster ihres Kleinwagens heruntergekurbelt und genoss den Fahrtwind, der ihr Haar verwirbelte und für ein bisschen Abkühlung sorgte. Nachdem sie das Ortseingangsschild von Leipzig passiert hatte, verlangsamte das Tempo bis auf die innerorts vorgeschriebene Geschwindigkeit. Ihr Weg führte sie durch den Ortsteil Wiederitzsch entlang von Reihenhaussiedlungen, die sich mit Grünflächen abwechselten. Rings um den Parkplatz am Messegelände hatte jemand den Rasen gemäht und Büsche gestutzt. Die Schnittstellen waren von der Sonne verbrannt. Es sah aus, als hätte man zum Schnitt eine stumpfe Schere benutzt.

Sie stellte das Auto ab und nahm die Straßenbahn bis zum Leuschnerplatz. Den Rest des Weges zum Rechtsmedizinischen Institut ging sie zu Fuß. Im Schatten der Sporthalle in der Leplaystraße hockten ein paar Jugendliche auf der Bordsteinkante und hörten Musik, die aus einem Handy kam, das einer der Kids hin und herschwenkte. Ein Mädchen lachte laut und warf den Kopf in den Nacken, dass ihre langen dunklen Haare flogen. Die Kleine erinnerte Mariella an Pia, und bei dem Gedanken, was sie womöglich in der Rechtsmedizin erwartete, lief ihr ein kalter Schauer den Rücken entlang. Sie beeilte sich, auf die andere Straßenseite zu kommen, weg aus dem Schatten und dorthin, wo die Sonne auf das Pflaster knallte. Zwei Straßen weiter hatte sie die Johannisallee erreicht und nach einer Strecke von weiteren hundert Metern stand sie vor dem Haus mit der Nummer 28. Das Rechtsmedizinische Institut. Sie entzifferte die Inschrift an der Klingelanlage, zögerte einen Augenblick und drückte dann doch auf den Knopf.

Eine blechern klingende Stimme fragte: »Ja, bitte?«

»Mein Name ist Mariella Rabner, ich möchte zum Leiter der Rechtsmedizin.«

»Zu Dr. Obermayr? Haben Sie einen Termin?«

Hatte sie nicht. »Natürlich, er erwartet mich.«

»Einen Moment, bitte.«

Es dauerte nicht lange, da meldete sich die Blechstimme erneut: »Es tut mir leid, der Doktor ist heute nicht zu sprechen.«

»Hören Sie, es ist wichtig.«

»Vereinbaren Sie einen Termin mit ihm. Einen schönen Tag noch.« Ein letztes Knistern, dann war Stille.

Verdammt. Mariella ballte die Hände. Was sollte sie nun tun? Unschlüssig blieb sie auf dem Treppenabsatz vor der Eingangstür stehen. Schon wollte sie gehen, da öffnete sich die Tür und eine junge Frau trat heraus. Sie hatte rotes Haar, das in der Sonne wie Feuer sprühte. Auf ihren Haaren saß eine Sonnenbrille, die sie bei Mariellas Anblick auf die Nase rückte.

»Entschuldigung«, sagte Mariella schnell, »können Sie mir helfen?«

Die Frau stutzte. »Inwiefern?«

»Ich wollte zu Dr. Obermayr, kann ihn aber leider nicht erreichen. Wissen Sie, wo ich ihn finde?«

»Er ist sehr beschäftigt. Am besten, Sie lassen sich einen Termin bei ihm geben.«

»Möglicherweise kann mir auch einer seiner Mitarbeiter weiterhelfen. Es geht um einen Todesfall.«

»Haben Sie die Polizei informiert?«

Mariella nickte. »Das Opfer wurde bereits obduziert.«

»Also wird an dem Fall schon gearbeitet. Bestimmt gibt es in Kürze eine Pressekonferenz, da werden die wichtigsten Fakten verkündet. Wenn Sie Näheres wissen wollen, gehen Sie hin. Und jetzt muss ich los, auf Wiedersehen.«

Die Frau schritt aus, als hätte sie keine Zeit, und Mariella musste beinahe rennen, um an ihr dranzubleiben.

»Ich bin nicht von der Presse, aber ich kannte die Tote.«

»Warten Sie die Ergebnisse der Polizei ab.«

»Pia war meine Freundin, und ich verstehe einfach nicht, warum sie sterben musste. Ihrer Mutter geht es genauso.«

Eine Gruppe junger Leute kam ihnen entgegen, laut lachend und durcheinanderschwatzend. Mariella wurde abgedrängt und musste warten, ehe sie an ihren vorbeikonnte. Die Rothaarige war verschwunden. Sie reckte den Hals und schaute sich suchend um. Dann entdeckte sie die Frau, die im Begriff war, in einem langgestreckten Gebäude mit viel Glas auf dem Uni-Campus zu verschwinden. Sie folgte ihr in das Haus und die Treppe hinauf in den ersten Stock, wo sich die Mensa der Universität befand. Die Mittagszeit war vorbei, das Personal putzte bereits den Servicebereich. Metallbehälter wurden hin und her geschoben, Deckel klapperten, und über allem hing der Geruch nach gekochten Kartoffeln, gemischt mit dem Zitronenduft eines Reinigungsmittels.

Die rothaarige Frau hatte in Fensternähe Platz genommen und trank einen Kaffee.

Mariella trat an ihren Tisch und setzte sich auf den freien Stuhl ihr gegenüber.

Die Frau stellte ihre Kaffeetasse ab. »Hören Sie, so geht das wirklich nicht. Ich sagte doch bereits, was Sie machen sollen. Die Pressekonferenz…«

»Bitte.«

Etwas in Mariellas Stimme musste die Frau berührt haben, denn sie hielt inne. Ihr Blick bohrte sich in Mariellas Augen, als wolle sie in die Tiefe ihrer Seele sehen. Mariella hielt ihr stand. Dunkle Schokolade, dachte sie, ihre Augen haben die Farbe von dunkler Schokolade.

»Was genau wollen Sie denn wissen?«

»Kennen Sie Dr. Obermayr?«

»Ja. Ich arbeite mit ihm. Wir sind seit vielen Jahren Kollegen.«

»Dann obduzieren Sie ebenfalls Leichen?«

Marie Simon schüttelte den Kopf. »Ich bin zwar dabei, aber als Biologin.«

»Waren Sie auch bei Pia dabei?«

»Ja.«

»Konnte Dr. Obermayr feststellen, wie oder woran sie gestorben ist?«

»Ja.«

Mariella schluckte. »Und?«

So sehr Mariella auch bat, Marie Simon ließ sich nicht erweichen und blieb stumm.

»Fliegen und Maden, igitt«, sagte Lore, als Mariella ihr nach dem gemeinsamen Abendbrot in der Küche von dem Gespräch mit Marie Simon erzählte. »Also das wäre nichts für mich.«

»Insekten können für die Aufklärung von Todesfällen wichtig sein.«

»Trotzdem ist es eklig.« Lore holte eine Flasche Rotwein aus dem Schrank und öffnete sie.

»Für mich nicht«, wehrte Mariella ab. »Was machen deine Halsschmerzen?«

»Alles gut.« Um Lores Hals war ein sonnengelber Schal geschlungen. Sie nestelte ihn ab und legte ihn um die Schultern.

»Du hast nach wie vor Schüttelfrost. Statt Alkohol solltest du lieber Salbeitee trinken.« Mariella stellte den Wein zurück in den Schrank.

Es klingelte, und Lore ging, um nachzuschauen, wer an der Tür war. Sie kam mit einem kleinen, schmächtigen Mann zurück, der sich unentwegt die feingliedrigen Hände rieb.

»Pfarrer Kobel«, wunderte sich Mariella.

»Darf ich mich setzen?« Kobel wartete ihre Zustimmung nicht ab, sondern nahm umständlich auf einem Küchenstuhl Platz. Beim Setzen rutschten die Ärmel seines schwarzen Jacketts nach oben und entblößten zierliche Handgelenke wie die einer Frau.

»Ich habe Sie lange nicht im Gottesdienst gesehen.«

»Es gab viel zu tun in letzter Zeit.« Mariella bückte sich und strich Juan über das helle Fell. Der Hund lag zu ihren Füßen und schaute sie an, als wüsste er, dass sie dem Blick des Pfarrers ausweichen wollte.

Kobel räusperte sich. »Die Polizei war auch heute wieder im Dorf.«

Erstaunt schaute Mariella auf. »Das habe ich gar nicht mitbekommen. Ich war den ganzen Tag unterwegs.«

»Es ist schlimm, dass Pia ermordet wurde. Falls Sie Beistand brauchen, bin ich für Sie da. Das wissen Sie doch, ja?«

»Danke, aber das ist nicht nötig. Wenn jemand Trost braucht, dann ist es Klara. Waren Sie schon bei ihr?«

»Sie hat mich abgewiesen, aber das wundert mich nicht. Die Mitglieder der Familie Zein waren noch nie gute Kirchgänger, ihnen fehlt das Gottvertrauen.«

»Man darf nicht alles glauben, was die Leute erzählen, Herr Pfarrer«, sagte Lore.

Mariella meinte, in ihrem Gesicht so etwas wie eine erhöhte Wachsamkeit zu entdecken.

»Da gebe ich dir recht, mein Kind, schließlich ist Gott mit jedem von uns.«

»Trotzdem wurde unter seinen Augen gemordet.«

»Leider, denn Gott liebt das Leben.« Kobel rieb seine Hände. Es klang wie vertrocknetes Laub. »Letzten Sonntag hat dein Vater einen großen Geldbetrag für das neue Kirchengeläut gespendet. Er hat mir erzählt, dass du demnächst nach Italien fährst. Ist die Reise schon gebucht, Loriana?«

Lore zuckte mit den Schultern und verschwand nach oben.

»Jetzt, wo wir unter uns sind, kann ich Ihnen ja sagen, dass der Kommissar und ich lange über Sie gesprochen haben«, sagte Kobel.

»Warum so geheimnisvoll? Das hätten Sie auch vor Lore sagen können.«

»Im Vertrauen, ich halte das Mädel für viel zu oberflächlich, als dass sie begreift, was hier vorgeht. Ihr Vater tut recht daran, sie in seine Heimat zu schicken.«

»Herr Pfarrer, weshalb sind Sie gekommen? Was wollen Sie?«

Kobel straffte sich und wirkte auf einmal alles andere als zerbrechlich. »Sie bitten, mir zu helfen. Ich mache mir ernsthafte Sorgen, wie es mit Klara Zein weitergehen soll. Nächste Woche ist Pias Beerdigung, das wird ein schwerer Gang für sie, der schwerste, den man als Mutter haben kann.«

»Klara muss das nicht allein durchstehen, das ganze Dorf wird an ihrer Seite sein.«

»Sicher, aber was kommt danach? Wissen Sie, ob sie Verwandte hat? Jemanden, der danach bei ihr bleiben kann?«

Bei der Beerdigung von Klaras Mann waren viele Leute dabei gewesen, aber Verwandte? Mariella wusste es nicht. Damals hatte ihre Mutter noch gelebt und sich um die Hinterbliebenen gekümmert, wie es schon Generationen von Dorfapothekern vor ihr gehalten hatten.

Lore kam in die Küche zurück, ging zum Kühlschrank und nahm eine Flasche Wasser heraus.

Mariella wandte sich ihr zu. »Klara hat keine Familie mehr, oder?«

»Ich glaube, nicht.«

Kobel stand auf. »Ich will Sie nicht länger aufhalten, aber bitte denken Sie an meine Worte. Klara braucht Hilfe.«

Lore warf Mariella einen fragenden Blick zu, doch Mariella beachtete sie nicht, sondern brachte Kobel zur Tür.

»Klara braucht Hilfe?«, wiederholte Lore, kaum dass Mariella zurück war. »Denkt er, wir wüssten das nicht?«

»Im Moment hält sie nur der Gedanke an Pias Mörder am Leben. Sie klammert sich daran, dass ich etwas tun könnte, um ihn zu finden.«

»Warum erzählst du ihr nicht von dieser Biologin und davon, was sie entdeckt hat?«

»Bist du verrückt? Ich kann Klara doch wohl kaum sagen, dass ihr Kind von Maden und Insekten besiedelt war.«

»Nein, aber vielleicht tröstet es sie, wenn sie erfährt, was die Kripo alles untersucht, um Pias Tod aufzuklären.«

»Diese Simon hat mir nichts über die Obduktion verraten. Sie hat nur gesagt, dass sie anhand der Tiere bestimmen kann, wie lange und in welcher Umgebung ein Körper gelegen hat.«

Lore zog die Stirn kraus. »Also, was willst du jetzt unternehmen?«

»Nichts, und du solltest längst im Bett liegen. Deine Grippe…«

»Die lass aus dem Spiel.« Lore stemmte die Hände in die Seiten. »Klara zählt auf dich, und was machst du? Du redest dich heraus. Ich finde, du darfst sie nicht im Stich lassen.«

»Was erwartest du denn? Ich bin sogar nach Leipzig gefahren, und das, obwohl mir klar war, dass ich dort nichts erreichen werde.«

»Das reicht aber nicht. Schau, die Klara vertraut dir, und weißt du, warum? Weil ihr schon immer eine besondere Stellung innehattet, du und deine Familie. Respektierlich, hat Papa einmal gesagt, und dann hat er aufgezählt, was das Dorf euch zu verdanken hat. Weißt du noch? Die Viehseuche? Kein Arzt konnte helfen, aber dann hat deine Mutter ein Mittel gefunden, um die Tiere zu heilen. Oder denk an das Feuer, das die Ernte zerstört hatte. Und dann der harte Winter, als ich noch ein Baby war.«

Mariella schüttelte den Kopf. »Es ist genug, Lore, bitte geh. Ich bin verdammt müde.« Sie griff nach der Wasserflasche und trank, ohne abzusetzen, um den bitteren Geschmack in ihrem Mund runterzuspülen.

Sechs

»Hast du Breitmann gesehen, Bruno?« Veit Hütter sah Siebel zu, der in der Küchennische der Polizeiinspektion hantierte. Seit er und Siebel in die Räume der Mordkommission umgezogen waren, hatte sich zwischen ihnen eine gewisse Vertrautheit eingestellt, fast so wie bei Freunden. Ihr Dienst hatte gerade erst begonnen, und wie immer nutzten sie die morgendliche Kaffeerunde, um sich über die aktuellen Ereignisse auszutauschen und den Tag zu planen.

»Keine Ahnung, wo der Kommissar ist. Überall hocken die von der Moko rum, aber Kaffee kocht keiner.« Siebel rümpfte die Nase.

»Die Kollegen haben was Besseres zu tun. Außerdem gibt es im Erdgeschoss einen Getränkeautomaten.«

»Das Gesöff kann doch niemand trinken.«

»Dein Kaffee schmeckt wirklich viel besser«, sagte Hütter, und Siebel, offenbar versöhnt, lächelte breit.

Später beim Frühstück sagte Hütter: »Der Mörder hat Pia Zeins Leiche fast ein Jahr lang aufbewahrt.«

Bruno Siebel griff nach einem zweiten Brötchen. »Berlin 2006. Ein getöteter Rentner lag zehn Jahre lang in einer Kühltruhe. 2008 im Sauerland waren es drei Babys. In Bielefeld 2012 eine ukrainische Nutte, nur durch Zufall entdeckt, da war sie schon drei Jahre tot. Auch in Sachsen-Anhalt wurden zwei Leichen gefunden, wieder Säuglinge, das war 2018.«

Hütter sah auf die Uhr und stand auf. »Erzähl es mir später, ich muss zur Lagebesprechung.«

Die Lagebesprechung fand im größten Beratungsraum statt, den die Polizeiinspektion zu bieten hatte. Der innere Kern der Mordkommission bestand aus fünfzehn Beamten, bis auf Hütter hatten sie sich bereits versammelt. Da war Tom Krammel von der Kriminalpolizei, Luis Matula vom Betrugsdezernat, die zierliche Psychologin Ina Zankl und natürlich die Kollegen vom Erkennungsdienst sowie mehrere Frauen und Männer, die Breitmann aus den verschiedenen Abteilungen der Kriminalpolizei angefordert hatte. Paul Hofer, der Pressesprecher, hatte sich krankgemeldet, die Sommergrippe hatte auch ihn erwischt.

Hütter nickte in die Runde und stellte sich neben die Tür.

Norbert Breitmann saß an der Stirnseite der U-förmig aufgestellten Tische, vor sich zwei Telefone und einen Laptop, der mit dem Beamer gekoppelt war und die zusammengetragenen Informationen für alle sichtbar auf eine von der Decke hängende Leinwand warf.

»Laut Obduktionsbericht war Pia Zein eine vitale junge Frau. Keine Operationen, gesunder Zahnstatus, Blutgruppe A Rhesus negativ. Die Papillarleisten auf der Unterseite des rechten Zeigefingers entsprechen dem bei der Meldebehörde gespeicherten Fingerabdruck. Zu dem unter ihren Nägeln gefundenen genetische Material gibt es in der DNA-Analyse-Datei des Bundeskriminalamtes keinen Treffer. Die Meldeadresse ist eine Sackgasse, Pia Zein hatte ihre Wohnung gekündigt und sich beim Einwohnermeldeamt abgemeldet, Ziel unbekannt«, sagte Breitmann gerade.

»Ihr ehemaliger Vermieter wurde befragt, aber auch er wusste nicht, wohin sie ziehen wollte«, warf Tom Krammel ein. Auf der Leinwand erschien ein Mehrfamilienhaus. »Münzgasse 125 in Delitzsch, das Haus, in dem sie zuletzt gemeldet war. Die Mieter nehme ich mir heute noch vor.«

»Was ist mit dem Dorf? Sind wir dort durch?« Breitmann schaute von einem zum anderen.

»Wir haben noch nicht jeden erreicht, aber die Leute, die wir angetroffen haben, wussten nicht viel über die Tote zu berichten. Wie es aussieht, hatte sie keine engen Kontakte im Ort. Außer zu einem jungen Mann, sein Name wurde mehrfach genannt. Er heißt Martin Gruber«, erwiderte ein älterer Mann, der links neben Breitmann saß. Sebastian Tutzler, soweit sich Hütter erinnerte.

»Ihr Exfreund. Haben Sie sich um ihn gekümmert?«

»Bislang gab es zwei Versuche mit ihm zu sprechen, beide waren vergebens. Seine Frau meinte, er wäre arbeiten. Scheint stark beschäftigt zu sein, der Mann, aber wir bleiben dran.«

»Bestellen Sie ihn in die Polizeiinspektion.« Breitmann ersetzte das Foto auf der Leinwand durch die Auflistung mehrerer Firmenadressen. »Nach Auskunft der Mutter des Opfers wollte das Mädchen als Au-pair ins Ausland gehen. Sie sehen hier Agenturen, die sich mit der Vermittlung von Auslandsaufenthalten beschäftigen, unter anderem auch für Au-pairs. Wir haben uns auf einen Umkreis von fünfhundert Kilometern konzentrieren.« Er gab Luis Matula einen Wink.

Matula straffte sich. Auf seiner hohen Stirn spiegelte sich das Licht der Neonröhren. »Jede einzelne wurde kontaktiert, und es ist uns gelungen, diejenige ausfindig zu machen, bei der das Opfer registriert war. Sie befindet sich in München, ich habe mit der Geschäftsführung einen Termin vereinbart.«

»Den übernehme ich selbst, danach sehe ich mich in dem Friseursalon um, in dem sie gearbeitet hat«, sagte Breitmann. »Sie machen bei den Mobilfunkanbietern weiter. Morgen Abend um sechs will ich Sie alle wieder hier sehen.« Er schloss die Konferenz und ging zur Tür. »Hütter, Sie begleiten mich.«

Sie nahmen die A 9 Richtung München. Während der Fahrt kam Breitmann auf sein Lieblingsthema zu sprechen. Redensarten und Sprichwörter. »Gibt es eigentlich in Franken welche, die typisch für euch sind?«

»Keine Ahnung.«

»Der frühe Vogel fängt den Wurm? Alle Wege führen nach Rom? Oder besser nach Bamberg?«

»Bei uns heißt es Bamberch, aber das sagen nur noch die Alten.«

»Traditionen müssen gepflegt werden, und jeder Dialekt hat seine Eigenarten. Wir Sachsen zum Beispiel…«

Was folgte war eine Abhandlung über die Sachsen im Allgemeinen und die Leipziger im Speziellen. Nichts Neues für Hütter, nur aus Breitmanns Mund hatte er es bislang noch nicht gehört. Aus jedem Satz sprach Stolz, das imponierte ihm, und wenigstens verging die Fahrtzeit über dem Gerede. Nach viereinhalb Stunden kamen sie in der bayrischen Landeshauptstadt an. Sie fuhren den Mittleren Ring entlang und folgten der Ausschilderung Richtung Zentrum.

»Die Agentur ist gleich dort vorn«, sagte Breitmann, als sie in Neuhausen in die Nymphenburger Straße bogen.

Hütter stellte den Wagen vor einem modernen Neubau ab. Das Büro der Agentur befand sich im vierten Obergeschoss. Im Eingangsbereich sortierte eine junge Frau aufwendig gestaltete Prospekte in einen Ständer.

Als sie die Ankömmlinge bemerkte, kam sie auf sie zu. »Ihr Kollege hat Sie angekündigt, Sie wollen zu mir. Ich bin Claudia Telebach, die Leiterin der Agentur.« Sie legte die restlichen Papiere ab, klemmte sich ein Notebook unter den Arm und führte Breitmann und Hütter in ein Zimmer, das offensichtlich als Besprechungsraum diente. Mehrere Plastikstühle standen um einen großen, runden Tisch mit Metallbeinen und Glasplatte verteilt. Sie wirkten teuer und unbequem. Breitmann blieb stehen, und Hütter tat es ihm gleich.

»Eine Pia Zein aus Delitzsch hat sich bei uns registrieren lassen, aber anscheinend hat sie es sich später anders überlegt«, erklärte Telebach. »Vor jeder Vermittlung führen wir mehrere

Gespräche, um zu prüfen, ob die Bewerberinnen überhaupt als Au-pair in Frage kommen. Wir besprechen die Formalitäten, den Ablauf des Einsatzjahres, die Bedingungen vor Ort. Dinge eben, die wichtig für ein erfolgreiches Jahr sind. Auch mit Frau Zein wurde ein erster Termin vereinbart.«

»Wann genau war das?«, wollte Breitmann wissen.

»Der Erstkontakt? Am 15. Januar letzten Jahres. Wir konnten alle Fragen klären. In einem zweiten Termin haben wir eine Gastfamilie für sie gefunden. Das war am…«, Claudia Telebach klappte ihr Notebook auf und suchte das Datum, »am 20. Februar. Zu diesem Termin hatte sie auch die Nachweise dabei, die wir von unseren Bewerberinnen fordern.«

»Welche Nachweise denn?«

»Schulabschluss, Polizeiliches Führungszeugnis, medizinisches Attest…«

»Das alles hat Frau Zein also vorgelegt, und dann?«

»Sie hat den Visumantrag ausgefüllt, und wir haben ihn an das amerikanische Konsulat hier in München geschickt, aber wie ich von dort informiert wurde, ist sie im Konsulat ned zum Gespräch erschienen.«

»Sie hat also kein Visum erhalten«, ergänzte Breitmann.

Telebach nickte. »So ist es, und seitdem habe ich auch nichts mehr von der Frau gehört. Den Grund kenn ich ned.«

»Weil sie getötet wurde«, sagte Veit Hütter und handelte sich dadurch einen schrägen Blick von Breitmann ein.

Sieben

Der Nacht war ein Tag gefolgt, der genauso heiß gewesen war wie die vorangegangenen. Mariella hatte die Mittagspause in der Apotheke verbracht und frische Kräutermischungen hergestellt. Am Nachmittag war einiges los gewesen im Geschäft, wegen der Sommergrippe, und immer wieder war auch Pias Tod zur Sprache gekommen. Jetzt hatte sie Kopfschmerzen und sie war froh, als sie die Apotheke endlich abschließen konnte. Im Stehen hatte sie ein Glas Wasser getrunken, das sie mit ein paar Blättern Zitronenmelisse versetzt hatte. Nur langsam hatten die Kopfschmerzen nachgelassen, immerhin so weit, dass sie nun mit Juan über die Wiesen hinter dem Dorf laufen konnte. Erneut musste sie an Pia denken und daran, wie lange sie wohl unentdeckt im Wald gelegen hätte, wäre nicht Juan auf ihren Schädel gestoßen. Wie oft war sie mit ihm in der Heide umhergestreift, und nie hatte sie etwas Ungewöhnliches bemerkt.

Aber sie achtete ja auch kaum darauf, was um sie her vor sich ging, wenn sie auf der Suche nach Kräutern war. Vielleicht hatte sie doch etwas übersehen? Wie auch immer, sie musste wenigstens nach Klara schauen und sich vergewissern, dass die zurechtkam. Nach etwa hundert Metern pfiff sie Juan zu sich heran und bog nach rechts ab zum Ulmenweg. Die Gasse lag still in der Abendsonne, keine Menschenseele hielt sich im Freien auf, nur auf dem Rasen von Nummer dreizehn versprühte ein Sprenger dünne Wasserstrahlen wie ein Fächer.

Mariella ging zügig durch den Vorgarten vor Klaras Haus, wo sich zwischen den Rosenbüschen bereits Unkraut breitzumachen begann. Dabei hatte Klara immer Wert auf saubere Beete gelegt. Sie schellte, und wie schon bei ihrem ersten Besuch, öffnete Klara Zein umgehend die Tür. Als ob sie auf etwas wartet, schoss Mariella durch den Kopf, und sie zwang sich ein Lächeln ins Gesicht, von dem sie hoffte, dass es aufmunternd wirken würde. Klara sah noch schlechter aus als in ihrer Erinnerung. Die Wangen waren eingefallen, die Haare nach wie vor ungekämmt, und ihre Kleidung war auch noch dieselbe. Sie roch, als hätte sie sich seit Tagen nicht gewaschen.

»Hast du was rausgefunden?«

Die Hoffnung in Klaras Stimme gab Mariella einen Stich. »Lass mich erst einmal rein.«

Wieder wurde sie von Klara in die verdunkelte Wohnstube geführt. Vor Pias Foto brannte eine neue Kerze, diesmal war sie rot. Klara ließ sich auf das Sofa fallen und schlug die dort ausgebreitete Wolldecke um sich.

»Du siehst blass aus«, sagte Mariella und setzte sich neben sie.

»Ich habe Tee getrunken und was gegessen, mach dir um mich keine Sorgen. Also, was gibt's?«

»Nichts Neues, leider. Du musst der Polizei vertrauen, Klara.«

Mariella legte den Arm um Klaras Schultern. Unter der Decke konnte sie ihre Knochen fühlen. Wie mager sie ist, dachte sie.

»Die Pia wollt unbedingt weg von mir. Dabei hat sie hier alles gehabt, was man sich nur wünschen kann. Ich hätte es ja verstanden, wenn sie zu Martin gezogen wäre, aber nach Delitzsch?« Klara senkte den Kopf. »Dort kannte sie doch keinen.«

»Vielleicht hat sie in Delitzsch Freunde gefunden.«

»Sie hat nix davon erzählt, aber sie hat sowieso kaum was erzählt. Manchmal frage ich mich, ob ich die Pia wirklich gekannt habe.«

»Kinder haben oft Geheimnisse vor ihren Eltern, das ist nichts Ungewöhnliches.«

»Freilich, vielleicht hast du recht, aber ich dachte immer, wir wären unzertrennlich. Sie war doch alles, was ich hatte.«

Die Flamme der Kerze flackerte und malte unruhige Lichter auf das Foto. Es sah aus, als würde Pia lächeln, aber dann beruhigte sich die Flamme, und Pias Mund war ernst wie immer.

Mariella beugte sich vor, um es aus der Nähe zu betrachten. »Wie alt war sie, als das Foto gemacht wurde?«

»Achtzehn, es war der Tag ihrer Gesellenprüfung.«

Das Foto war wunderschön. Pia Zein hatte ihre langen schwarzen Haare in der Mitte gescheitelt und hochgesteckt. Entgegen ihrer sonstigen Gewohnheit war sie nur leicht geschminkt. Ihre gebräunte Haut sah aus wie Samt, und die dunklen Augen blickten verträumt in die Kamera.

»Den Abschluss hat sie mit Auszeichnung gemacht, weißt du? Ich war so stolz auf sie, und das habe ich ihr auch gesagt.« Klara griff nach dem Bild und drückte es an die Lippen. »Ich vermisse sie so sehr.«

»Ich könnte Lore bitten, eine Weile bei dir zu wohnen.«

»Ich bin lieber allein.« Ein Schluchzen schüttelte Klaras Körper.

Tröstend strich Mariella ihr über den Rücken. »Was hältst du von einem warmen Bad? Ich habe Lavendel dabei.«

Sie führte Klara ins Badezimmer, ließ Wasser in die Wanne und streute eine Handvoll Blüten hinein.

»Mariella?«

»Ja?«

»Hast du dich schon umgehört? Irgendjemand muss doch was wissen über mein Kind. Warum musste meine Pia sterben?«

»Ich jedenfalls weiß es nicht.« Mariella drehte den Wasserhahn zu. »Unsere Dübener Heide ist wunderschön, und wann immer ich Zeit habe, streife ich mit Juan durch den Wald. In jedem Winkel kenne ich mich aus und trotzdem habe ich nicht geahnt, dass die Pia dort irgendwo lag. Ich könnte nicht einmal sagen, dass ich jemanden gesehen hätte, einen Verdächtigen oder so. Und du? Du bist doch auch oft in der Heide unterwegs gewesen. Ist dir bei deinen Wanderungen nichts aufgefallen?«

Klaras Augen wurden groß, dann schüttelte sie den Kopf.

Später, als Mariella mit Lore im Garten hinter ihrem Bauernhaus saß, seufzte sie. »Wenn ich bloß wüsste, wie ich Klara helfen kann. Sie baut auf mich, und ich? Außer das bisschen Trost habe ich ihr nichts anzubieten. Wenn ich wenigstens von dieser Mikrobiologin etwas erfahren hätte, aber die hat sich hinter ihrer Schweigepflicht versteckt.«

»Das hättest du an ihrer Stelle auch getan.« Lore nippte an ihrem Tee. »Die Polizei wird Pias Mörder finden.«

»Ja, ganz bestimmt.«

»Es dauert dir zu lange, was?«

»Ich denke nur an Klara. Es ist schrecklich für sie, dass sie nicht weiß, was mit ihrer Tochter passiert ist. Sie macht sich Vorwürfe.«

»Weshalb denn?«

»Weil sie Pia aus den Augen verloren hat. Weil sie sich nicht genug um sie gekümmert hat. Weil sie …ach, ich weiß auch nicht, weshalb. Sie redet sich ein, dass sie ihr eigenes Kind nicht mehr kannte.«

»Klara hätte Pia doch besuchen können.«

»Nur hat sie nicht gewusst, wo sie gewohnt hat.« Mariella lehnte sich auf der Gartenbank zurück und schloss die Augen.

»Delitzsch ist keine Millionenstadt, wo man einfach in der Menge verschwinden kann«, sagte Lore. »Pia war Friseurin, und wo arbeitet man als solche?«

»In einem Friseursalon.«

»Stimmt genau. Ich frage mich, wie viele Salons es in Delitzsch geben mag.«

»Du meinst…?«

»Wenn du etwas erfahren willst, setzt du am besten bei ihrer Arbeitsstelle an.«

Mariella nickte. Darauf hätte sie auch allein kommen können. Wie gut, dass es Lore gab.

»Jetzt haben wir die Gewissheit, dass sie wirklich ins Ausland wollte«, sagte Hütter auf der Rückfahrt von München nach Leipzig. Sie hatten in einem spartanischen Hotel übernachtet und waren zum Mittagessen auf den Viktualienmarkt gegangen. Hütter hatte eine Brezel mit Weißwürsten gegessen, aber Breitmann konnte sich nicht damit anfreunden, an einer Pelle zu lutschen. Er hatte sich für ein halbes Hendl entschieden, das kannte er von daheim als Broiler.

Auf der Autobahn hatte Breitmann ein Weilchen geschlafen, so dass Hütter in Ruhe seinen Gedanken nachhängen konnte. Aber bis auf die Erkenntnis, dass Pia Zein tatsächlich nach Amerika auswandern wollte, war er nicht weitergekommen. Ärgerlich, denn insgeheim hatte er sich schon vorgestellt, wie beeindruckt Breitmann sein würde, könnte er ihm die Lösung des Falles quasi auf einem Silbertablett präsentieren.

Breitmann gähnte und fuhr sich über das Gesicht, wohl um den letzten Schlaf aus den Augen zu vertreiben. Die Abfahrt Leipzig kam in Sicht. »Bleiben Sie mal auf der A 9, wir fahren gleich weiter bis Delitzsch zu diesem Friseursalon.«

In Wiedemar nahm Hütter die Ausfahrt, und nach einer weiteren viertel Stunde hatten sie Delitzsch erreicht. Es war nur mäßiger Verkehr, die Rushhour war vorbei, die Fußwege entlang der Hauptstraße waren leer.

Breitmann strich glättend über die Falten in seinem Jackett. »Der Salon, in dem Pia Zein ihre Lehre gemacht hat, liegt in der Nähe, zweite Querstraße links. Sie kommen mit hinein, aber das

Reden überlassen Sie mir, klar?«

Hütter fand das Geschäft, stellte den Wagen am Straßenrand ab, und sie stiegen aus.

»Was für ein Laden.« Breitmann nickte in Richtung der Schaufenster, in denen Strohpuppen drapiert waren. Sitzend, stehend und liegend. Anstelle von Haaren hatten sie wirre Drahtgeflechte auf den Köpfen.

Er drückte die Eingangstür auf. Ein Kling-Klang-Klong gemischt mit dem Zwitschern von Vögeln ertönte und ließ ihn zusammenzucken.

Kaum waren sie drin, stürzte ein junger Mann auf sie zu. Er trug eine rote Jacke im Stil eines Kimonos und war offensichtlich geschminkt. Seine Augen waren dunkel umrandet, und sein Mund war kirschrot. Die Haare hatte er zu einem Zopf gebunden. »Vor dem Geschäft ist Parkverbot, bitte fahren Sie den Wagen weg.«

»Kriminalpolizei«, sagte Breitmann. »Oberwachtmeister Hütter behält das Auto im Blick.«

Der Mann öffnete den Mund, doch dann zuckte er mit den Schultern und strich sich geziert über das Haar. Ein kleiner Lagerfeld, schoss Hütter durch den Kopf, doch er verzog keine Miene.

Im Gegensatz zu der Hitze in der Stadt war es in dem Salon angenehm kühl. Ein Ventilator wirbelte die Luft durcheinander. Es roch es nach Haarspray und Shampoo. Entlang der Wände rechts und links befanden sich jeweils zwei Arbeitsplätze, an einem stand eine Frau und föhnte einer anderen die Haare. Sie hatte ihnen den Rücken zugekehrt und schaute sich nicht um. Hütter sah im Spiegel das Gesicht der Kundin. Es kam ihm bekannt vor, und dann erkannte er sie. Es war die junge Frau, die den Schädel der Toten gefunden hatte. Mariella Rabner. Was machte sie hier? Sicher, sie ließ sich die Haare schneiden, aber ausgerechnet in dem Geschäft, in dem das tote Mädchen gearbeitet hatte? Konnte das Zufall sein?

»Kripo, sagten Sie? Was führt Sie her?«, unterbrach der Lagerfeldverschnitt seine Gedanken. Aus der Nähe sah er nicht mehr so jung aus, er hatte Krähenfüße in den Augenwinkeln und Falten auf der Stirn.

»Ich möchte mit dem Inhaber sprechen«, erwiderte Breitmann.

»Das bin ich, Klaus Grobl. Lassen Sie uns in mein Büro gehen.«

Stirnrunzelnd warf Hütter einen letzten Blick auf Mariella, ehe er Grobl folgte, der vor ihnen herlief und sie im hinteren Teil des Ladens in einen Raum führte, der von Glas und Stahl beherrscht wurde. An den mit silberfarbener Tapete beklebten Wänden standen Vitrinen voll Statuen, die kostbar aussahen und ebenfalls silbern glänzten. Sie zeigten skurrile Gestalten in allen möglichen Posen. Eine Mischung aus Mann und Ziegenbock küsste einen pausbäckigen Engel, eine vollbusige Frau mit einem riesigen Ohr ritt auf einem Stier und auch sonst gab es jede Menge Figuren, die willkürlich aus Menschen und Tieren zusammengesetzt waren.

»Darf ich Ihnen etwas anbieten? Kaffee oder Tee vielleicht?«

Breitmann lehnte ab. »Wir kommen wegen Pia Zein. Sie war bei Ihnen angestellt, jedenfalls haben Sie sie ausgebildet.«

Klaus Grobls verbindliches Lächeln erstarb. »Es ist schon eine Weile her, dass sie hier gearbeitet hat.«

»Wie war sie denn so?«

»Ja, was soll ich sagen. Etwas unpersönlich für ein Geschäft wie meines. Ich bediene nur Damen und lebe von meinen Kundinnen, also muss ich ihnen das Gefühl geben, dass sie bei mir in den besten Händen sind. Pia war eine gute Friseurin, handwerklich gesehen, aber sie hat einfach keinen Draht zu den Kundinnen gefunden. Ich habe sie immer wieder gebeten, mehr auf sie einzugehen, sie zu unterhalten und zu bestätigen. Sie wissen schon: Wer hört mir zu, wenn nicht mein Friseur?«

»Haben Sie noch mehr Angestellte?«, fragte Breitmann.

»Nur eine«, antwortete Grobl. »Elvira ist seit über zehn Jahren bei mir.«

»Ich würde gern mit ihr reden«, sagte Breitmann.

Grobl holte sie aus dem Geschäft. Es war die Frau, die bei ihrem Eintreten Mariella Rabner bedient hatte. Elvira hatte lockige braune Haare, in die sich rote Strähnchen mischten. Sie überlegte. »Pia hat nicht so recht hierhergehört. Die Kleine hat von einem anderen Leben geträumt.«

»Das trifft doch auf viele Leute zu, außer dass es die meisten nicht verwirklichen«, sagte Breitmann.

»Ja natürlich, das stimmt, aber ein Job, der Spaß macht, ist doch auch wichtig. Und Freunde und Familie.«

»Hat sie darüber geredet?«

»Musste sie nicht. Eigentlich hat sie alles hier abgelehnt, ihr Dorf, die Stadt, das Land. Miefig, hat sie's genannt.«

Breitmann wandte sich Klaus Grobl zu. »Warum haben Sie Frau Zein eigentlich beschäftigt, wenn sie doch nicht hierher gepasst hat?«

»Es ist nicht so einfach, während der Lehre zu kündigen. Da müssen schon schwerwiegende Dinge vorfallen, Pia war jedenfalls pünktlich und hat mich weder beklaut noch irgendwas beschädigt. Drum ...«

»Könnten Sie mir bitte die Adresse der Berufsschule geben, in der sie war?«, bat Breitmann.

»Die Schule ist in Schkeuditz, Edisonstraße 2.«

Veit Hütter notierte die Adresse.

»Etwas noch«, sagte Breitmann. »Wissen Sie, mit wem Frau Zein befreundet war? Hatte sie Verabredungen, wurde sie nach der Arbeit abgeholt oder hat sie von irgendjemandem erzählt?«

Elvira und Klaus Grobl wechselten einen Blick. »Nicht, dass ich wüsste«, sagte Elvira nach kurzem Nachdenken. Sie schaute Grobl an. »Hast du irgendwas in der Art mitgekriegt?«

Grobl schüttelte den Kopf. »Eigentlich komisch, oder?«

Das fand Hütter auch.

Veit Hütter und Tom Krammel hatten sich im Büro getroffen. Während Hütter es kaum erwarten konnte, weiter an dem Fall zu arbeiten, hing Krammel zusammengesunken auf seinem Stuhl. Seine Nase war gerötet, die Augenlieder geschwollen. »Diese blöde Grippe.« Er nieste und zottelte ein Papiertaschentuch aus der Packung, die er in der Hand hielt.

»Wie lange bist du eigentlich schon bei der Kripo?«, fragte Hütter.

»Müssen an die acht Jahre sein. Warum?«

»Ich hatte den Eindruck, dass du Breitmann gut kennst, besser als die anderen.«

»Echt?« Krammel nieste erneut.

»Stimmt es? Dass du weißt, wie er tickt, meine ich.«

»Kann sein, aber wen interessiert das schon. Wir sollten uns lieber um den Mordfall kümmern, als zu schwatzen.«

»Also.«

»Also was?«

Hütter seufzte. Breitmann war noch immer ein Rätsel für ihn, mal barsch, mal richtig nett, doch nie berechenbar. Wie sollte er einen Chef von sich überzeugen, den er nicht einmal richtig kannte? »Hat die Auswertung des Handys der Toten etwas ergeben?«

»Ja. Jede Menge Kontakte, und zwar überwiegend männliche, allerdings sind nur die Vornamen gespeichert. Die Nachfrage bei den verschiedenen Mobilfunkanbietern wird noch eine Weile dauern, aber Luis Matula arbeitet daran. Im Betrugsdezernat haben sie ständig mit Telefondaten zu tun. Luis weiß, was er tut, und er ist wirklich gut. Der Beste, wenn du mich fragst.«

»Und wir? Wie gehen wir vor?«

»Als nächstes hören wir uns im Wohnhaus der Toten um.«

»Mit Breitmann?«

»Nee, der ist unterwegs.«

»Der und seine Sprichwörter.«

»Jedem Tierchen sein Pläsierchen.«

»Jetzt fang du nicht auch noch damit an. Unterwegs ist er also. Weißt du, wohin?«

»Er wollte in die Berufsschule, in der die Tote ihre Lehre gemacht hat, danach zur Berichterstattung nach ganz oben, und für den Abend steht wieder eine Pressekonferenz an. Diesmal ist sogar das Fernsehen dabei, der Sender Leipzig und der MDR. Kannst du heute Abend in den Nachrichten sehen.« Tom Krammel hustete und krümmte sich. »Ich verschwinde zum Arzt, mir geht's echt scheiße. Du übernimmst die Befragung der Nachbarn der Toten, ich stoße später dazu.«

Hütter checkte die Ermittlungsakte und notierte sich die Adresse, dann machte er sich auf den Weg.

Die Münzgasse stellte sich als eine gut ausgebaute Straße mit regem Verkehr heraus. Zwischen der Häuserschlucht stand die Hitze wie in einem Backofen, und es dauerte nur wenige Minuten, bis Hütter der Schweiß den Rücken herabrann und sein Hemd am Körper klebte. In dem Mietshaus mit der Nummer 125 befanden sich vier Wohnungen. Am Klingelbrett standen keine Namen, und Hütter drückte den ersten Knopf unten links. Eine weibliche Stimme fragte, was er wolle.

»Kriminalpolizei Leipzig. Hütter, mein Name. Ich hätte ein paar Fragen zu einer ehemaligen Hausbewohnerin.«

Der Türöffner summte, und er trat ins Haus. Kurz darauf stand er vor einer zweiflügligen Wohnungstür aus massivem Holz, deren braune Farbe glänzte, als wäre sie neu gestrichen. Unterhalb eines kleinen Fensters befand sich ein Messingschild mit dem Namen der Bewohnerin. Eleonore Hinkel. Hütter suchte die Klingel, doch die Tür wurde bereits geöffnet.

Eleonore Hinkel war eine alte Frau, schätzungsweise Ende siebzig, mit der Statur eines Weinfasses, klein und gedrungen. »Von wo sind Sie?« Sie nestelte an dem Haarnetz herum, das ihren Dutt zusammenhielt.

»Oberwachtmeister Veit Hütter von der Leipziger Kriminalpolizeiinspektion. Ich ermittle im Todesfall von Pia Zein, die ja hier gewohnt hat, und möchte Ihnen ein paar Fragen stellen.«

Er zeigte seinen Ausweis. Argwöhnisch betrachtete sie ihn von allen Seiten, ehe sie die Tür freigab. »Kommen Sie mal mit.« Sie drehte sich um und schob sich den mit Schränken und Kommoden vollgestellten Flur entlang zu einer Tür auf der linken Seite. Das Zimmer, in das sie ihn führte, war ein kleiner länglicher Raum, der als Esszimmer zu dienen schien. Auf dem Tisch standen noch Reste des Frühstücks, daneben lag eine aufgeblätterte Zeitung. Das Delitzscher Mitteilungsblatt, wie Hütter erkannte, als die Hinkel sie zusammenfaltete und zur Seite legte, um sich dann schwer auf einen Stuhl fallen zu lassen.

»Wenn Sie wegen der von nebenan gekommen, haben Sie sich umsonst bemüht. Sie war ja keine von hier, keine aus Delitzsch, meine ich. Früher haben wir uns alle gut gekannt im Haus, ja? Wir haben uns gegenseitig geholfen, wenn Not am Mann war. Eier oder Mehl ausgeliehen, den Briefkasten geleert und Blumen gegossen, wenn der Nachbar im Urlaub war, aber heutzutage will jeder seine Ruhe haben. Die Zein war auch so eine. Hat kaum den Mund aufgekriegt auf der Treppe. Na ja, die Jugend, die ist halt so.«

Die Hinkel angelte nach dem Weidenkörbchen, das zwischen

Wurst und Butterdose stand. »Ein Brötchen?«

Veit Hütter lehnte ab. »Wissen Sie, ob Frau Zein ab und zu Besuch hatte? Freundinnen und Freunde vielleicht?«

»Ich habe niemanden gesehen. Einmal habe ich sie gefragt, ob sie mir Kartoffeln mitbringen könnte, vom Einkaufen. Ich bin nicht mehr gut zu Fuß, ja? Ich habe ihr sogar angeboten, dass sie auch einen Teller Suppe mitessen könnt. Aber sie hat gesagt, sie hätte keine Zeit.«

Hütters Handy klingelte. Tom Krammel war dran und wollte wissen, wo er gerade sei. Er sagte es ihm, und wenige Minuten später schellte es an der Wohnungstür.

»Das wird mein Kollege sein. Danke für Ihre Hilfe. Falls Ihnen noch etwas einfällt, melden Sie sich bitte.« Er gab ihr die Telefonnummer der Polizeiinspektion und verabschiedete sich. Zu dumm, dass er nicht viel erfahren hatte. Vielleicht lag es an seiner Art? Manche Leute hatten Angst vor der Polizei, auch die Älteren.

»Und?«, fragte Krammel im Treppenhaus.

Hütter schüttelte den Kopf.

Der nächste hieß Hans Koch und wohnte ein Stockwerk über der alten Hinkel. Er war ein Mann jenseits der Siebzig. Obwohl es später Vormittag war, trug er einen gestreiften Schlafanzug und darüber einen wattierten Bademantel, der knisterte, wenn er sich bewegte. Vermutlich war er aus irgendeinem Stoff gemacht, den es heute gar nicht mehr gab, weil er gesundheitsschädlich war. Graue Bartstoppeln sprossen auf Kochs Wangen und am Kinn, als hätte er sich seit längerem nicht rasiert.

Diesmal führte Tom Krammel das Wort, und Hütter nahm sich vor, genau aufzupassen, wie er vorging.

Krammel sagte, weshalb sie gekommen waren.

»Hä?«, schrie Koch und hielt die Hand hinters Ohr.

Geduldig wiederholte Krammel sein Anliegen und ließ den

Mann dann einfach reden.

Wie sich herausstellte, war Koch fast taub und hatte seine Wohnung seit Jahren nicht mehr verlassen. Der Sozialdienst kümmerte sich um ihn, brachte Essen und achtete darauf, dass er seine Medikamente nahm, wie er angab. »Nettes Mädchen«, brüllte er und meinte die Pflegekraft. An Pia Zein konnte er sich nicht erinnern, doch er schien froh zu sein, dass sich jemand mit ihm unterhielt. Hütter war enttäuscht. Entweder besaß Krammel ebenfalls kein Geheimrezept, um wirklich wichtige Dinge in Erfahrung zu bringen, oder Koch wusste tatsächlich nichts über Pia Zein.

Die dritte Mieterin, eine Frau namens Luise Maulbeiner, war genauso betagt wie der alte Koch. Sie war dürr wie ein Stock und hatte eine Hakennase, die sie beim Sprechen nach vorn stieß, als würde sie auf ihr Gegenüber einhacken wollen. Bei ihrem Anblick dachte Hütter unwillkürlich an eine Krähe. Bei ihrem Eintreten waren die Augen der Alten weit aufgerissen und voller Angst. Erst nachdem sie erklärt hatten, dass sie wegen Pia Zein gekommen waren, entspannte sie sich ein bisschen. Mit kurzen schlurfenden Schritten führte sie die Polizisten ins Wohnzimmer. Ihre Wohnung sah aus wie aus den dreißiger Jahren. Dunkle Eichenschränke vor einer ausgeblichenen Blümchentapete und ein Ungetüm von Sofa, das mit grünem Samt bezogen war. Hütter und Matula lehnten den angebotenen Sitzplatz ab und blieben stehen. Als wären wir auf der Flucht, dachte Hütter und wünschte sich tatsächlich, dass das Gespräch nicht lange dauern würde. In der Wohnung roch es nach gebratenem Fisch und Katzenpisse. »Kennen Sie Frau Zein?«, fragte er.

»Die junge Frau aus dem Parterre? Die habe ich manchmal im Hof gesehen, kurz nach dem Krieg. Da waren wir gerade eingezogen. Geflohen aus Schlesien, vertrieben sollte ich wohl sagen. Da wohnte die Junge schon unten im Haus. Die aus dem

Parterre, ja. Eine schöne Frau, ihr Mann ist gefallen. Meiner auch, das hat uns verbunden. Nicht dass wir Freundinnen waren, das nicht, aber trotzdem. Außerdem hat sie unten gewohnt. Ich aber bin von Anfang an hier im Ersten. Ist besser, oben zu wohnen, aber die von unten – wie hat die noch gleich geheißen?«

Alte Leute, alte Zeiten, dachte Hütter. Die hier schien in der Vergangenheit zu leben. »Uns geht es um Pia Zein. Sie hat viel später hier gewohnt, aber nicht lange. Vor einem Jahr ist sie ausgezogen.«

»Zein…« Die Maulbeiner legte den schmalen Kopf schief, als würde sie dem Namen nachhorchen. »Ich habe mal einen Mann gekannt, der hat Klein geheißen. Warten Sie, ich hab's. Kurt Klein, so hieß der. Der fesche Kurt haben wir immer gesagt, weil er so gut ausgeschaut hat. Vielleicht ist er mit ihrer Frau Zein verwandt? Er war so ein guter Mensch, der Kurt.«

»Es ist eher unwahrscheinlich, dass Pia Zein etwas mit dem feschen Kurt zu tun hatte.« Hütter wandte sich zum Gehen. Es war Zeit, dass sie aus dieser stinkenden Umgebung wegkamen.

»Da haben Sie wohl recht«, ließ sich die alte Maulbeiner vernehmen. »Wo es doch noch nicht so lange her ist, dass die junge Zein hier gewohnt hat.«

Er fuhr herum. »Sie erinnern sich also?«

»Junger Mann, ich bin zwar alt, aber nicht blöd.«

»Er hat es nicht so gemeint«, sagte Krammel schnell. »Haben Sie Frau Zein mal in Begleitung gesehen? Mit Männern? Oder auch Frauen?«

Krammel zog ein Päckchen Tabletten aus der Hosentasche, drückte zwei Pillen aus dem Blister und schluckte sie trocken herunter.

Wieder neigte die alte Maulbeiner den Kopf, diesmal zur anderen Seite. »Nehmen Sie etwa Drogen?«

»Nur Kopfschmerztabletten, Frau Maulbeiner.« Krammel hielt ihr die Schachtel unter die Nase.

»Sie sehen gar nicht aus, als ob Sie Schmerzen hätten. Na, wo waren wir gerade stehengeblieben?«

»Ob die Frau Zein mal Besuch gehabt hat«, sagte Hütter.

»Woher soll ich das wissen? Na ja, einer hat ihr geholfen, beim Einzug damals. Danach habe ich den nicht nochmal gesehen, und als sie ausgezogen ist, hatte sie eine Firma bestellt.«

Na bitte, endlich eine Spur. Hütter achtete nicht länger auf den Geruch der Wohnung. »Der Mann vom Einzug - kennen Sie seinen Namen? Oder können Sie beschreiben, wie er ausgesehen hat?«

»Er war jung, nicht dick, aber untersetzt. Wie er heißt, weiß ich nicht, aber ich habe sein Auto gesehen. Er hat direkt vor der Tür auf dem Fußweg geparkt und den Hauseingang blockiert. Ich habe kaum dran vorbeikönnen. Früher gab es das in Delitzsch nicht, dass jemand sein Auto mitten auf dem Weg abstellt, aber man will sich ja nicht immer gleich aufregen, ja?«

»Was für ein Auto war es denn?«, fragte Hütter.

»Ein graues, daran erinnere ich mich genau.«

»Und die Marke? Bitte denken Sie nach.«

»Damit kenne ich mich nicht aus. Ich weiß nur, dass es grau war. Und groß.«

»Irgendwie hatte ich mir mehr erhofft«, resümierte Tom Krammel, als sie wieder auf der Straße standen.

Hütter hob die Schultern. »Immerhin wissen wir, dass die Tote doch nicht so einsam war, wie alle dachten. Wir könnten mit der Befragung im Haus nochmal von vorn anfangen, vielleicht fällt den Alten noch mehr ein. Oder hast du eine bessere Idee?«

»Habe ich, wir fahren zum Finanzamt. Die Kollegen von der Steuer müssten wissen, wo Pia Zein zuletzt gewohnt hat und auch wo sie nach der Kündigung beim Friseur gearbeitet hat.«

»Falls sie überhaupt einen neuen Job hatte.«

»Von irgendetwas muss sie ja gelebt haben, oder?«

Hütter schaute nach oben. Der Himmel hatte sich zugezogen, und die Sonne hatte sich hinter einer grauen Wolkendecke versteckt. In der Ferne grollte Donner. Er startete den Wagen und reihte sich in den Verkehr, gleich darauf schlugen erste Regentropfen gegen die Scheiben.

Für Delitzsch war das Finanzamt Eilenburg zuständig, genau wie für den gesamten Landkreis in nördlichen Teil von Sachsen. Als Hütter eine halbe Stunde später in der Eilenburger Walter-Rathenau-Straße hielt, schüttete es wie aus Kübeln. Na prima, dachte Hütter, nun würden sich zu den Schweißflecken auf seinem Hemd auch noch Regentropfen gesellen. Sie warteten ein Weilchen, bis der Regen ein wenig nachgelassen hatte, dann stiegen sie aus und rannten die letzten Meter bis zu dem Haus, in dem sich das Finanzamt befand. Es war Freitag, und wie das Schild an der Eingangstür verkündete, hatte die Servicestelle ab Mittag geschlossen, aber Tom Krammel lief entschlossen in den zweiten Stock, wo er jemanden kannte, der ihnen weiterhelfen würde, wie er Veit Hütter auf der Treppe informierte. »Mannschuh und ich, wir kennen uns schon ewig. Du wirst ihn mögen, da bin ich mir sicher.«

In einem Gang hinter dem ersten Treppenabsatz standen zwei Frauen, die sich unterhielten. Die eine war klein und dick, die andere um die dreißig und schlank. Ihre dunklen Locken wippten, während sie sprach und dabei lebhaft mit den Händen gestikulierte. Hütter stockte. Beim ersten Mal mochte es Zufall gewesen sein, dass diese Rabner genau dort auftauchte, wo er ermittelte. Ein zweites Mal jedoch konnte nur eines bedeuten: Die Frau schien sich auffallend stark für den Mordfall zu interessierten.

»Wo bleibst du denn?«, drängte Krammel, und Hütter schloss schnell zu ihm auf. Um diese Apothekerin würde er sich später kümmern.

Ewald Mannschuh residierte in einem Eckzimmer. Die Beschriftung an seiner Tür wies ihn als Leiter der Allgemeinen Veranlagungsstelle aus, und Hütter fragte sich, was damit wohl gemeint sein könnte.

Sein Oberkopf war glatt und kahl wie ein Ei, und er trug einen dichten Bart. Die Enden über der Oberlippe hingen wie bei einem Walross herab und gingen in ein schlohweißes Gestrüpp über.

Sein Büro war so groß wie Hütters gesamte Wohnung und mit zwar hellen, aber klobigen Möbeln eingerichtet. Er hatte die Fenster geöffnet, und wahrscheinlich waren sie schon während des Regengusses offen gewesen, denn die Fensterbretter im Innern glänzten nass.

»Da schau her, der Tommy Krammel«, begrüßte er sie.

»Wir hätten gern eine Auskunft, Ewald.«

»Ich dachte mir schon, dass es keine reine Höflichkeit ist, die dich hertreibt. Ein Fall?«

»Was sonst. Es geht um eine junge Frau, sieh hieß Pia Zein und hat in einem Friseurgeschäft gearbeitet, das war bis vor etwa zwei Jahren. Danach verliert sich ihre Spur, und da habe ich mir gedacht, wenn jemand weiß, woher sie ihr Einkommen bezog, dann du. Also, kannst du mir helfen?«

»Was genau erwartest du?«

»Ich will wissen, was die Frau nach dem Job beim Friseur gemacht hat. Wo hat sie gewohnt? Wer ist bei euch als letzter Arbeitgeber geführt? Und wie ist seine Anschrift?«

»Das haben wir gleich.« Ewald Mannschuh drückte einige Tasten auf der Computertastatur und starrte auf den Monitor.

Hütter beugte sich vor und verfolgte, wie sich ein Datensatz öffnete.

»Na bitte«, sagte Mannschuh. »Sie war bei Klaus Grobl auf dem Margaretendamm. Der Grobl war ihr Ausbildungsbetrieb, er hat ab dem zweiten Lehrjahr für die Zein Lohnsteuer gezahlt. Nach dem Abschluss hat sie sich selbständig gemacht, jedenfalls hat sie eine entsprechende Steuernummer erhalten. Die Steuererklärungen stehen noch aus, aber wir werden sie umgehend daran erinnern.«

Veit Hütter räusperte sich. »Das wird nicht mehr nötig sein, Frau Zein ist tot.«

»Ach?« Ewald Mannschuh legte den Zettel zur Seite und schaute Tom Krammel an. »Die Steuernummer läuft unter dem Dienstleistungssektor«, sagte er dann.

»Und was heißt das?«

»Der Gesetzgeber hat eine besondere Bezeichnung dafür: Eigenprostitution.«

»Ach nee, eine Nutte? Welche Anschrift hat sie bei euch angegeben?«

»Dudenzeller Allee, Nr. 12. Das ist ein Massagezentrum und gleichzeitig ein Puff. Die Inhaberin vermietet Wohn- und Arbeitsräume an Mädchen, die dort auf eigene Rechnung arbeiten.«

Tom Krammels Fieber war wieder gestiegen. Er nieste und hustete, schniefte ein ums andere Mal und sagte: »Ich kann nicht mehr. Setz mich zu Hause ab, ich bin total fertig.«

»Was hältst du davon, dass die Zein als Prostituierte gearbeitet hat?«

»Na ja, sie war jung und brauchte das Geld, darauf läuft es doch immer hinaus.«

»Kann es ein Mord im Milieu gewesen sein? Streit mit ihrem

Zuhälter oder mit der Konkurrenz? Oder mit einem Freier?«

»Möglich ist alles.« Krammel holte ein riesiges Taschentuch hervor und schnäuzte sich geräuschvoll.

Dudenhöfer Allee, hatte Ewald Mannschuh gesagt. Sie würden den Laden auseinandernehmen.

Hütter setzte Krammel vor dessen Wohnhaus ab, fuhr zurück in die Polizeiinspektion und begab sich ins Büro. Bis auf Norbert Breitmann war es verlassen. Als der Hütter sah, drückte er ihm einen Stapel Papier in die Hand. »Nehmen Sie die Presseerklärung, die Presseleute warten schon. Blöd, dass Hofer die Grippe hat.«

»Tom Krammel ist auch angeschlagen.«

»Ein Unglück kommt selten allein. Auf, auf, Hütter. Jetzt können Sie was lernen.«

In einem der größeren Beratungsräume der PI hatten sich mehrere Journalisten versammelt. An dem Tisch an der Stirnseite saß ein hochgewachsener Mann in Anzug und Krawatte. Vor ihm waren mehrere Mikrofone aufgestellt.

»Staatsanwalt Grump«, raunte Breitmann Hütter zu und ging zu ihm hinüber. Hütter blieb an der Tür und ließ den Blick schweifen. Einige der Anwesenden kannte er: Ferdinand Züpfe vom Tageblatt, Isabell Hauser vom Delitzscher Anzeiger und Mario Duppich, dem der Ruf vorauseilte, dass er wenig zimperlich vorging, wenn er eine heiße Story witterte. Duppich schrieb für die Leipziger Volkszeitung.

In der ersten Reihe hatte der Mitteldeutsche Rundfunk eine Kamera postiert. Der Kameramann richtete sie auf Breitmann aus, und dann eröffnete Breitmann die Runde mit einer allgemeinen Begrüßung und mit der Vorstellung von Staatsanwalt Grump. »Da unser Pressesprecher Paul Hofer krankheitsbedingt ausgefallen ist, werde ich die Konferenz moderieren. Wir werden Ihnen die bisherigen Ermittlungsergebnisse - soweit dienlich - bekanntgeben, vor allem, um Spekulationen und insbesondere falschen Verlautbarungen vorzubeugen. Die schriftliche Ausfertigung wurde in ausreichender Zahl kopiert, Sie erhalten sie von Wachtmeister Hütter. Er wird sie im Anschluss austeilen und zusätzlich wird sie auf der Internetseite der Kriminalpolizeiinspektion veröffentlicht, so dass Sie sie dort abrufen können.« Breitmann gab Grump ein Zeichen.

Der ergriff das Wort. »Die Ermittlungen im Fall der tot aufgefundenen Frau aus der Dübener Heide schreiten voran. Die Identität der Frau steht fest, es handelt sich dabei um die einundzwanzigjährige Pia Zein aus Delitzsch. Zur Überprüfung ihrer Lebensumstände bitten die Staatsanwaltschaft und die Mordkommission nunmehr die Bevölkerung um Hinweise. Insbesondere stellen wir folgende Fragen: Wer hat Pia Zein zuletzt gesehen? Wann und wo war das? Gab es Personen, die in ihrer Gesellschaft waren? Zeugen werden gebeten, sich unter der Telefonnummer 0341 91290 mit der Polizeiinspektion in Verbindung zu setzen.«

Breitmann beugte sich zu den Mikrofonen. »Derzeit gehen wir von folgenden tatrelevanten Fakten aus. Der Todeszeitpunkt der jungen Frau liegt im April letzten Jahres. Nach ihrem Tod wurde sie an eine uns noch unbekannte Stelle verbracht, bis sie vor ungefähr vier Wochen in der Dübener Heide abgelegt wurde.«

Ferdinand Züpfe hob die Hand. »Ich habe eine Frage.«

»Ja bitte?«

»In welchem Delikt wird ermittelt und vor allem, gegen wen?«

»Noch ermitteln wir gegen Unbekannt. Der Vorwurf lautet Totschlag oder bei ausreichendem Verdacht auch Mord.«

»Wie ist Pia Zein gestorben?«

»Sie wurde erstochen.«

»Wurde das Tatwerkzeug gefunden?«

»Dazu kann ich aus ermittlungstaktischen Gründen keine Angaben machen, ich bitte um Verständnis.«

»Haben Sie schon einen Verdächtigen?«

»Ich wiederhole, was ich bereits gesagt habe: Wir ermitteln gegen Unbekannt, also in alle Richtungen.«

Mario Duppich meldete sich. »Statistisch gesehen handelt es sich bei fünfzig Prozent aller Morde um Beziehungstaten. Gehen Sie bei den Ermittlungen ebenfalls davon aus, dass der Täter aus dem Umfeld des Opfers stammt?«

»Wir können noch nichts Genaues sagen. Wir stehen erst am Anfang.«

Die Details waren bekanntgegeben, mehr gab es nicht zu sagen.

Acht

In der Früh waren Breitmann und die Kollegen der Mordkommission zur Dudenzeller Allee gefahren. Hütter folgte ihnen, sobald er die Dokumentation der Pressekonferenz erledigt hatte.

Das Haus, in dem sich das Massagezentrum befand, erinnerte an den Baustil gegen Ende des 19. Jahrhunderts, und auch die Inneneinrichtung sah aus, als wäre sie seit damals nicht geändert worden. Hellblauer Plüsch gemischt mit polierten Mahagonimöbeln. An den Wänden hingen jadegrüne Gemälde, die nackte Frauen und Männer zeigten. Im goldstrahlenden Licht der ausladenden Kronleuchter schien es, als wären die eng umschlungenen Körper mit einem Sternenglanz überzogen. Goldfarben waren auch die Kissen, die überall auf den Sofas und Stühlen verteilt waren.

Breitmann hockte auf einem brokatbezogenen Schemel und unterhielt sich mit einer Frau, deren Gesicht von Falten gezeichnet war. Ihre platinblond gefärbten Haare taten ein Übriges dazu, sie älter aussehen zu lassen, als sie vermutlich war. Als der Kommissar Veit Hütter erblickte, winkte er ihn heran.

»Da sind Sie ja endlich, Hütter.«

»Tut mir leid, Oberkommissar, ich bin nicht früher fertig geworden.«

»Schon gut, helfen Sie Krammel. Er ist im Obergeschoss. Ich rede in der Zwischenzeit mit Luise Eberding, sie betreibt den Laden hier.« Er wies in Richtung der Blondine.

Hütter nickte und lief die Treppe nach oben.

Tom Krammel war gerade dabei, eine junge Frau zu befragen. »Übernimm schonmal das Nachbarzimmer, ich bin hier noch nicht fertig.«

Die Tür zum Nachbarraum war nur angelehnt. Hütter klopfte

kurz, dann stieß er sie auf. Das Zimmer entsprach so gar nicht dem, was Hütter erwartet hatte. Dieses hier war jedoch das ganze Gegenteil. Die Wände waren hellgrau gestrichen, hellgrau waren auch die bis auf halbe Höhe herabgelassene Jalousie vor dem Fenster und die Orchideentöpfe aus Keramik auf dem Fensterbrett. Es gab einen weißen Kleiderschrank, eine weiße Kommode und ein großes Bett, auch das war weiß, nur die Bettwäsche war weiß-grau gestreift. Man hätte meinen können, man wäre in dem bekannten schwedischen Möbelhaus, das in jedem Einkaufspark zu finden war. Die junge Frau, die auf der Kante des Bettes saß und sich die Fingernägel lackierte, schaute auf. »Hallo, ich bin Ira.«

Veit Hütter zeigte seinen Ausweis.

Ira guckte gerade lange genug darauf, um die Überschrift zu lesen. »Polizei? Was wollen Sie?«

»Es geht um Pia Zein.«

»Es gefällt mir, wenn ein Mann klipp und klar sagt, was er will.« Ira lächelte. »Was ist mit dieser Pia Soundso?«

»Pia Zein, sie soll hier gearbeitet haben.«

Ira guckte auf Hütters Unterleib, und ihr Lächeln wurde breiter. Der Hauch von Freude in ihren Augen behagte Hütter ganz und gar nicht, und er spürte, wie ihm das Blut in die Wangen stiegt.

»Ich kenne keine Pia.« Ira grinste ihn unverhohlen an, als wisse sie, was er gerade dachte. Dabei täuschte sie sich, ihm war keineswegs nach Sex. Vielmehr wunderte er sich, warum in ihren Augen kein Hauch jener Unruhe zu sehen war, die typisch für Leute war, die nichts mit der Polizei zu tun haben wollten.

»Die Frauen kommen und gehen, und manche bleiben nicht lange genug, dass ich mich an ihre Gesichter erinnere, geschweige an ihre Namen. Pia Zein, haben Sie gesagt? Fragen Sie Nina, die könnte was wissen.«

»Wer ist Nina?«

»Eine Kollegin, sie ist schon länger hier als ich.«

»Wo finde ich sie?«

»Heute wahrscheinlich nirgends. Sie ist weggefahren, mit einem Kerl.« Ira widmete sich wieder ihren Fingernägeln, und als sie den letzten Nagel lackiert hatte, wedelte sie mit den Händen, damit der Lack schneller trocknete.

»Wann wird sie wieder zurück sein? Ist sie telefonisch erreichbar? Wie ist ihre Handynummer?«

»Sie wollen wohl alles wissen, was?« Ira lachte leise. »So viele Fragen, aber ich kann Ihnen nicht helfen. Sie können sich ja an die Eberding wenden, Luise ist hier die Chefin. Vielleicht weiß Tanja was.« Ira machte eine vage Handbewegung in Richtung der Wand. »Eine Tür weiter, bittschön.« Da ihr Hütter kein Geld einbrachte, schien sie keine Lust mehr zu haben, weiter mit ihm zu reden.

Eine Tür weiter wurde Hütter erneut überrascht. Tanja stand vor einem Spiegel und war dabei, sich einen zweiten Zopf zu flechten. Der erste war schon fertig. Er reichte über ihren Rücken bis zum Po. Ihr Zimmer war ausgestattet wie das eines kleinen Mädchens. Auf dem rosafarbenen Bett saßen Puppen in allen möglichen Größen, jede in ein rosa Tüllröckchen gekleidet, wie auch Tanja eines trug. Es hing auf ihren schmalen Hüften, als würde es jeden Moment herunterrutschen.

»Immer herein«, piepste sie, während sie einen rosafarbenen Kaugummi im Mund herumwälzte. Hütter konnte ihn zwischen ihren weißen Zähnen sehen.

Er stellte sich vor. »Es geht um eine junge Frau, Pia Zein. Kannten Sie sie?«

»Klar«, erwiderte Tanja, nun mit tieferer Stimme, die offensichtlich ihre normale Stimmlage war. Hütter war kein Kunde, also ließ sie ihre Rolle fallen. »Pia war nicht unbedingt das, was man unter einer Freundin versteht, aber so etwas findet man hier sowieso nicht. Freunde, meine ich.« Eine Kaugummiblase folgte ihren Worten.

»Seit wann hat sie hier gearbeitet?«

»Muss etwa zwei Jahre her sein, dass sie hier angefangen hat.«

»Wer waren ihre Kunden? Vielleicht hat jemand Ärger gemacht, oder sie hatte mit jemandem Streit?«

»Wenn Sie's genau wissen wollen – eigentlich hatte jeder einen Grund, sie zu hassen. Jeder hat seine Vorlieben, und die Pia war eigentlich die *Normale*, also für Männer, die nichts Ausgefallenes wollen. Einfach nur rein und abspritzen, aber das genügte ihr nicht. Immer wieder hatte sie es auch auf unsere Kunden abgesehen, und weiß der Teufel, wie sie es angestellt hat, meistens ist es ihr gelungen, dass die Kerle das nächste Mal nur von ihr bedient werden wollten. Bei der Laufkundschaft ist das egal, aber die Stammkunden sind wichtig für uns. Weil sie eine sichere Einnahmequelle sind, deshalb. Wir müssen schließlich auch leben.« Tanja zog ein Ende des Kaugummis zwischen den Zähnen hervor, wickelte es um den Zeigefinger und steckte das Knäuel wieder in den Mund.

Pia, die Normale. Wieder brannten Hütters Wangen. »Ich brauche Namen.«

»Diskretion gehört zu unserem Geschäft, Namen werden nur selten genannt, und falls doch, sind sie meistens falsch. Aber ich würde die Männer erkennen. Haben Sie Fotos?«

Die Namen und Adressen von Pia Zeins Telefonkontakten hatten sie ermittelt, und Breitmann hatte einige Kollegen mit ihrer Befragung beauftragt. Bei der Gelegenheit konnten sie auch gleich Fotos machen. Tom Krammel schaute um die Ecke. »Bist du fertig?«

Hütter nickte Tanja zum Abschied zu. »Ich bringe Ihnen

Fotos, und wenn Ihnen bis dahin noch etwas einfällt, melden Sie sich bitte.«

»Was hast du erfahren?«, wollte Krammel wissen, als sie die Treppe hinunterliefen.

»Die erste hat die Ahnungslose gespielt. Na ja, vielleicht war sie tatsächlich ahnungslos, aber weißt du was? Ich kann es mir nicht vorstellen. Die lassen uns doch alle ins Leere laufen.«

»Was willst du? Wir sind Bullen.«

»Die zweite war gesprächiger. Sie hat gesagt, dass Pia Zein nicht besonders beliebt war. Praktisch hatte hier jeder etwas gegen sie. Neid, nehme ich an. Ob das stimmt?« Hütter hob die Schultern. »Es soll noch eine gewisse Nina geben, die ist angeblich derzeit nicht da.«

»Dann nehmen wir uns die Dame später vor.«

Sie hatten das Erdgeschoss erreicht. Norbert Breitmann stand an der Bar, die Eberding saß auf einem Hocker. Ihr Rock war nach oben gerutscht und ließ ihre Beine sehen. Sie waren schlank und fest wie die einer jungen Frau und bildeten einen krassen Gegensatz zu dem Gesicht, das nicht nur voller Falten, sondern auch voller Altersflecken war, die selbst das dick aufgetragene Makeup nicht verdecken konnte.

»Frau Eberding zeigt uns die Mietverträge der Mädchen.«

Luise Eberding verschränkte die Arme und öffnete den Mund, aber Breitmann war schneller. »Zeit ist Geld, alte Unternehmerweisheit. Das stammt nicht von mir, sondern von Benjamin Franklin. Also wollen wir schnell fertig werden, da stimmen Sie mir gewiss zu.« Er wandte sich an Krammel. »Sie begleiten Sie die Dame gleich in ihr Büro und lassen Sie von den Verträgen mit der Zein Kopien machen.«

Die Eberding guckte säuerlich und machte Anstalten, ihren Platz zu verlassen, doch Breitmann hielt sie zurück. »Das Zimmer, in dem Pia Zein gewohnt hat – wo ist es?«

»Den Gang lang rechts neben der Theke. Es ist das letzte auf der linken Seite, aber versprechen Sie sich nicht zu viel davon. Ich habe es längst wieder vermietet.«

Breitmann forderte Hütter auf, sich trotzdem in dem Raum umzusehen.

Das Zimmer war unschwer zu finden. Hütter klopfte, wartete aber nicht auf ein Zeichen, sondern trat umgehend ein. Das Mädchen, das er drinnen vorfand, war schmal wie ein Junge, und wie ein Junge trug es die Haare kurzgeschnitten. Es stand ihr, wie Hütter fand.

»Gehören Sie zu den Polizisten?« Die Frage kam, noch ehe er sich vorstellen konnte.

»Ich bin Polizeiwachtmeister Veit Hütter, und wie heißen Sie?«

»Mary de la Rose, ein Künstlername, eigentlich heiße ich Anne Trenkisch. Sie können Anne zu mir sagen.« Ein Lächeln teilte ihre Lippen und ließ Zähne sehen, die wie Perlen aneinandergereiht waren.

Hütter schaute sich um. Das Zimmer war größer als die Räume im ersten Stock, und es hatte eine Tür zum Nachbarraum, die jedoch mit einem Schminktisch verstellt war. Auf dem Tisch lag eine Menge Schminkzeug, dazwischen eine Box aus Pappe mit Papiertüchern, die oben aus der Öffnung schauten, und ein angerissenes Päckchen Zigaretten von einer Marke, die er nicht erkennen konnte.

Er trat an den Tisch. »Hat der Pia Zein gehört?«

»Hat er. Ich habe ihn behalten, weil ich ihn hübsch finde. Nur die Farbe war scheußlich, schwarz wie die Nacht, deshalb habe ich ihn abgeschliffen und neu angestrichen, in hellblau.«

Außer an den Schubladen war von dem Blau nicht viel zu erkennen, so viel Kram lag auf der Tischplatte herum. Das Durcheinander wurde von einem Spiegel verstärkt, der auf kleinen Füßen aus Metall stand.

Hütter zog ein Schubfach nach dem anderen auf. Sie waren leer. »Haben Sie Pia Zein gekannt?«

»Weder gekannt noch gesehen, und das habe ich auch schon dem dicken Kommissar gesagt. Sie war schon weg, als ich hier angefangen habe.«

»Erzählen Sie mir, wie es ausgesehen hat, das Zimmer, meine ich.«

»Abgesehen von dem Schminktisch stand kein einziges Teil hier herum. Kein Schrank, kein Stuhl, kein Tisch, kein Bett. Nichts, nur der Schminktisch mit dem hässlichen Spiegel.« Ihre Augen glitzerten feucht. »Sie muss einsam gewesen sein.«

»Wie kommen Sie darauf? Sie haben Pia nicht gekannt.«

»Ich weiß, was Einsamkeit ist, okay? Und Selbstverachtung.«

»Hat sich Pia selbst verachtet?«

Anne hob die Schultern. »Ich bin keine Psychologin. Die Mädchen sagen, dass Pia gut war, in dem was sie getan hat, doch wenn man sich auf etwas versteht, bedeutet das noch lange nicht, dass man in sich selbst jemanden sieht, der geliebt wird, vor allem nicht in einem Job wie dem unseren. Pias Kram war weg, die Möbel, die Klamotten, einfach alles bis auf den Tisch. Das sagt eine ganze Menge, oder?«

»Wo sind sie hingekommen, die andere Sachen?«

»Weggeschmissen. So ist es immer, wenn jemand verschwindet.«

Zurück im Büro hatte Hütter Breitmann von Tanjas Angebot berichtet. »Wir fotografieren die Männer, die hinter Pias Telefonkontakten stehen, und wenn die Mädchen sie identifiziert haben, ordnen wir sie zu: auf einer Seite die Kunden, auf der anderen die sonstigen Kontakte, wie die Auslandsagentur, Bestellcenter und ähnliches. Wichtiger sind die Kunden. Vielleicht hatte Pia Streit mit einem von ihnen.«

»Setzen Sie nicht zu viel Hoffnung darauf. Die sind wie Krähen. Wer ihnen in die Quere kommt, auf den gehen sie los, aber niemals hackt eine Krähe einer anderen ein Auge aus. Und noch etwas: Falls überhaupt, rufen die Freier über die Nummer des Bordells an und werden dann weiterverbunden. Die Eberding hat keinen Zweifel daran gelassen, dass sie es nicht duldet, wenn sie übergangen wird. Würden die Frauen Geschäfte machen, ohne dass sie es weiß, muss sie befürchten, dass sie übers Ohr gehauen wird. Die Mädchen zahlen eine feste Miete für die Räume und geben ihr zusätzlich eine prozentuale Beteiligung an ihren Einnahmen. Deshalb will sie wissen, wie viel die Damen arbeiten.«

Breitmann drückte Hütter eine Liste in die Hand. Darauf standen mehrere Namen, ebenso eine Reinigungsfirma, ein Wäschedienst, verschiedene Getränkelieferanten und ein Arzt. »Diese Personen sind regelmäßig im Kakadu anzutreffen. Zumindest hat das die Eberding gesagt. Es sind Leute, mit denen sie Geschäfte macht. Lieferanten und ähnliches.«

»Im Kakadu?«

»Das ist der Name des Ladens. Er stand über der Tür, aber die Leuchtreklame ist ausgefallen. Vermutlich haben Sie ihn deswegen übersehen.«

Hütter biss sich auf die Unterlippe. Er hätte sich ohrfeigen können, dass er sich nicht die Zeit genommen hatte, das Haus in Ruhe zu betrachten. Im Eiltempo war er hineingegangen, um möglichst schnell bei der Befragung dabei zu sein.

»Ich möchte, dass Sie die Personen auf der Liste aufsuchen. Versuchen Sie herauszukriegen, was sie über Pia Zein wissen, Hütter. Bei der Lagebesprechung heute Abend möchte ich Antworten haben: Was treibt die Herrschaften regelmäßig in den Puff? Wie standen sie zu der Toten? Wo waren sie zum Zeitpunkt der Tat?«

Die letzte Frage war am schwierigsten zu beantworten. Wer konnte sich schon zu erinnern, wo er vor etwa einem Jahr gewesen war?

Nach Dienstschluss war Hütter nach Hause gefahren. Er wohnte in einem Zweiraumappartement unter dem Dach mit Kochnische und einem Bad, das so klein war, dass es nur eine Dusche, ein Waschbecken und die Toilette beinhaltete. Da er vergessen hatte, die Jalousien herunterzulassen, waren es in den Zimmern stickig und heiß. Er riss die Fenster in Stube und Schlafraum auf, in der Hoffnung, dass der Durchzug etwas Kühle bringen mochte, doch die Luft stand wie eine Wand. Das Thermometer auf der Fensterbank zeigte knapp vierzig Grad, und er redete sich ein, dass es nachts erträglicher sein würde, doch er wusste es besser. Laut Wetterbericht würde die Temperatur nicht unter zwanzig Grad sinken. Tropische Nächte, so hatte es der Meteorologe genannt und die Hitze auf den Klimawandel geschoben.

Hütter riss sich die verschwitzen Klamotten runter und stopfte sie in die Waschmaschine. Dann stellte er sich unter die Dusche und drehte den Kaltwasserhahn bis zum Anschlag auf. Eine Stunde später fuhr er mit noch feuchten Haaren und in eine weiße Leinenhose und ein weißes kurzärmeliges Hemd gekleidet die B 2 in Richtung Sabnitz entlang. Kurz vor zwanzig Uhr erreichte er das Dorf und parkte der Apotheke gegenüber auf dem Anger. Durch die Schaufensterscheibe beobachtete er ein Weilchen, wie Mariella hinter der Theke hin und her wuselte und Regale auffüllte. Dann stieg er aus und trat durch die Tür.

»Es ist geschlossen.« Auf Mariellas Stirn standen Falten, als er an den Verkaufstisch trat.

Hütter lächelte. »Die Tür war noch offen.«

»Gibt es etwas Neues in Bezug auf Pia Zein?«

»Genau das wollte ich Sie fragen. Übrigens, hübsche Frisur, die Sie haben. Neu?«

Mariella stemmte die Handflächen auf den Tresen. »Sie haben mich bei Grobl gesehen«, stellte sie fest.

»Dort und auch im Finanzamt in Eilenburg. Was zum Teufel wollten Sie dort?«

Mariellas Lippen bildeten einen Strich.

»Sie verbergen etwas vor mir, Frau Rabner. Was ist es?« Er suchte ihren Blick.

»Haben Sie Pias Mörder gefasst? Oder gibt es wenigstens einen Verdächtigen?«, fragte sie.

»Wir ermitteln noch, das dauert.«

»Warum denn so lange? Für Klara, Pias Mutter, es das alles eine einzige Qual. Man muss ihr doch helfen.«

Jäh durchzuckte ihn die Erkenntnis. »Bitte, tun Sie das nicht.«

Mariella verschränkte die Arme. »Wovon reden Sie?«

»Sie wissen sehr wohl, was ich meine. Ich bin Polizist und ausgebildet, um meinen Job gut zu machen. Ermittlungsarbeit ist nichts für Laien. Sie halten sich da heraus, sonst…«

»Wollen Sie mir etwa drohen, Herr Kommissar?«

»Oberwachtmeister, bitte, und ich drohe Ihnen keineswegs. Es ist nur so: Wenn jemand ein Verbrechen aufklären will, der keine Ahnung von dem Metier hat, dann richtet er mehr Schaden an, als dass er hilft, gell?«

»Ich könnte Sie zumindest unterstützen.«

»Sie würden mich bloß behindern.«

Mariella beugte sich vor. »Das glauben Sie doch selbst nicht. Ich lebe seit meiner Geburt hier im Dorf, und ich kenne die Leute, denn ich bin eine von ihnen, und sie vertrauen mir. Mehr als der Polizei. Nicht nur ich, auch die anderen fragen sich, wann Sie endlich etwas herausfinden.« Sie straffte sich. »Die

Zeitungen sind voll von Verbrechen, bei denen die Polizei im Dunkeln tappt. Erinnern Sie sich an letztes Jahr, als in Schleußig ein Mann überfallen und getötet wurde?«

Hütter hatte darüber gelesen. Bis heute war der Täter unbekannt. »Wie gesagt, manchmal dauert es eben, bis wir jemanden überführen können.«

Die Worte klangen noch in ihm, als er längst wieder auf dem Rückweg nach Hause war, und er fragte sich, ob es ihm gelingen würde, den Fall Pia Zein aufzuklären oder ob er wie der Tote aus Schleußig ungelöst zu den Akten gelegt werden musste.

Neun

Das Reinigungsunternehmen hieß Clean Service Zipfel GmbH und hatte seinen Sitz einem Gewerbegebiet am Stadtrand von Markranstädt. Kaum hatte Hütter die gläserne Drehtür passiert, kam ihm ein älterer Mann entgegen. Er hatte ein hageres Gesicht, aus dem eine spitze Nase stach. »Guten Tag, was kann ich für Sie tun?«

»Sind Sie der Inhaber?«

»Gewiss. Marlon Zipfel, mein Name. Kann ich helfen?«

Hütter hielt ihm seinen Ausweis unter die Nase. »Ich bin Polizist und an den Ermittlungen im Mordfall Pia Zein beteiligt. Ich habe einige Fragen.«

Zipf rückte seine Goldrandbrille zurecht. »Wenn ich kann, beantworte ich sie gern.«

»Ihre Firma macht im Kakadu sauber, richtig?«

»Stimmt, warum fragen Sie?«

»Eine gewisse Pia Zein hat dort gearbeitet. Haben Sie sie gekannt?«

»Wo denken Sie hin! Ich kümmere mich um die Aufträge, aber ich putze nicht. Mein Mitarbeiter, der Yalaz Demir, der kennt sie vielleicht. Das Kakadu ist sein Revier.«

»Ich würde ihm gern ein paar Fragen stellen.«

»Zu dumm, Yalaz ist nicht hier. Er hat Urlaub.«

»Wissen Sie, wie ich ihn erreichen kann?«

»Sie könnten es bei ihm zu Hause versuchen, vielleicht haben Sie Glück, und er ist da. Wenn er länger frei hat, fährt er meistens nach Istanbul.« Zipfel schrieb die Adresse auf.

»Danke.« Hütter steckte den Zettel in seine Jackentasche. »Gab es mit dem Kakadu irgendwelche Probleme?«

»Für mich als Auftraggeber? Nein, Frau Eberding ist zwar eine harte Geschäftsfrau, aber sie ist fair. Kein nachträgliches Feilschen oder ähnliche Versuche, den Preis zu drücken, absolut zuverlässig. Meine Rechnungen jedenfalls hat sie immer pünktlich bezahlt, und ich hoffe, so bleibt es auch. Denn das ist das Wichtigste, dass die Kasse stimmt, ja?« Er schaute auf die überdimensionierte Uhr an der Wand, die ein großes blaues Logo trug, einen stilisierten Putzeimer mit dem Schriftzug Clean Service Zipfel GmbH. »Wenn Sie keine weiteren Fragen haben, Herr Kommissar…Zeit ist Geld… zumindest für uns, die wir eine Firma zu führen haben?«

Darauf hätte Hütter eine Menge erwidern können, und er war sich sicher, dass keine seiner Antworten Zipfel gefallen hätte, doch er ließ es bleiben und verabschiedete sich.

Yalaz Demir wohnte in einem Reihenhäuschen, das sich in einer schmucken Siedlung unweit der Reinigungsfirma befand. Buchsbaumhecken trennten die Gärten voneinander, aber die Bewohner schienen es mit den Grenzen nicht allzu genau zu nehmen, denn die Hecken wiesen große Lücken auf, durch die Kinder verschiedener Altersgruppen zwischen den Grundstücken hin und her rannten. Ein Teenager schwenkte einen hellgrünen Gartenschlauch über die vertrockneten Rasenflächen, und die Kinder kreischten, wenn sie von dem Wasserstrahl getroffen wurden. Sie stoben hin und her, wollten dem Strahl ausweichen und hüpften dann doch wieder in seine Nähe, nur um erneut schreiend wegzurennen. Von drei- oder vierjährigen Zwergen bis Jungen und Mädchen, die Alter und Größe nach schon in die Schule gingen, war alles dabei.

Als Hütter vor Yalaz Demirs Haus aus dem Wagen stieg, blieben sie stehen. Neugierige Blicke musterten ihn, dann kam ein Junge von sechs oder sieben Jahren auf ihn zu.

»Ich wohne hier.« Er zeigte auf den Hauseingang, der sich links neben dem von Familie Demir befand.

»Eigentlich will ich zu deinen Nachbarn.«

»Zu Mehmet? Das ist mein Freund, doch der ist nicht da. Er ist verreist.«

»Schade, ich hätte ihn gern kennengelernt.«

Der Junge kicherte. »Aber sein Papa ist zu Hause.«

»Denkst du, ich kann ihn besuchen?«

»Ganz bestimmt, der ist nämlich richtig nett. Sag ihm, dass ich dich schicke, dann ist er noch netter.«

»Danke für den Tipp.« Hütter knuffte den Kleinen freundschaftlich in die Seite. Er erinnerte ihn an sich, als er im gleichen Alter war. Neugierig, hilfsbereit und ein bisschen altklug dazu, hatte seine Mutter manchmal gesagt. Vielleicht sollte er sie am Abend anrufen, es war schon eine Weile her, dass er das letzte Mal mit den Eltern gesprochen hatte. Aber das war wohl doch keine gute Idee. Mutter würde nur fragen, wann er nach Hause käme, und Vater würde ihm vorhalten, dass er kein Anwalt, sondern Polizist geworden war.

Er klingelte, und ein großer Mann öffnete die Tür. Er trug ein Unterhemd, das seine Muskeln sehen ließ. Seine Oberlippe wurde von einer Narbe geteilt, die bis zur Nase reichte.

»Yalaz Demir?«

Der Mann nickte.

»Ihr Chef hat mir Ihre Adresse gegeben. Ich bin Polizeiwachtmeister Hütter und möchte Ihnen ein paar Fragen stellen.«

»Kommen Sie rein, aber passen Sie auf, wo Sie hintreten. Ich habe noch nicht aufgeräumt.«

Im Flur lag ein Kinderroller neben einem Rollschuh. Bauklötze stapelten sich neben einem Ball und einem aufgeklappten Kinderbuch, unter dem der zweite Rollschuh hervorschaute.

»Meine Frau ist mit unserem Sohn verreist. Ich habe sie nach Schkeuditz gebracht, zum Flughafen. Bin eben erst zurück, deshalb die Unordnung, aber im Wohnzimmer ist es besser.«

Während der Flur aussah wie ein Schlachtfeld, strahlte das Wohnzimmer vor Sauberkeit. Die Regale an den Wänden waren vollgestellt mit Nippsachen. Mit Porzellanschälchen und Tassen, wie sie in Andenkenshops verkauft wurden, mit bunten Vasen aus Glas und Fotos von Angehörigen.

»Setzen Sie sich doch.« Yalaz deutete auf die Couch.

Hütter nahm Platz. »Sie machen im Kakadu sauber. Kennen Sie die Frauen, die dort arbeiten?«

»Vom Sehen, mehr oder weniger. Manchmal wechseln wir ein paar Worte, während ich die Böden wische. Mehr ist da nicht. Eigentlich sind die Mädchen in Ordnung, die meisten jedenfalls.«

»Gehörte Pia Zein auch zu denen, die – wie sagten Sie - in Ordnung sind?«

»Es gibt welche, die freundlicher sind. Tanja oder Nina. Pia konnte ganz schön zickig sein. An einem Tag hat sie mir Kaffee oder eine Cola angeboten, am nächsten hat sie gemault, warum ich nicht schneller mit ihrem Zimmer fertig bin.«

»Haben Sie sich mit ihr unterhalten?«

»Seltener als mit den anderen.«

»Worüber?«

Yalaz zuckte mit den Schultern. »Das Wetter, die steigenden Preise, die Türkei. Andere Länder fand sie schick. Es war das Fremde, das sie fasziniert hat. Sie wollte nach Amerika, das war ihr Traum vom großen Glück, also vom Tellerwäscher zum Millionär, jedenfalls etwas in der Art.«

»Das hat sie Ihnen erzählt?«

»Warum nicht? Jeder wusste davon. Sie hat kein Geheimnis daraus gemacht.«

»Haben Sie auch über ihre Freunde geredet? Oder ihrer Familie?«

»Nein, sie war Waise. Einmal habe ich sie nach ihren Eltern gefragt, und was ihr Papa von ihrer Arbeit hält, da hat sie es mir gesagt. Der Vater tot, und die Mutter auch. Eine traurige Sache.«

Hütter fragte sich, was Klara Zein wohl dazu sagen würde, dass ihre Tochter sie für tot erklärt hatte.

»Wann haben Sie sie zuletzt gesehen?«

Yalaz überlegte. »Ich weiß nicht, im Frühling letztes Jahr vielleicht?«

»Könnte es im April gewesen sein?«

»Möglich, jedenfalls so um den Dreh herum. Sie kam vom Markt, hatte Tulpen gekauft. Oder waren es Narzissen? Gelbe Blüten, so sahen sie aus. Sie hat sie auf den Tisch vor dem Spiegel gestellt. Eigentlich habe ich mich gewundert.«

»Wegen der Blumen?«

»Wer kauft so was, wenn er am nächsten Tag weg ist?«

»Also war Frau Zein am Tag darauf nicht mehr da?«

»Ich kann es nicht beschwören, aber sie war nicht in ihrem Zimmer, als ich putzen kam, und auch an den darauffolgenden Tagen nicht. Irgendwann hat Frau Eberding das Zimmer räumen lassen, und jetzt wohnt Mary da. Anne, meine ich.«

»Wissen Sie, wo Pias Sachen hingekommen sind?«

»Auf den Müll. Was für eine Verschwendung.« Yalaz schüttelte den Kopf.

Es war weit nach Mittag, als Hütter Yalaz Demir verließ. Sein Magen knurrte und erinnerte ihn daran, dass er seit dem Morgen nichts gegessen hatte. Er hielt vor dem nächsten Bratwurststand.

»Was darf's denn sein?«, fragte die Bedienung, ein junges Mädchen mit Pferdeschwanz und Kulleraugen.

Obwohl Hütter die Brötchen, in denen die Bratwürste verkauft wurden, nicht mochte, entschied er sich für die doppelte Portion und bestellte reichlich Senf dazu. Als er in die erste Wurst biss, spritzte das Fett heraus. Tropfen landeten auf seinem Hemd und hinterließen hässliche Flecke.

Verdammt, wenn das so weiterging, hatte er bald kein sauberes Hemd mehr im Schrank. Spätestens am Wochenende musste er waschen. Er rieb mit einer Serviette an den Flecken herum, doch die blieben und er erwog, nach Hause zu fahren und sich umzuziehen, aber auf seiner Liste standen noch drei Namen, und wenn er Breitmann Ergebnisse liefern wollte, musste er sich beeilen.

Kaum hatte er den letzten Bissen heruntergewürgt, machte er sich wieder auf den Weg. Sein Ziel war der Wäschedienst Gut & Sauber, ein Unternehmen, das – glaubte man der Werbung im Schaufenster – auf eine hundertjährige Tradition zurückblicken konnte und von Vater und Sohn geführt wurde, auch das traditionell. Es befand sich in einer kleinen Straße unweit des Hafens am Goitzschesee, wo sich viele inhabergeführte Läden aneinanderreihten. Von Naturprodukten bis Bürsten jeder Art, die angebotene Vielfalt ließ kaum Wünsche offen. Hütter lief an einem Café vorbei, dessen Tische von jungen Leuten besetzt waren. Berufsschüler, wie er tippte, die gab es in jeder Stadt. Früher war Bitterfeld als einer der größten Chemiestandorte der ehemaligen DDR ein bedeutender Ausbildungsort und zugleich eine der größten Dreckschleudern, die umfangreiche Umweltschäden hinterlassen hatte. Davon war heute nichts mehr zu spüren. Land und Luft hatten sich weitgehend erholt. Wer weiß, welche Ausbildung die Jugendlichen heute machten.

Das Gut & Sauber lag direkt neben dem Café. Er öffnete die Tür und trat ein. Drinnen roch es nach Waschpulver und nach Chemie, doch niemand war zu sehen. Das Bimmeln der altmodischen Türglocke schien jedoch seine Anwesenheit gemeldet zu haben, denn plötzlich tauchte ein Mann aus dem hinteren Teil des Geschäfts auf, der sich mit trippelnden Schritten näherte. Er war alt, mindestens siebzig Hütters Schätzung nach, und ging gebeugt, als hätte er eine schwere Last zu tragen. Um seinen Kopf wand sich ein Kranz weißer Haare. Mit wässrigen Augen über der fleischigen Nase blinzelte der Alte Hütter an. »Sie wünschen, bitte?«

»Ich hätte gern den Eigentümer gesprochen.«

»Das bin ich.« Der Alte deutete eine Verbeugung an, wobei nicht zu erkennen war, ob es sich wirklich um eine solche handelte oder ob er Schmerzen hatte, denn er stöhnte dabei. »Gestatten, Hubert Aumüller. Was kann ich für Sie tun?«

»Polizeiinspektion Leipzig, ich bin Oberwachtmeister Hütter und hätte gern einige Auskünfte von Ihnen.«

»Von mir? Ich wüsste nicht, was…ich meine…wie…« Aumüller stierte auf Hütters Brust.

Hütter verdeckte die Fettflecken mit der Hand. »Es geht um Pia Zein, eine junge Frau aus dem Kakadu. Sie waschen für die Damen.«

Aumüller wandte den Kopf. »Franz? Komm mal her.«

Ein Mann tauchte auf, der dem Alten wie aus dem Gesicht geschnitten war. Ein spärlicher Haarkranz, eine dicke Nase und Augen, die wässrig erschienen. Nur gebückt lief er nicht.

»Mein Sohn, der Franz.«

Der Blick des Sohnes wanderte zwischen dem Alten und Hütter hin und her. »Was gibt es denn?«

»Der Wachtmeister will was über das Kakadu wissen.«

»Über eine Frau, die dort ein Zimmer hatte. Ihr Name war Pia Zein.«

»War?«

»Sie wurde ermordet.«

»Gott im Himmel!« Der Alte schlug die Hand vor den Mund.

»Du darfst dich nicht aufregen, Vater.« Aumüller Junior hakte seinen Vater unter. Mit gerunzelter Stirn schaute er zu Hütter. »Lassen Sie uns nach hinten gehen.«

Das Hinten entpuppte sich als zwei Räume, die durch eine Tür miteinander verbunden waren. Sie stand weit offen, so dass Hütter sehen konnte, dass die beiden Räume gleich eingerichtet waren. Die dunkelbraunen Holzschränke waren an den Stellen, wo sie häufig angefasst wurden, abgegriffen. Die Beine der ebenfalls dunklen Holzstühle waren schief und an einigen Stellen ein Stück aus den Streben gerutscht. In jedem Raum stand ein Sofa mit einem Plüschbezug - einer dunkelrot, der andere königsblau. Beide waren an den Armlehnen abgewetzt.

Aumüller Sohn führte seinen Vater zu der roten Couch und half ihm, sich darauf auszustrecken. »Versuch, ein bisschen zu schlafen. Ich kümmere mich um alles.«

Er bedeutete Hütter, ihm ins Nachbarzimmer zu folgen und schloss hinter ihnen die Tür.

»Nehmen Sie Platz.« Er wies auf den Holzstuhl vor dem Schreibtisch und ließ sich auf der anderen Seite nieder. Sein Stuhl ächzte beträchtlich, so dass Hütter befürchtete, dass sich der Mann gleich auf dem Fußboden wiederfinden würde.

Franz Aumüller zündete sich eine Zigarette an, legte sie jedoch sofort mit dem glühenden Ende nach außen auf der Schreibtischkante ab. Diese wies bereits mehrere angesengte Stellen auf, aneinandergereiht wie die Zinken eines Rechens. »Ich bin dabei, es mir abzugewöhnen. Also bitte, was wollen Sie?«

»Soviel ich weiß, macht Ihre Firma die Wäsche für das Kakadu. Wie läuft das ab?«

»Normalerweise bringt ein Mitarbeiter die sauberen Sachen hin und nimmt gleichzeitig die schmutzige Wäsche mit. Wir waschen sie, sie wird ausgeliefert und gegen die neue Schmutzwäsche getauscht. Ein Kreislauf, würde ich sagen.«

»Schmutzige Wäsche zu waschen, scheint ein krisensicheres Geschäft zu sein.« Hütter grinste schief, Aumüller war anzusehen, dass er nicht viel von dem Wortspiel hielt. »Normalerweise, haben Sie gesagt. Läuft im Fall des Kakadus etwas anders ab als üblich?«

»Die Lieferungen für Frau Eberding besorge ich persönlich. Sie gehört zu unseren besten Kunden, deshalb.«

»Wie oft wird die Wäsche getauscht?«

»Handtücher und Bettwäsche zweimal die Woche, Tischtücher und ähnliches aller vierzehn Tage. Frau Eberding sorgt dafür, dass die Wäschesäcke fix und fertig an der Hintertür stehen. Dort hole ich sie ab, lade sie in den Transporter und lasse die frische Wäsche an der Hintertür zurück.«

»Was ist mit der Kleidung der Frauen?«

»Lohnt sich nicht, die haben eine Waschmaschine. Wissen Sie, mein alter Herr«, Franz Aumüller nickte mit dem Kinn in Richtung der Tür, »liest weder Zeitung, noch hört er Nachrichten. Er hat genug vom Elend der Welt gesehen, sagt er. Deshalb ist es kein Wunder, dass er nichts von dem Mord weiß, aber ich habe in der Leipziger Volkszeitung über den Fall gelesen, und selbst wenn ich das nicht getan hätte, wüsste ich davon. Einmal, als ich wie immer die Wäsche gebracht habe, waren zwei von den Mädchen draußen beim Rauchen.« Aumüllers Blick fiel auf die vor sich hin qualmende Zigarette auf dem Tisch. Er nahm sie und drückte sie im Aschenbecher aus. »Die haben über das Opfer gesprochen.«

»Konnten Sie verstehen, was sie gesagt haben?«

»Den genauen Wortlaut weiß ich nicht mehr, es war so was wie es musste ja mal so kommen und hätte sie nicht so heimlichgetan, hätte man die Leiche vielleicht schneller gefunden. Das war es, was die eine gesagt hat. Ich habe gedacht, dass daran viel Wahres ist, das mit dem Finden, meine ich. Stimmt doch, oder?«

»Können Sie die Frauen beschreiben?«

»Die gesprochen hat, war ziemlich dick. Die andere sah aus wie ein kleines Mädchen.«

Wahrscheinlich Tanja. Veit Hütter sah sie vor sich. Wegen der Dicken würde er nachhaken müssen, aber erst war der Getränkelieferant dran.

Doch die Firma war geschlossen. Ein Schild an der Tür informierte jeden, der es wissen wollte, dass wegen der Betriebsferien in den nächsten vier Wochen niemand erreichbar war.

Blieb noch die vierte Adresse auf der Liste der Personen, die im Kakadu ein- und ausgingen. Sie gehörte einem Arzt, Dr. Robert Kirk. Hütter schaute auf seine Uhr. Es war um fünf. Von Markranstädt bis Leutzsch, wo sich Kirks Praxis befand, waren es nur zehn Kilometer. Mit dem Auto würde er nur fünfzehn Minuten brauchen.

Am Ortsausgang kurz vor dem Kreisverkehr machte er vor einem Supermarkt Halt und kaufte zwei Flaschen Wasser und einen Apfel. Noch auf dem Weg zurück zum Auto trank er die erste Flasche aus, dann aß er den Apfel und leerte auch die zweite Flasche bis zur Hälfte, um kurz darauf festzustellen, dass noch mehr schwitzte. Er ließ den Motor an und stellte die Klimaanlage auf achtzehn Grad. Auf der Landstraße nach Leipzig konnte er durch die Baumreihen den rechterhand liegenden Kulkwitzer See sehen. Die Wasserskianlage war in Betrieb, Menschen saßen auf der Terrasse des dazugehörenden Bistros unter gelben Schirmen, tranken Bier und beobachteten die Sportler.

Hinter dem Ortseingangsschild von Leipzig kam Hütter in den Berufsverkehr. Im Schritttempo schob sich die Blechlawine der Fahrzeuge die Hauptstraße entlang durch Grünau bis Lindenau, wo sich der Stau wie von Zauberhand auflöste. Statt viertel sechs bog Hütter erst kurz nach halb in die Rathenaustraße ein, wo er weitere zehn Minuten damit zubrachte, einen Parkplatz zu finden. Es war fast achtzehn Uhr, als er an der Rezeption der Arztpraxis erfuhr, dass der Doktor nicht im Haus war. Die Sprechstundenhilfe, die ihm die Auskunft erteilte, war noch sehr jung, höchstens siebzehn.

»Rufen Sie ihn an und sagen Sie, dass er herkommen soll. Ich werde auf ihn warten«, erklärte Veit Hütter, nahm auf einem der modern, aber unbequem aussehenden Plastikstühle im Wartebereich Platz und vertiefte sich in eine Zeitschrift.

Nach knapp einer Stunde tauchte Kirk auf. Er war ein großer, schlanker Mann mit dunklen, kurz gehaltenen Haaren und braunen Augen, deren harter Blick keinen Zweifel daran ließ, dass er es gewohnt war, sich durchzusetzen. Ein Mann, dem der berufliche Erfolg anzusehen war und der wusste, was er wollte. Die Kleine am Tresen redete leise auf ihn ein und nickte dabei in Hütters Richtung. Kirk drehte sich um, schaute in den Spiegel neben der Garderobe, strich sich über die Haare und kam auf Hütter zu. »Sie sind der Oberwachtmeister, der mich sprechen will? Sagen Sie mir, wie ich Ihnen helfen kann, aber machen Sie es kurz, denn meine Zeit ist knapp bemessen.«

»Es geht um eine junge Frau, eine Patientin von Ihnen. Sie heißt Pia Zein.«

Kirk blickte zur Rezeption, aber die junge Frau hatte sich abgewandt und telefonierte.

»Nicht hier«, sagte Kirk. »Kommen Sie mit.«

Er dirigierte Hütter in das Behandlungszimmer. Es lag nach hinten heraus zu einem Garten von der Größe eines mittleren Parks mit mehreren Bäumen und jeder Menge Rasen. Das Fenster war geöffnet, aber ein hellgrauer Lamellenvorhang schirmte Blicke von außen ab. Er blähte sich in dem Lüftchen, das hereinwehte. Kirk zog ihn auf, schloss das Fenster, ließ den Vorhang wieder zurückgleiten und drehte an den Lamellen, bis sie zu einer Fläche verschmolzen, der den Blick hinaus verwehrte. Dann ließ er sich in den Drehsessel hinter seinem Schreibtisch fallen. »Was ist mit Frau Zein?«

Veit Hütter nahm den Stuhl, auf dem sonst die Patienten saßen. »Der Name scheint Ihnen geläufig zu sein.«

Der Doktor nickte knapp.

»War sie krank?«

»Herr Oberwachtmeister, Sie wissen doch, dass ich mich an die ärztliche Schweigepflicht halten muss.«

»Natürlich, doch Frau Zein ist tot.«

»Ob ein Patient lebt oder stirbt, spielt hinsichtlich der Schweigepflicht keine Rolle, auch das dürften Sie wissen.« Kirk schnippte ein imaginäres Stäubchen von seinem Arm.

Hütter könnte die Praxisunterlagen beschlagnahmen lassen, aber kein Richter würde zum gegenwärtigen Zeitpunkt einen Durchsuchungsbeschluss unterschreiben. »Pia Zein hat im Kakadu gearbeitet, wo auch Sie oft gesehen werden. Das sagt jedenfalls Luise Eberding.«

»Prostituierte sind zu Gesundheitschecks verpflichtet, und ich sorge dafür, dass die durchgeführt werden. Dazu muss ich sie natürlich aufsuchen.«

»Wann haben Sie Frau Zein das letzte Mal untersucht?«

Kirk drückte einige Tasten auf seiner PC-Tastatur. »Am 20. Januar vorletztes Jahr.«

»Gibt es einen festgelegten Turnus, in dem der Gesundheitscheck wiederholt werden muss?«

»Nein. Viele der Frauen im Kakadu lassen ihn einmal im Jahr machen. Ihr Körper ist ihr Kapital, also sehen sie zu, dass er funktioniert und außerdem in Form bleibt. Das sollten übrigens alle Menschen so machen, sich in Form halten, ja?« Kirk zeigte eine Reihe blendend weißer Zähne.

Schön und gesund, es war nicht zu übersehen, dass der Doktor darauf stand. Hütter kratzte sich am Kinn. »Eine Frage noch: Haben Sie gewusst, dass Frau Zein für ein Jahr ins Ausland gehen wollte?«

»Nein.«

Das Telefon klingelte, und Kirk nahm den Hörer ab. »Ja? – In einer Minute, ich bin gleich fertig.« Er legte auf und blickte Hütter direkt an. »Sie sehen, ich habe zu tun. Wenn Sie mich jetzt bitte entschuldigen würden?«

Veit Hütter stand von seinem Stuhl auf und schob ihm seine Visitenkarte zu. »Sollte Ihnen noch etwas einfallen, rufen Sie mich bitte an.«

Achtlos warf Kirk die Karte in eine Schublade.

Zehn

Der nächste Tag war ein Mittwoch, und mittwochs hatte Mariella die Apotheke nur bis Mittag geöffnet. Kaum hatte sie den letzten Kunden verabschiedet, machte sie sich zu Martin Gruber auf. Im Juni hatte sie in der Dübener Heide Pias Schädel gefunden. Jetzt war Mitte August, und wie es aussah, war die Polizei keinen Schritt weitergekommen. Sie selbst allerdings auch nicht. Weder in Grobls Salon noch im Finanzamt hatte sie etwas erfahren, was Pias Tod erklären könnte.

Grubers Haus lag ein Stück außerhalb von Sabnitz. Sie marschierte mit Juan den Feldweg hinter der Kirche entlang, vorbei an der Kindertagesstätte und weiter an den in voller Blüte stehenden zitronengelben Rapsfeldern, so dass sie einen weiten Bogen um das Dorf schlug. Juan machte an jedem Baum halt, um ihn zu beschnuppern. Zeitungslesen für Hunde, hatte Lore einmal gesagt.

Als sie die kleine Holzbrücke über dem Bach überquerte, sprang er ins Wasser, tauchte mit dem Kopf unter und schüttelte sich dann, dass seine Schlappohren flogen. Sie musste mehrmals rufen, ehe sie ihn dazu bewegen konnte, ihr weiter auf dem Weg zu folgen.

Schließlich erreichte sie die Gabelung. Ein Wegweiser aus rauem Holz, der an einem Baumstamm befestigt war, zeigte nach Norden zur Heidebaude, zu der nicht nur eine Fleischerei gehörte, sondern auch ein Gasthof mit mehreren Fremdenzimmern. Sie nahm den Weg Richtung Westen, der tiefer in die Dübener Heide führte und der als Wanderweg ausgewiesen war.

Juan bellte leise, dann raste er auf einmal los. Mariella musste rennen, um ihn nicht aus den Augen zu verlieren. Außer Puste kam sie schließlich am Haus der Grubers an. Tatsächlich war es das Forsthaus, in das sie nach der Hochzeit eingezogen waren.

Niemand wusste genau, weshalb Martin und Veronika nicht im Schloss wohnten, vielleicht wollte er einfach nicht mit seinem Schwiegervater unter einem Dach leben.

Das Forsthaus war schon betagt, es war mehr als zweihundert Jahre alt, und das sah man ihm auch an. Die Farbe war verblichen, und das geschnitzte Geländer des Balkons war an einigen Stellen nicht mehr vorhanden. Notdürftig waren die Löcher mit Brettern zugenagelt. Dennoch war es ein schönes Haus, und es wirkte mit den üppigen rotblühenden Hängepflanzen in den Blumenkästen und mit den weißen Gardinen einladend und gemütlich. Veronikas Werk, wie Mariella vermutete.

Martin Gruber stand mit einem roten Plastikeimer in der einen und einem tropfenden Lappen in der anderen Hand in der Einfahrt und wusch den Jeep. Er war ein junger, kräftiger Mann mit einem flachen Gesicht und der Figur eines Ringers. Allein sein Bauchansatz ließ ihn behäbig wirken.

»Hallo«, begrüßte sie ihn.

Er zog die Augenbrauen hoch. »Was willst du?«

»Ich war bei Klara.«

Gruber warf den Putzlappen in den Wassereimer und wischte sich mit dem Handrücken über die Stirn. Dann kam er um den Jeep herum. »Wie geht es ihr?«

»Wie soll's ihr schon gehen, sie hat ihre Tochter verloren, also geht es ihr schlecht.«

»Hm, das tut mir leid, und das mit Pia auch. Und dass sie ausgerechnet in der Heide gelegen hat...dort, wo ich jeden Tag unterwegs bin.«

»Eben. Womöglich hast du sogar jemandem in der Nähe herumstreifen sehen.«

»Du meinst, irgendeinen Typen, der irgendwas im Schilde führt?«

»Ich meinte, ob du überhaupt jemanden gesehen hast – egal

wen.«

»Im Wald sind ständig Leute unterwegs. Wanderer, Pilzsammler, Vogelbeobachter und seit neuestem auch die, die auf der Suche nach dem Wolfsrudel sind, das sich bei uns angesiedelt hat. Ich achte nur auf die Leute, wenn sie Unfug treiben wollen. Holz klauen, zum Beispiel.« Er schaute zum Forsthaus, dann lief er zu dem Wassereimer, bückte er sich nach dem Putzlappen und wrang ihn aus. Mit gleichmäßigen Bewegungen begann er, die Wassertropfen von der Motorhaube des Jeeps zu wischen. »Hör mal, ich muss mit dem Wagen fertigwerden. Veronika wartet bestimmt schon auf mich. Also wenn das alles war, weswegen du gekommen bist, dann...« Sein Blick verlor sich einen Moment lang irgendwo hinter ihr, doch gleich darauf wienerte er wieder an dem Auto herum als gälte es, einen Rekord zu brechen.

Mariella runzelte die Stirn. Irgendwie hatte sie etwas anderes erwarten, obwohl sie nicht sagen konnte, was. Jetzt verwünschte sie ihren Einfall, der sie derart spontan zum Forsthaus geführt hatte. »Schon gut, Martin, vielleicht passt es ein anderes Mal besser.«

Sie wandte sich um und wäre beinah gegen den Mann geprallt, der in ihrem Rücken stand. Veit Hütter. Seine Augenbrauen waren zusammengezogen, und über seiner Nase kerbte eine tiefe Falte die Stirn. »Was für ein Zufall, dass ich ausgerechnet Sie hier treffe, Frau Rabner. Ich würde Ihnen gern noch ein paar Fragen stellen. Warten Sie bitte, bis ich hier fertig bin.«

Sie öffnete den Mund, doch sie brachte keinen Ton hervor. War ihr der Wachtmeister etwa gefolgt?

Hütter ließ sie stehen und ging an ihr vorbei zu Gruber. »Kann ich Sie einen Moment sprechen?«

»Wenn es schnell geht.« Wieder schaute Gruber zum Forsthaus hinüber.

»Gibt es hier einen Ort, wo wir reden können?«

»Im Schuppen, wenn es Ihnen nichts ausmacht.« Gruber ließ den Lappen auf der Motorhaube liegen und lief auf einem mit Bruchsteinen gepflasterten Weg voraus bis zu einer Holzhütte. Entlang der Wirbelsäule war sein grünes Hemd dunkel gefärbt vom Schweiß.

»Mein Kollege hat mehrmals versucht, Sie zu erreichen. Er hat Ihnen eine Nachricht auf dem Anrufbeantworter hinterlassen und Ihnen eine Aufforderung in den Briefkasten gesteckt, dass Sie sich bei uns melden sollen. Warum haben Sie das nicht getan?«

Gruber stieß die Schuppentür auf.

Sie traten in den Schuppen, der noch nicht lange zu stehen schien. Die Bretterwände waren noch nicht nachgedunkelt, und es roch nach Holz und nach Harz. An einer Wand stand eine ausladende Werkbank, an der ein Schraubstock befestigt war, zwischen dessen Backen ein Baumstück klemmte. An Wandhaken hingen verschiedene Sägen, Hammer und Zangen. In einer Lade lagen Messer in allen möglichen Größen.

»Warum haben Sie nicht auf die polizeilichen Aufforderungen reagiert?«, fragte Hütter nochmal.

»Der Schuppen - er ist noch nicht fertig, aber es wird langsam. Wenn Sie sich setzen wollen?« Gruber schob Hütter einen von zwei Holzstühlen zu, die in der Mitte standen. Auf dem anderen nahm er selbst Platz. »Warum ich mich nicht gemeldet habe? Ich hatte zu tun.«

»Stimmt es, dass Sie mit Pia Zein befreundet waren?«

»Hat Ihnen die da draußen das erzählt?«

»Ich wusste nicht, dass Frau Rabner hier ist.«

Gruber nickte langsam. »Pia und ich, das ist schon länger

her.«

»Wie lange?«

»Lange eben.« Gruber schaute zu dem Fach mit den Messern.

Hütters Gedanken fuhren Achterbahn. So kam er nicht weiter, er musste Gruber festnageln, aber wie? »Haben Sie Pia getötet?«

Gruber schüttelte den Kopf. Seine Lider waren schwer, er wirkte müde.

»Pia starb vor etwa einem Jahr um den 25. April herum. Alibi?«

»Nein, das habe ich nicht.« Gruber sprang auf, knöpfte sein Hemd auf und zerrte an den Ärmeln, um sie über seine muskulösen Oberarme zu kriegen. Mit einem Ruck bekam er das Hemd herunter, knüllte es zusammen und warf es auf die Werkbank. Dann nahm er ein weißes Shirt von einem Haken und streifte es über. »Ich habe sie geliebt. Daran ist nichts Schlechtes, oder?«

»Nein. Wann genau haben Sie Pia zum letzten Mal gesehen?«

»Ist lange her, zwei Jahre mindestens, und es war vor dem Sommer. Im Februar oder März vielleicht, es lag noch Schnee. Den genauen Tag weiß ich nicht mehr. Ich würde ihn sowieso am liebsten aus meinem Gedächtnis streichen.«

»Warum?«

»Wir hatten gestritten.«

»In Delitzsch?«

»Ich bin zu ihrer Wohnung gefahren. Pia wollte mich eigentlich nicht sehen, aber sie hat mich trotzdem reingelassen. Ich wollte sie heiraten, eine Familie gründen und das alles, aber Pia hatte andere Pläne.« Grubers Augen waren dunkel vor Schmerz.

Reichtum, sie wollte reich werden, und Hütter konnte sie dafür nicht verdammen. Geld war wie ein Weichzeichner, machte schön, beliebt und mächtig. Die Boulevardzeitschriften waren voll davon, von den Reichen und Berühmten, die sich in Anerkennung und Bewunderung sonnten. »Deswegen der Streit?«

»Tja, ich wollte nicht wahrhaben, dass sie mich einfach zur Seite schiebt, mich aus ihrem Leben schmeißt. Es hat mich verletzt.«

Hütter überlegte einen Moment, dann fragte er: »Wie war Ihre Beziehung eigentlich? Was haben Sie miteinander unternommen? Hatten Sie gemeinsame Hobbys? Freunde?«

Aus dem Forsthaus erklang ein Glöckchen, und Gruber ging zur Tür. »Das Essen ist fertig, ich muss ins Haus.«

»Antworten Sie bitte auf meine Fragen.«

»Drei Jahre waren wir zusammen, nicht jeden Tag, aber wenn, dann wollten Pia und ich allein sein.«

»Wussten Sie, dass Frau Zein als Prostituierte gearbeitet hat?«

Gruber starrte Hütter an, so als würde er überlegen, wie sich diese Information in die Beziehung mit Pia und in die Trennung fügte. Dann schüttelte er den Kopf. »Pia war Friseurin, bei Grobl, das hat sie mir selbst gesagt.«

»Sie hatte gekündigt. Sie ist auch aus ihrer Wohnung in der Münzgasse ausgezogen.«

»Davon weiß ich nichts.«

»Sie haben Pia Zein also zuletzt vor zwei Jahren gesehen.«

»Im Sommer danach bin ich mit Veronika zusammengekommen.«

Wieder war das Bimmeln des Glöckchens zu hören. »Jetzt muss ich wirklich gehen, Herr Kommissar.«

Während Martin Gruber im Haus verschwand, lief Hütter zurück zu Mariella. Juan sprang um ihn herum, als wollte er mit ihm spielen.

»Er mag Sie«, stellte Mariella fest.

»Das ist bei allen Tieren so, ich scheine anziehend auf sie zu wirken.«

Ein Kohlweißling flatterte über den Weg. Mariella verfolgte seinen Flug, bis ein zweiter dazukam. Sie umkreisten sich, stiegen gemeinsam in die Lüfte, um gleich darauf zurückzukehren und sich auf einem Hagebuttenstrauch niederzulassen.

»Wie es aussieht, war Pia Zein eine junge Frau, die erstaunlich wenig Freunde hatte. Genaugenommen haben wir bis jetzt noch keinen einzigen aufgespürt«, sagte Hütter.

»Abgesehen von Martin Gruber.«

»Abgesehen von Herrn Gruber, ja. Was wollten Sie bei ihm?«

»Ich weiß, es dauert, bis Sie Pias Mörder überführen, aber haben Sie wenigstens eine Spur?«

»Ist er das für Sie, der Gruber? Eine Spur?«

Mariella winkte ab. »Ich höre mich nur ein bisschen um.«

Wie er es befürchtet hatte. Hütter warf Mariella einen Blick zu. Wieder einmal war sie ihm bei seinen Ermittlungen über den Weg gelaufen, und erneut war sie vor ihm an Ort und Stelle gewesen. Wenn Breitmann mitkriegte, was hier lief, würde er ihn zur Schnecke machen. »Wissen Sie, mit wem Pia Zein sonst noch Kontakt hatte?«

»Jedenfalls mit niemandem aus dem Dorf. Anton Kobel, der Pfarrer, hat es immer bedauert, dass sie nichts von der Kirche wissen wollte. Sie war auch sonst nirgends integriert, weder im Sportverein noch im Chor oder bei den Landfrauen wie ihre Mutter. Sabnitz ist eine Dorfgemeinschaft, in der sich fast jeder in irgendeiner Art und Weise kümmert, aber Pia war eine Ausnahme. Wahrscheinlich hatte sie andere Interessen. Aber was hat das mit ihrem Tod zu tun?«

Hütter schaute zu den Bergen, die das Dorf umschlossen. Die Sonne stand hoch am Himmel, und die Gipfel warfen dunkle Schatten auf den Wald. »Das weiß ich nicht. Ich versuche nur, mir ein Bild zu machen.«

»Ein Bild, klar.«

»Wenn Sie etwas erfahren oder etwas bemerken, was uns hilft, den Tod von Frau Zein aufzuklären, würden Sie es mir doch sagen, gell?«, fragte er.

»Selbstverständlich, was denken Sie denn? Jeder hier will, dass der Täter geschnappt wird. Sie würden mich doch auch einweihen, wenn es Neuigkeiten gibt.«

Würde er das? Er war sich da nicht so sicher.

Der Parkplatz vor der Polizeiinspektion war leer, und Hütter vermutete, dass alle verfügbaren Kräfte im Einsatz waren.

»Wo bist du gewesen?«, wurde er von Krammel begrüßt, kaum dass er das Büro betreten hatte.

»Ich denke, du bist krank?«

»Ein paar Pillen und Tropfen, und schon geht es mir wieder besser.«

Veit Hütter ließ sich auf seinen Stuhl fallen. »Ich war in Sabnitz bei Martin Gruber. Gibt es was Neues?«

»Luis Matula ist mit dem Handy weitergekommen. Er hat die Besitzer der Telefonnummern ermittelt; sie werden nach und nach befragt. Außerdem war die Tote regelmäßig im Netz unterwegs, bei Instagram und Twitter zum Beispiel. Ansonsten das Übliche: Klamottenbestellungen in diversen Onlineshops und alle möglichen Recherchen mittels Suchmaschinen. Auch über den Einsatz als Au-pair hat sie sich im Internet informiert. Matula und zwei, drei andere werten die Ergebnisse aus. Es ist eine Menge Material.« Wie zur Bekräftigung musste Krammel niesen.

Hütter loggte sich in die elektronische Ermittlungsakte ein und überflog die Namen, die den Telefonkontakten zugeordnet waren. Bei einem stutzte er. »Arno von Weiden, das ist doch Grubers Schwiegervater, gell?«

Krammel nickte. »Der Schlossbesitzer, ihm gehört der Wald, den Martin Gruber bewirtschaftet.«

»Wir sollten ihn damit konfrontieren, dass seine Telefonnummer in Pias Anrufliste gespeichert war. Ich bin gespannt, was er dazu zu sagen hat.«

»Später. Breitmann erwartet, dass alle zur Besprechung kommen, in zehn Minuten.«

»Es ist doch noch niemand da. Wo sind eigentlich alle? Basti Tutzler, die Zankl?«

»Die Psychologin ist noch dabei, ein Täterprofil zu erstellen.«

»Und Tutzler oder Breitmann? Draußen steht kein Wagen.«

Motorengeräusch drang von der Straße durch das geöffnete Fenster herein, und Krammel machte eine Kopfbewegung in Richtung der Uhr. »Das werden sie sein, pünktlich auf die Minute. Auf geht's.«

Sie begaben sich ins Lagezentrum. Die eingetroffenen Kollegen waren schon auf ihren Plätzen, Stühle wurden gerückt, Laptops aufgeklappt. Tom Krammel und Veit Hütter setzten sich auf die Fensterbank.

»Ich gehe davon aus, dass jeder genügend Zeit hatte, die aktuellen Ergebnisse in die Ermittlungsakte einzutragen, so dass Sie sie nochmals nachlesen können. Also, was haben wir?«, fragte Norbert Breitmann in die Runde.

Sebastian Tutzler meldete sich. »Ich war den ganzen Tag unterwegs und konnte die Fakten noch nicht in die Datei eingeben.«

»Dann legen Sie mal los und erzählen Sie, was Sie herausgefunden haben.«

»Pia Zein ist aus der Münzgasse ausgezogen und hat dabei ein Umzugsunternehmen gebucht. Ich habe die Delitzscher Firmen gecheckt. Bei *1-2-3- Schnellumzüge* bin ich fündig geworden. Die machen außer Umzügen auch Haushaltsauflösungen und

Entrümpelungen. Die Frau hatte die Männer beauftragt, die Wohnung zu räumen.«

»Wo wurden die Möbel hingebracht?«

»Zum Wertstoffhof. Es war wohl nichts dabei, was sie verkaufen oder verschenken wollte. Möbel raus und besenrein hinterlassen – so stand es im Auftrag.« Tutzler schaute in seinen Aufzeichnungen nach. »Sie hat bar bezahlt, gleich vor Ort.«

»Danke.« Norbert Breitmann wandte sich wieder an alle. »Ich fasse zusammen, was mein Besuch in der Berufsschule ergeben hat. Pia Zein war eine der Besten ihres Jahrgangs. Sie wurde mir als Schülerin beschrieben, die voll auf den Lehrstoff fokussiert war: aufmerksam im Unterricht, verlässliche Mitarbeit, keine Fehlstunden. Auffällig war, dass sie immer allein gesessen hat. Die Klasse war schwierig. Schwatzhaft und unruhig, hat einer gesagt. Ob Frau Zein zu ihren Mitschülerinnen und Mitschülern einen engen Kontakt hatte, wussten die Lehrer nicht, aber sie vermuteten, dass es nicht der Fall war, denn auch in den Pausen sei sie oft allein gewesen.«

Hütter meldete sich zu Wort. »Ich habe mit ihrem Ex-Freund gesprochen, Martin Gruber. Er hätte ein Motiv, nämlich verletzte Ehre, sie hatte sich von ihm getrennt. Und er besitzt Messer, die liegen offen rum. Gruber will die Tote vor zwei Jahren das letzte Mal gesehen haben, da haben sie sich gestritten.«

»Halten Sie ihn für verdächtig?«, fragte Breitmann.

»Er streitet ab, dass er etwas mit ihrem Tod zu tun hat, aber was besagt das schon. Ich bleibe an ihm dran.«

»Gut. Die Messer lassen wir untersuchen, vielleicht passen sie zu den Wunden.« Hütter bezweifelte das. Ein durchschnittlich intelligenter Täter lässt sein Tatwerkzeug verschwinden, und Gruber hatte nicht den Eindruck gemacht, dass er dumm wäre.

Breitmann wandte sich an Ina Zankl. »Haben wir schon ein

Täterprofil?«

»Ich arbeite daran, jetzt nur so viel: Die Zahl der Messerstiche sowie der abgetrennte Kopf lassen darauf schließen, dass der Täter wütend gewesen sein muss.«

»Weil sein Traum zerplatzt war?«, fragte Hütter.

»Oder weil sein Ego verletzt war.«

»Wie gehen wir vor?«, wollte Luis Matula wissen.

»Wir nehmen uns nochmal das Massagezentrum vor, in dem sie zuletzt gearbeitet hat. Parallel dazu kümmern wir uns um ihre Telefonkontakte. Die Personen sind ermittelt, wir müssen mit ihnen sprechen. Dazu teilen wir uns auf.«

»Übermorgen ist die Beerdigung«, warf Hütter ein.

Norbert Breitmann nickte. »Gehen Sie hin und achten Sie darauf, wer teilnimmt und wie sich die Trauergäste verhalten. Vielleicht ergibt sich etwas daraus. Wenn der Berg nicht zum Propheten kommt, muss der Prophet zum Berge gehen. Das stammt nicht von mir, sondern von Francis Bacon – ein kluger Mann.«

Elf

Bis weit nach Mitternacht hatte sich Veit Hütter schlaflos im Bett herumgewälzt, in Gedanken an das Begräbnis und daran, was ihn auf dem Sabnitzer Friedhof erwarten mochte. Irgendwann war er dann doch eingeschlafen, um kurz nach fünf in der Früh aufzuschrecken. Er hatte geträumt, von Riesenfliegen, die ihn über offene Gräber jagten. Gräber, aus denen bleiche Hände nach ihm griffen. Einmal wach, ahnte er, dass er an diesem Morgen keinen Schlaf mehr finden würde, also war er ins Büro gefahren und hatte sich durch die Protokolle der Befragungen der Dörfler gewühlt. Darüber hatte er die Zeit aus den Augen verloren. Drei Monate war es her, dass Mariella Rabner die Tote in der Heide entdeckt hatte, und inzwischen war die Ermittlungsakte ziemlich dick geworden. Einen handfesten Hinweis auf den Täter gab es bislang jedoch nicht. Fabius Obermayr und die Kriminalbiologin Marie Simon hatten Pias Leichnam inzwischen vollständig untersucht. Sie hatten die Organproben mikroskopisch und mikrobiologisch analysiert, und die Ränder der Schnittwunden mittels Streifenlichttopometrie metrisch exakt dokumentiert. Das 3D-Scan-Verfahren war noch ungewöhnlich in der Rechtsmedizin, es ermöglichte, die Oberflächen berührungslos zu digitalisieren und dreidimensional darzustellen, aber es hatte keine neuen Erkenntnisse hervorgebracht. Wie sich herausgestellt hatte, passten Martin Grubers Messer nicht zu den Wunden, die der Täter Pia Zein zugefügt hatte. Damit hatte die Mordkommission ihren einzigen Verdächtigen verloren.

Es ging auf Mittag zu, als Hütter vor den mächtigen Backsteinmauern stehen blieb, die den Sabnitzer Friedhof umgaben. Das schmiedeeiserne Tor stand weit offen. Unwillkürlich dachte er an seinen Traum von den Fliegen und den bleichen Fingern, die nach ihm griffen, und er vergrub die Hände in den Taschen seiner dunklen Hose.

Der Friedhof war größer, als er erwartet hatte, und groß war auch die Menschenmenge, die zur Beerdigung gekommen war. Hütter suchte sich einen Platz an der Seite. Klara Zein stand ganz vorn, und obwohl sie von mehreren Menschen umringt war, wirkte sie verloren. Pfarrer Kobel sagte etwas, aber seine Stimme war zu leise, als dass er etwas verstehen konnte.

Die meisten der Anwesenden trugen schwarze Kleidung, doch es gab auch einige, die in Jeans und bunten T-Shirts gekommen waren. Es waren junge Leute, ehemalige Mitschüler, wie er vermutete.

Auch Martin Gruber war da, Seite an Seite mit einer blonden Frau, die sich an ihn lehnte. Seine Frau, wie Hütter vermutete. Daneben stand ein schlanker, dürrer Mann, dessen Miene wie versteinert wirkte. Dem schwarzen Anzug, den er trug, war anzusehen, dass es ein teures Stück war, nichts von der Stange.

Kobel hielt eine kurze Rede, mit der er an die Tote erinnerte. Gewöhnlich wurde bei solchen Gelegenheiten ausführlich auf die verstorbene Person eingegangen, wie sie war, was sie erlebt hat, und was sie ausgemacht hat als Mensch. Über Pia sagte er nur, dass sie im Dorf geboren und aufgewachsen war, bevor sie auszog, um ihren eigenen Weg zu gehen. Klara schluchzte. Dann wurde die Urne mit Pias Asche in eine ausgehobene Vertiefung gelassen. Kobel sprach einen Segen, und dann setzte sich die Menge in Bewegung. Einer nach dem anderen trat an das Grab und warf eine Schippe Erde und ein paar Blüten hinein. Eine eigentümliche Ruhe lag über dem Ganzen, nur gelegentlich vom Knirschen des Kieses unterbrochen, wenn jemand aus der Reihe trat. Klara hielt Mariellas Arm umklammert, als wäre er die Planke eines sinkenden Schiffes.

Obwohl die Sonne hoch am Himmel stand, wurde sie durch

die riesigen Kastanienbäume des Friedhofes abgeschirmt. Ihre Strahlen brachen sich an den Ästen und Zweigen und erzeugten einen Wechsel zwischen Schatten und Licht, der es Hütter schwer machte, in den Gesichtern der Menschen zu lesen.

Als einer der Letzten näherte er sich dem frischen Grab, an dem nur noch Klara und Mariella standen. Klara hielt ein zusammengeknülltes Taschentuch an den Mund gepresst und starrte auf die Blüten, die einen farbenfrohen Teppich auf der Erde bildeten. Ein Bild des Lebens und doch meinte er einen Moment lang, weiße Knochen aus den Blumen ragen zu sehen. Als würde eine Hand nach ihm greifen. Unwillkürlich machte er einen Schritt zurück.

Die meisten Leute hatten den Friedhof schon verlassen. Einige letzten Frauen näherten sich, um sich von Klara zu verabschieden. Bei jedem Händedruck schluchzte Klara auf.

Als auch sie gegangen waren, nickte Mariella ihm grüßend zu, dann führte sie Klara zum Ausgang des Friedhofes. Langsam folgte er ihr.

Ein Wagen hielt vor dem Tor, und Lore stieg aus. Sie fasste Klara an der Schulter. »Komm, ich bringe dich heim.«

»Wenn Sie Hilfe brauchen, wissen Sie ja, wo Sie mich finden«, beeilte sich Pfarrer Kobel zu sagen, ehe er sich zum Gehen wandte.

Hütter schloss sich ihm an. »Pia Zein war so etwas wie eine Einzelgängerin, aber mir ist aufgefallen, dass erstaunlich viele Menschen auf dem Friedhof waren.«

»Aus Mitleid mit Klara wahrscheinlich. Sie ist im Ort sehr beliebt, und ich glaube, jeder hatte auf die eine oder andere Weise schon einmal mit ihr zu tun. Ob als Kind oder als Erwachsener – die Bibliothek wird viel genutzt. Ich bin selbst ein eifriger Leser, ich liebe Krimis.«

»Ach ja?«

Sie hatten die Kirche erreicht. Kobel stieß die Tür auf und eilte in die Sakristei.

Hütter hatte Mühe, mit ihm Schritt zu halten. »Ist Ihnen bei der Bestattung irgendetwas aufgefallen? Eine Person, mit der Sie nicht gerechnet haben? Oder ein ungewöhnliches Verhalten?«

Der Pfarrer streifte seinen Talar ab und hängte ihn auf einen Kleiderbügel. »Jetzt, wo Sie es sagen, kommt mir tatsächlich etwas sonderbar vor. Aber vielleicht ist es gar nichts weiter.«

»Alles könnte wichtig sein, jede Kleinigkeit.«

»Es ist wegen Arno von Weiden. Er war erschüttert über Pias Tod, das sind wir schließlich alle, aber mir kam er heute besonders betroffen vor. Dabei kannte er sie kaum, glaube ich.«

»Sie war mit seinem Schwiegersohn liiert.«

»Das stimmt wohl.« Kobel hob die Schultern. »Wie gesagt, möglicherweise deute ich zu viel in sein Verhalten hinein.«

»Wie hat er sich denn verhalten?«

»Er wirkte wie erstarrt, und sein Gesichtsausdruck erst … als wäre er versteinert.«

Veit Hütter rief Tom Krammel an. »Kannst du kommen?«

Krammel konnte nicht, Breitmann hatte ihm aufgetragen, auf Abruf in der Polizeiinspektion die Stellung zu halten, also machte sich Hütter allein auf den Weg zu Von Weiden.

Arno von Weiden lebte im Sabnitzer Schloss, einem gut erhaltenen Bau aus dem frühen Barock, dessen hellgelbe Fassade mit der Sonne um die Wette strahlte. Das Schloss lag auf einem sanft ansteigenden Hügel inmitten eines Parks am Ende des Dorfes und bestand aus einem Mittelteil, an den sich rechts und links ein Flügel anschloss. Das Mauerwerk im Erdgeschoss war von zahlreichen bodentiefen Fenstern durchbrochen, nur in der Mitte nicht. Dort befand sich eine Treppe, die direkt in die erste Etage führte.

Hütter fuhr die kopfsteingepflasterte Auffahrt entlang, bevor er vor der Treppe stoppte. Aus der Nähe wirkte sie viel größer mit ihrer geschwungenen Balustrade aus massivem Stein. Beidseits wurden die Stufen von zwei großen Hirschen bewacht, ebenfalls aus Stein oder vielleicht auch aus Beton. So genau konnte es Hütter unter der weißen Farbe, mit der sie angestrichen waren, nicht erkennen. Die Sonne flimmerte auf dem Gestein, das es in den Augen schmerzte.

Immer zwei Stufen auf einmal nehmend lief er die Treppe hinauf. Auf dem obersten Absatz standen Blumenkübel, in denen blutrote Geranien wucherten. Sie waren zwanglos angeordnet, so als hätte man sie nur vorübergehend abgestellt, doch Hütter konnte sich des Eindrucks nicht erwehren, dass sich dahinter die Absicht verbarg, dem Haus ein wenig von seinem einschüchternden Äußeren zu nehmen. Denn das war es, was ein Besucher empfinden musste, wenn er Schloss Sabnitz zum ersten Mal sah: eine Macht, die sich über Generationen hinweg gehalten hatte.

»Nanu, Besuch?«

Er fuhr herum. Den Mann, der die Treppe heraufkam, war an die zwei Meter groß und schlank. Hütter hatte ihn auf dem Friedhof gesehen, jetzt trug der Mann statt des schwarzen Anzugs eine dünne Baumwollhose und ein Poloshirt. Auf seinem Kopf saß eine karierte Schirmmütze, deren Schild einen Schatten auf sein Gesicht warf. In der Hand hielt er eine Forke, wie sie zum Ausmisten von Ställen benutzt wurde.

»Herr Von Weiden?«

Der Mann nickte knapp und tippte an den Schirm seiner Mütze. Seine Schläfen waren feucht vom Schweiß.

Hütter zeigte seinen Dienstausweis. »Ich habe ein paar Fragen an Sie.«

»Das habe ich mir gleich gedacht, aber ich kann mir nicht vorstellen, wie ich Ihnen behilflich sein kann. Ich habe Ihrem Kollegen schon alles gesagt, was ich weiß.«

Veit Hütter hatte Matulas Bericht gelesen. Arno von Weiden hatte ausgesagt, dass er Pia kannte. So, wie man sich nun mal kennt, wenn man im selben Dorf wohnt. Er wusste auch, dass sie nach Delitzsch gezogen war, aber das war's dann auch schon. Belanglosigkeiten.

»Mag sein, trotzdem bitte ich Sie um Ihre Unterstützung.«

Von Weiden lehnte die Forke neben dem Eingangsportal an die Wand. »Gehen wir ins Haus.«

Sie kamen in eine Halle, von der mehrere Zimmer abgingen. An den holzgetäfelten Wänden hingen Gemälde von finster blickenden Männern neben Wandlampen in Kerzenform.

»Ihre Ahnen?«

»Wir sind ein altes Geschlecht. Bitte folgen Sie mir, wir gehen ins Kaminzimmer.«

Kaum hatte Hütter den Raum betreten, wusste er, weshalb Von Weiden es als Kaminzimmer bezeichnet hatte. Die offene Feuerstelle war groß genug, um einen ausgewachsenen Mann aufzunehmen, und außer dem Kamin gab es nur noch zwei dunkelrote Ohrensessel, deren Lederbezüge rissig waren. Sie füllten den kleinen Raum fast zur Gänze aus, aber vermutlich wirkte das Zimmer gerade deswegen gemütlich.

Von Weiden wartete, bis Hütter sich in einen der Sessel gesetzt hatte, dann nahm er in dem anderen Platz. »Also, was wollen Sie wissen?«

»Sie waren vorhin bei der Urnenbeisetzung von Pia Zein. Ihr Schwiegersohn war einmal mit ihr zusammen. Nach der Trennung hatten Sie noch Kontakt zu ihr. Warum?«

»Das ist sehr privat.« Von Weiden nahm seine Mütze ab und knetete sie in den Händen. Als er Hütters Blick bemerkte, strich er sie glatt und legte sie auf die Armlehne seines Sessels.

»Wir haben die Handykontakte von Pia Zein ausgewertet. Ihre Nummer war dabei. Wollen Sie mir jetzt sagen, was Sie mit ihr zu tun hatten?«

»Das ist wirklich lange her, mindestens ein Jahr.«

»Ich frage mich, was ein Schlossbesitzer mit einer jungen Frau wie Pia verbindet, Herr von Weiden.«

»Nun ja, im Grunde nichts.«

»Aber?«

»Meine Tochter war damals schon eine Zeitlang mit Martin verheiratet, unglücklich, wie ich glaube, aber Veronika redet nicht darüber. Ich konnte das nicht stillschweigend mit ansehen, ich wollte ihr helfen, verstehen Sie?«

»Durch Frau Zein?«

»Die war schließlich vor meiner Veronika mit Martin zusammen. Wer, wenn nicht sie, wüsste, wie der tickt? Ich habe geglaubt, Pia könnte mir sagen, was für eine Art Mann mein Schwiegersohn ist, beziehungsmäßig, meine ich. Ich habe angenommen, dass sie ein paar Tipps hätte, wie ich Veronika die Augen öffnen könnte. Ich selbst bin nicht so versiert in Liebesdingen, aber ich weiß, ob ein Mann gut oder schlecht für meine Tochter ist, und mit Sicherheit hat sie etwas Besseres als Martin Gruber verdient.«

»Was hat Frau Zein dazu gesagt?«

Von Weiden schlug die Beine übereinander und faltete die Hände in seinem Schoß. »Die Beziehung wäre vorbei, und Martin ginge sie nichts mehr an.« Er presste die Lippen aufeinander. »Wenn Sie jetzt fertig sind mit Ihren Fragen, würde ich gern wieder an meine Arbeit gehen, Wachtmeister.«

Hütter blickte auf Von Weidens übergeschlagenes Bein. Es wippte unruhig auf und nieder. »Augenblick noch. Pia Zein hat als Prostituierte gearbeitet, und nach unseren Erkenntnissen haben Sie nicht nur einmal, sondern viele Male mit ihr telefoniert. Gab es dafür noch einen anderen Grund?«

»Ihr Beruf war mir egal. Ich wollte Beweise, damit Veronika einsieht, dass die Ehe mit Martin Gruber ein Fehler ist. Mehr nicht.«

»Klar«, erwiderte Hütter und nahm sich vor, Veronika Gruber als nächste aufzusuchen. »Wieso sollte Herr Gruber eigentlich schlecht für Ihre Tochter sein?«

Von Weiden sprang auf. »Weil er keine Ehre hat.«

Die wenigen Regenfälle der letzten Tage hatten die endlose Hitze kaum gemildert. Erbarmungslos hielt sie das Land in Atem. Temperaturen von dreiunddreißig Grad und mehr waren normalerweise selten für den Sommer in Nordsachsen, doch in den letzten Jahren spürte man auch hier den Klimawandel. Trockene Monate wechselten sich ab mit heftigen Unwettern, die im Winter Berge von Schnee und Eis brachten. Die Menschen sehnten sich nach einer Abkühlung, für sich, für die Tiere und für die Pflanzen, die langsam vertrockneten und statt sattem Grün inzwischen an eine Steppenlandschaft erinnerten. Die Bauern fürchteten um das Korn, das auf den Feldern verdorrte. Die Städter stöhnten unter dem fauligen Geruch, der aus den Abfalltonnen stieg und heiß zwischen den Häuserschluchten hing, und verfluchten den flirrenden Asphalt, der sich als zähe Masse in die Rillen der Autoreifen setzte. Bäche und Seen begannen auszutrocknen, der Grundwasserspiegel sank auf ein nie dagewesenes Tief. Die Glut lähmte das Leben, ja, selbst die Gedanken.

Und dann kam die Ruhe vor dem Sturm.

Erst war es nur ein Schatten, der sich am Himmel zeigte. Die Schreie der Schwarzkopfmöwen erstarben, und trübe Stille breitete sich aus. Wie ein schweres Tuch, das jedes Geräusch erstickte. Das Atmen wurde noch schwerer, als es ohnehin schon war.

Wolken tauchten aus dem Schatten auf, dick und grau. Sie ballten sich zu Bergen und zu bizarren Formen über den Seen, dann über dem benachbarten Dorf und als Nächstes über der Stadt, die keine fünfzehn Kilometer entfernt träge verharrte. Die Menschen rissen die Fenster auf und schauten erwartungsvoll nach oben. Gleich war es so weit, gleich würde die Last weichen.

Auch das Haus, das sich in einer ruhigen Seitenstraße von Delitzsch befand, schien sich zu recken, als könnte es den nahenden Regen schon auf dem Ziegeldach spüren. Noch wirbelte ein Ventilator die Luft im Wohnzimmer durcheinander, doch der Mann schaltete ihn aus. »Ich kann Ihnen nicht helfen.«

Er wandte sich ab, aber Klara lief um ihn herum und baute sich vor ihm auf. »Bitte, wenn Sie etwas wissen, sagen Sie es mir.«

Der Klang ihrer Stimme erinnerte ihn an eine rostige Säge. Er fuhr die Jalousie nach oben und stieß das Fenster auf. Der Wind bauschte die wildseidenen Stores und brachte ein wenig Kühle herein.

Sein Kopf schmerzte, als würden unzählige Hämmerchen in ihm arbeiten. Ruhe. Er brauchte Ruhe, sonst konnte er nicht denken.

Mechanisch trat er an den Barschrank, ein Erbstück aus seinem Elternhaus, und griff nach der Wodkaflasche. Sie war halb leer. Er füllte zwei Gläser.

»Das wird Ihren Nerven guttun«, sagte er und reichte ihr den Drink.

Sie leerte das Glas in einem Zug. »Das schwüle Wetter bringt mich ganz durcheinander«, sagte sie dann düster.

Schnell schenkte er ihr nach. Einige Tropfen gingen daneben, und er eilte in die Küche, holte ein Tuch und wischte sie sorgfältig weg. Das Holz vertrug keine Nässe, vor allem die Intarsien nicht. Sie waren kunstvoll gearbeitet und bildeten einen Strauß Rosen. Seit Ewigkeiten waren sie Teil seines Lebens. Als kleiner Junge hatte er geglaubt, dass der Schrank aus dem Schloss von Dornröschen stammen würde. Später als Jugendlicher hatte er erfahren, dass sein Vater die Rosen für seine Mutter in Auftrag gegeben hatte. Bei einem Tischler in Leipzig. Wahre Liebe, das versinnbildlichten sie seitdem für ihn. Und perfekte Schönheit.

»…vielleicht von einem Freund getötet«, endete Klara, und er brauchte eine Weile, bis er begriff.

»Was haben Sie gerade gesagt?«

»Sie wurde vielleicht von einem Freund getötet.«

Er zuckte zusammen.

»Das alles macht mich noch wahnsinnig. Ich halte das nicht länger aus.« Klara stellte ihr Glas auf den Schrank. Ihre Hand zitterte. Ein nervöses Kichern brach aus ihr heraus, und mit einer fahrigen Bewegung wischte sie sich über den Mund. »Oh Gott… ich sollte lieber …verschwinden.«

Ohne Abschied lief sie zur Tür, und einen Moment lang erwog er, sie gehen zu lassen, doch sie war krank und er konnte sie nicht einfach sich selbst überlassen. »Warten Sie, ich bringe Sie nach Hause.« Er nahm sie am Arm und führte sie zu seinem Wagen. Als er ihr beim Einsteigen half, teilte ein Blitz den nächtlichen Himmel. Kurz darauf rollte der Donner über das Land, und er beeilte sich, auf dem Fahrersitz Platz zu nehmen.

»Das Wetter macht uns alle verrückt.« Er ließ den Motor an und schaute zu ihr hinüber.

Sie blickte starr nach vorn und schwieg. Ihr Atem ging schwer.

Ein zweiter Blitz tauchte die Straße kurz in helles Licht.

Im einsetzenden Wind klatschten Tropfen auf das Pflaster.

Er richtete den Blick nach vorn und fuhr los. Unvermittelt wehte ein schweres Seufzen zu ihm, ein Ton tiefer Hoffnungslosigkeit. Aus den Augenwinkeln nahm er eine Bewegung wahr.

Kerzengerade aufgerichtet starrte sie durch die Windschutzscheibe.

»Das Mädel! Um Gottes Willen!«

»Entspannen Sie sich«, sagte er schroff.

Langsamer fahrend blickte er erneut zu ihr hin. Die Blässe ihres Gesichts erinnerte ihn an einen Leichnam. Auf einmal kam Leben in sie. »Halten Sie an, sofort!«

Er drückte das Gaspedal durch.

Klara rüttelte am Griff der Beifahrertür. Ein sinnloses Unterfangen, er hatte sie verriegelt. Der Regen prasselte auf die Scheiben, und der Scheibenwischer surrte und surrte. Es war so düster, nur die Scheinwerferlichter bildeten helle Streifen in die Dunkelheit.

Das Mondlicht stach durch das geöffnete Fenster und ließ die Regentropfen auf dem Fensterbrett glitzern. Veit Hütter schaute nach draußen. Der Tag war lang gewesen, und er war müde, doch er konnte nicht schlafen. Seine Gedanken kreisten um die Tote. Pia Zein war vor zwei Jahren verschwunden, aber erst vor einem Jahr vergraben worden. Wer legte einen zwölf Monate alten Leichnam in der Heide ab? Wie gestört musste man dafür sein? Ina Zankl hatte Beispiele für solche Typen parat gehabt, psychologisch betrachtet gab es für jeden Knacks eine Erklärung. Trotzdem. Hütter schüttelte den Kopf. Wenn es im Umkreis von Sabnitz einen Verrückten gab, würde es Mariella Rabner wissen. Sie kannte jeden in dem Kaff, das hatte sie selbst gesagt, und sie hatte ihre Hilfe angeboten. Hilfe, die er gut gebrauchen konnte. Andererseits… Informationen und

Fakten annehmen war okay, aber eine gezielte Suche durch einen Laien akzeptieren? Sowas widersprach jeder Polizeiregel, und wenn es herauskam, würde Breitmann toben. Bestimmt würde er ihn sogar feuern.

Erschöpft fuhr er sich über das Gesicht. Die Apothekerin ermitteln zu lassen war viel zu riskant, für ihn und für sie. Was, wenn sie tatsächlich etwas herausfand? Wenn sie dem Täter in die Quere kam? Einer solchen Gefahr durfte er sie nicht aussetzen. Die Rabner war hübsch, eine Art von mädchenhafter Schönheit, die alterslos war. Und sie hatte Ausstrahlung. Ein Lächeln huschte über Hütters Gesicht, in seinem Bauch begann es zu kribbeln und sein Lächeln erstarb. Das Zeichen war klar, die Frau zog ihn an, doch er war Polizist und sie war in den Mordfall involviert, den er aufzuklären hatte. Also Finger weg!

Zwölf

»Was für ein Tag.« Lore ließ sich auf die Gartenbank fallen.

Mariella, die in dem alten, von der Sonne ausgeblichenen Liegestuhl ihres Vaters lag und in einem Reiseführer über die Malediven gelesen hatte, ließ das Buch sinken. »Du meinst wegen des Unwetters letzte Nacht?«

»Das auch, das Auf und Ab, mal Hitze, mal Sturm – das macht mich fertig, und als ob das nicht reichen würde, war heute im Café die Hölle los. Die ganze Welt scheint plötzlich wild auf unser Eis zu sein.«

»Es ist Sommer.« Mariella schaute in die Ferne. Hinter dem Garten erstreckten sich Wiesen und Weiden, auf denen weiß-braun gescheckte Kühe und Rinder grasten, und dahinter zog sich die Dübener Heide ein dunkelgrünes Band dahin, und noch weiter hinten standen weiße Schäfchenwolken am Himmel. »Wie hat Klara Pias Beerdigung verkraftet?«

»Sie kommt zurecht, aber irgendetwas geht in ihr vor.«

»Das wird die Trauer sein.«

»Ich glaube, da ist mehr. Sie hat etwas vor, einen Plan oder so.«

»Hat sie das gesagt?«

»Nein, kein Wort.«

»Wie kommst du dann darauf?«

»Ich habe so ein Gefühl.« Lore stand auf und streckte sich. »Ich hole mir was zu trinken, soll ich dir was mitbringen?«

»Ein Wasser, bitte.«

Wenig später kam Lore zurück, in der Hand ein Tablett mit zwei Gläsern und einer Flasche. Sie stellte es auf den kleinen Holztisch, der passend zur Bank in grün gestrichenen war. Dann füllte sie die Gläser und reichte eines an Mariella weiter.

Mariella nahm einen Schluck, dann sagte sie: »Auf Gefühle

sollte man hören.«

Lore beugte sich vor und legte die Ellenbogen auf die Knie. Gedankenlos riss sie einen Grashalm ab und wickelte ihn um den linken Zeigefinger. »Klara hat Pilze gesammelt. Ich habe die Abfälle gesehen, sie lagen in ihrer Küche herum.«

»Nicht alle Pilze sind giftig, und außerdem kennt sich Klara damit aus.«

»Hoffentlich hast du recht.«

»Denkst du etwa, dass sie sich umbringen will?«

Lore schnippte den zerknäulten Grashalm in die Luft. »Ich weiß wirklich nicht, was ich davon halten soll.«

»Also gut.« Mariella legte ihr Buch beiseite und schwang sich aus dem Liegestuhl. »Am besten, ich sehe mal nach ihr.«

»Warte, ich begleite dich.«

Juan, der unter der Bank vor sich hingedöst hatte, kam hervorgekrochen, streckte sich ausgiebig und bellte.

»Du kommst natürlich auch mit«, sagte Mariella und ging ins Haus, um seine Hundeleine zu holen.

Wenig später liefen sie die Hauptstraße entlang und bogen kurz darauf in die Baumsiedlung ein.

Das Erste, was Mariella vor Klaras Haus auffiel, war das Blumenrondell. Noch vor ein paar Tagen war es von Unkraut überwuchert gewesen, jetzt war davon nichts mehr zu sehen. Der Boden war frisch bearbeitet, die Spuren der Harke waren deutlich zu erkennen, und die Stiefmütterchen waren so frisch, dass sie erst vor kurzem gepflanzt sein konnten. Die Rosenbüsche standen in voller Blüte und verströmten einen Duft, der daran erinnerte, dass der Sommer den Höhepunkt erreicht hatte.

Juan vergrub seine Nase in der weichen Erde, dann hob er das Bein an einem Strauch.

Mariella zog ihn fort. »Wenn Klara das sieht, gibt es Ärger.«

Der Hund wedelte begeistert mit dem Schwanz.

Lore klingelte. Nichts rührte sich.

Erst jetzt bemerkte Mariella die eigentümliche Stille, die über dem Haus lag. Sie klopfte an die Tür und lauschte. Alles blieb ruhig.

»Wo, um Himmels willen, kann sie nur sein?«

»Vielleicht hat sie sich hingelegt?«

»Hm, die Beerdigung war ziemlich viel für sie.«

Lore warf ihre langen Locken zurück, schob die Ärmel der buntgemusterten Bluse hoch, die sie über ihren Shorts trug, und setzte sich auf die Türschwelle, die aus einem Steinquader bestand und eine breite Stufe bildete.

Mariella setzte sich neben sie. »Wenn sie in einer halben Stunde nicht zurückkommt, gehen wir.«

Keine von beiden hatte Lust zum Reden, Mariella brütete vor sich hin. Wenn Klara wieder ihre besonderen Pilze gegessen hatte, konnte sie wer weiß wo sein. Einmal war sie barfuß über die Wiesen getanzt, bis ihre aufgeschürften Füße sie in die Apotheke getrieben hatten. Voller Blut waren sie gewesen, zerstochen von Dornen und spitzen Steinen, und es hatte eine Menge Salbe gebraucht, um die Haut zu heilen. Ein anderes Mal war Klara eine ganze Nacht lang durch den Bach gewatet, vom Anfang des Dorfes bis zum Ende, hin und zurück, wieder und wieder. Danach war sie erkältet gewesen und hatte Nasentropfen und Hustensaft gebraucht. Als Mariella wissen wollte, was sie sich dabei bloß gedacht hatte, hatte Klara erwidert, dass sie keine Ahnung hätte. Sie konnte sich an nichts erinnern.

Juan, der sich zu Mariellas Füßen niedergelassen hatte, fiepte im Schlaf.

Die Kirchturmglocken begannen zu läuten.

Lore stand auf und klopfte den Staub von ihrem Hosenboden. »Wer weiß, wann Klara zurückkommt. Wollen wir noch etwas trinken gehen? Im Biergarten der Heidebaude?«

»Von mir aus«, seufzte Mariella und weckte Juan auf.

Es war das erste Mal seit dem Leichenfund im Juni, dass Mariella den Biergarten besuchte. Wie jeden Abend herrschte dort reger Besuch, und es war kaum noch ein Platz frei. Die meisten Tische waren von den Feriengästen der Heidebaude belegt, die das gute Essen von der Fleischerei zu schätzen wussten. Die Tische und Bänke standen auf dem Hof vor dem langgestreckten Gaststättengebäude am Muldestausee. Es dämmerte schon, und die alten Laternen, die bereits vor über hundert Jahren den Hof erleuchtet hatten, verbreiteten ihr warmes Licht.

Hanna Bruckner, die Wirtin, verteilte Windlichter auf den Tischen und zündete sie an. »Du hast dich lange nicht bei uns sehen lassen, Mariella, muss schon ein paar Monate her sein«, sagte sie, als sie Platz nahmen.

»Hallo, Hanna. Ich hatte kaum Zeit.«

»So ist es eben. Was darf's denn sein?«

»Für mich ein Helles.«

»Für mich auch«, schloss sich Lore an.

»Du trinkst Bier?«, fragte Mariella, während Hanna schon am Nachbartisch bediente. Gewöhnlich trank Lore Wein, wenn sie abends zu Hause zusammensaßen.

»Manchmal muss man was Neues ausprobieren. Das Leben kann viel zu schnell vorbei sein, hast du ja an Pia gesehen. Ob ich auch mal Klaras Pilze versuche?«

»Mensch, Lore.« Mariella schüttelte den Kopf.

Hanna brachte die Getränke. »Prost zusammen, trinkt auf die Pia und auf mich mit.« Sie beugte sich über den Tisch und raunte: »Das ganze Dorf war seit der Beerdigung da.«

»Und Klara? Die auch?«

Hanna richtete sich auf. »Die natürlich nicht.«

In der Polizeiinspektion waren weder Norbert Breitmann noch Tom Krammel anzutreffen. Luis Matula war der Einzige, der noch am Schreibtisch saß und arbeitete.

Als Veit Hütter eintrat, hob Matula den Kopf. »Die Lagebesprechung muss warten, der Kommissar ist beim Direktor. Tutzler und die anderen sind schon gegangen, und ich haue auch gleich ab. Am besten, du machst es wie ich.«

»Ich protokolliere nur noch schnell das Ergebnis der heutigen Befragungen.«

»War wieder ein langer Tag, ja? So ist es immer, wenn es um einen Mord geht, aber du wirst dich schon noch daran gewöhnen. Bei uns im Betrugsdezernat geht es ähnlich zu.« Matula griff nach seiner Tasche. »Mach's gut und mach nicht mehr so lang. Ich gehe dann mal.«

Hütter nickte. Matula hatte gut reden, der hatte schon einige Male in Mordkommissionen mitgearbeitet und musste sich nicht erst beweisen, vor den Kollegen, vor Trumm und vor Breitmann. Vor dem besonders. Hütter loggte sich in die elektronische Ermittlungsakte ein und begann, die von ihm an Zipfel und Co. gestellten Fragen sowie deren Antworten zu erfassen. Ab und zu stand er auf und machte einige kreisende Armbewegungen, um seine verspannten Schultern zu lockern.

Nach einer Stunde war er fertig und sah noch schnell die Eintragungen der Kollegen durch, aber als er merkte, dass er einige Sätze mehrmals lesen musste, um den Inhalt zu verstehen, gab er es schließlich auf. Seine Augenlider brannten, und hinter seiner Stirn hatte sich ein böser Schmerz eingenistet. Siebels Kaffee könnte vielleicht helfen, doch auch Siebel hatte längst Feierabend gemacht.

Hütter schaute auf die Uhr. Kurz vor Mitternacht. Ein Kaffee war wohl doch keine gute Idee, danach würde er die ganze

Nacht wachliegen. Er schaltete den Rechner aus, löschte das Licht und verließ das Gebäude der PI. Wenn er den Mörder schnappen wollte, musste er auf dem Damm sein, doch dazu brauchte er dringend eine Pause.

Die Straße von Leipzig nach Delitzsch war leer, die Delitzscher Innenstadt auch. Nur die Straßenlaternen und das Licht, das aus den erleuchteten Schaufenstern der Geschäfte drang, brachte ein bisschen Helligkeit. Er bog in die Dudenzeller Allee. Hier war es noch dunkler als im Rest der Stadt, nur die Leuchtreklame über Haus Nummer 12 blinkte. Anscheinend hatte sie die Eberding reparieren lassen. Als er in Höhe der Eingangstür zum Kakadu war, öffnete sie sich, und ein Mann trat heraus. Ohne sich umzusehen, eilte er davon, doch Hütter hatte ihn erkannt. Es war Robert Kirk, der Arzt, der Pia Zein behandelt hatte.

Dreizehn

Vogelzwitschern drang durch das sperrangelweit geöffnete Fenster. Wie schön es wäre, würde sie jeden Tag auf diese Art geweckt werden, dachte Mariella. Genüsslich streckte sie sich, erst das rechte Bein, dann das linke. Bis zum Eichengiebel des Bettes reckte sie die Arme, stieß mit den Händen an die Schnitzereien und gähnte ausgiebig. Langsam hob sie die Lider, gerade so weit, dass sie die Helligkeit wie durch einen Filter sah. Ein halbdurchsichtiges Fädchen schwebte ins Bild, dann ein zweites, diesmal dunkel, und Mariella riss die Augen auf, um sie zu vertreiben. Das helle Licht blendete sie und sie blinzelte. Als sie sich an das Licht gewöhnt hatte, schaute sie auf den Wecker, der auf ihrem Nachttisch stand. Erst kurz nach sechs, Sonnabend morgen. Der erste des Monats, daher blieb die Apotheke geschlossen. Mariella gähnte erneut.

Juan, der neben dem Bett auf dem Fußboden geschlafen hatte, hob den Kopf, kam er auf die Füße, streckte sich wie schon Mariella zuvor und schob seine hellbraune Schnauze auf ihre Bettdecke.

»Guten Morgen, mein Süßer. Du willst, dass ich aufstehe, stimmt's?«

Wie zur Bestätigung wedelte er mit dem Schwanz.

Sie kraulte seine Schlappohren, bis er die Augen schloss. »Heute unternehmen wir was Schönes«, flüsterte sie. »Lass mich mal überlegen…«

Juan machte *wuff.* Es klang, als hätte jemand halbherzig eine mit Luft gefüllte Papiertüte zusammengedrückt.

»Was hältst du von einem langen Spaziergang durch die Heide? Wir könnten zur Grunaer Fähre laufen und dort über die Mulde setzen.«

Wuff, wuff.

Mariella schob den Hund beiseite und schwang die Beine aus dem Bett. Ein Weilchen blieb sie sitzen und betrachtete ihre Zehen. An einigen Stellen war der Nagellack abgerubbelt, vor allem vorn an den Kanten und eigentlich müsste sie ihn erneuern. Abwechselnd krümmte und streckte sie ihre Zehen. Wenn sie eingezogen waren, sah man gar nicht so stark, dass der Lack gelitten hatte. Für heute würde es noch einmal gehen.

Sie stand auf und lief ins Bad. Gewaschen und angezogen saß sie wenig später am Frühstückstisch und ließ sich ihr Müsli schmecken, das sie mit Himbeeren und zerkleinerter Pfefferminze aus dem eigenen Garten verfeinert hatte. Juan kaute auf einem Ochsenziemer herum. Außer seinem Schmatzen und dem gelegentlichen Kratzen seiner Krallen auf dem lederartigen Bullenpenis war nichts zu hören. Entweder schlief Lore noch, oder sie war schon unterwegs.

Kaum fertig mit dem Frühstück, stellte Mariella die Müslischüssel in die Geschirrspülmaschine und schlüpfte in ihre Sandalen, für Juan das Zeichen, den Ochsenziemer sich selbst zu überlassen und sich an ihre Fersen zu heften.

Vor dem Haus atmete sie tief ein und legte den Kopf in den Nacken. Der Himmel war blau, die Sonne schien, und die Spatzen zwitscherten im Kastanienbaum über ihr um die Wette. Ein Tag, um die Natur zu genießen.

»Los, Juan, wir laufen ein Stück.«

Juan hielt die Nase in den Wind und trabte los. Sie liefen über den Platz und die Hauptstraße entlang. Das Dorf war wie ausgestorben, mit Ausnahme von Veras Katze, die mitten auf der Straße saß und sich putzte. Augenblicklich stellte sich Juans helles Fell auf. Er zerrte an der Leine und bellte.

»Platz, Juan!« Mariella blieb stehen.

Juan legte sich auf den Boden und hechelte.

Das Katzenbiest warf ihnen einen hochmütigen Blick zu und

trollte sich mit gemächlichen Schritten, bis es einige Meter straßenabwärts auf eine Mauer sprang, den Sims entlanglief und auf der anderen Seite verschwand.

Als sie nicht mehr zu sehen war, setzten sie ihren Spaziergang fort. In den Bauerngärten vor den Häusern blühten weiße, rote und rosafarbene Stockrosen. Der frische Duft von Lavendel hing in der Luft. Er erinnerte sie an die säuberlich gestapelten Leinentücher in ihrem Schrank.

Ein Wagen überholte sie, stoppte, kam rückwärtsfahrend zurück und hielt, als er mit ihnen auf einer Höhe war. Der Fahrer öffnete das Fenster auf der Beifahrerseite und beugte sich hinaus.

»Guten Morgen, Frau Rabner. Wie geht es Ihnen?«

»Bis jetzt gut, Oberwachtmeister Hütter. So früh schon unterwegs auf der Suche nach Pias Mörder? Oder haben Sie ihn etwa gefasst?«

»Das wird noch. Ich musste mal raus aus der Stadt und ein bisschen Luft schnappen, gell?«

»Im Auto?«

»Nein, ich wollte am Waldrand parken und mir nochmal den Fundort anschauen. Und Sie? Gassigehen mit dem Hund?«

»Muss ja.« Mariella kam eine Idee. »Wenn Sie wollen, kommen Sie doch mit.«

»Gern, ich stell nur den Wagen ab.«

Hütter rangierte das Auto an den Straßenrand und stieg aus. »Wohin soll es gehen?«

»Einfach der Nase nach.«

Juan schien die Aufforderung wörtlich zu meinen und zog an der Leine, die Nase eine Handbreit über dem Weg.

Wie auf Kommando mussten Mariella und Hütter lachen, und als er sie ansah, fiel ihr wieder auf, wie blau seine Augen waren. Es war, als würde sie in dieses Blau eintauchen wie in einen

See.

»Ist was?«, fragte Hütter und holte sie damit in die Gegenwart zurück.

»Nein, nein.« Verlegen wickelte sie die Hundeleine fester um ihre Hand.

»Warum lassen Sie ihn nicht frei herumlaufen? Hier ist doch niemand außer uns.«

»Es ist wegen der Katzen, er jagt sie. Ich habe versucht, es ihm abzugewöhnen, aber wenn er eine Katze sieht, ist er nicht zu halten, also nehme ich ihn im Ort an die Leine.«

Schweigend gingen sie an Stück. Rechts erhob sich die ehemalige Grundschule. Die Glasscheiben der Fenster waren blind vor Schmutz, denn seitdem das Gebäude leer stand, kümmerte sich niemand mehr um die Reinigung. Nur der Gehweg davor war frisch gesäubert. Eine Aufgabe, die Berti Faller übernommen hatte. Er wohnte in dem Haus daneben und hatte sich dazu bereit erklärt. Das war in der Einwohnerversammlung vor zwei Jahren gewesen. Damals hatte Bürgermeister Jochen Seeberger verkündet, dass die Schule geschlossen werden musste. Weil das Haus nicht mehr den Sicherheitsstandards entsprach, wie es hieß. Die dunkle Erde zwischen den Pflastersteinen des Weges zeugte davon, dass Faller erst vor kurzem wieder einmal das Unkraut entfernt hatte. Wild wuchernder Klee, sonnengelber Löwenzahn und Pusteblumen lagen auf einem Häufchen neben Fallers Gartentür. Juan wühlte mit der Nase darin herum, so dass die federleichten Samen wie kleine weiße Fallschirme um seinen Kopf wirbelten.

»Lass das, Juan.« Mariella hatte Berti Faller gesehen, der hinter dem Zaun an der Mülltonne stand. Sein Gesicht war von Falten durchfurcht, wie es oft bei Menschen der Fall war, die überwiegend im Freien arbeiteten. Faller konnte gemein werden, wenn ihm jemand in die Quere kam. Er starrte Mariella und Veit

Hütter an.

Mariella zog Juan weiter. Sie warf einen Seitenblick auf Hütter.

»Wissen Sie schon, wer Pia getötet hat?«

»Wir arbeiten daran, mehr darf ich Ihnen nicht sagen.«

Der Brunnen auf dem kleinen Platz vor der Kirche schien sein Interesse zu wecken. Er blieb stehen und betrachtete den Adler, der aus Stein gehauen auf einem Podest in der Mitte stand, gestiftet von Otto Rabner, war auf dem Metallschild darunter zu lesen. »Ein Verwandter von Ihnen?«

»Mein Ururgroßvater. Er hat die Apotheke aufgebaut und sich auch sonst um allerlei im Ort gekümmert.«

»Warum ein Adler? Bei Ihrem Namen hätte ein Rabe besser gepasst.«

Darüber hatte Mariella noch nie nachgedacht. »Weshalb dauern Ihre Ermittlungen so lange?«

»Wir haben noch kein richtiges Tatmotiv und auch keine richtigen Verdächtigen, nur ein paar Spuren, und denen gehen wir nach. Im Grunde tappen wir leider ziemlich im Dunkeln.«

Veit Hütter lächelte sie an, und wieder meinte sie, sich in seinen Augen zu verlieren.

Pfarrer Kobel kam aus der Kirche, winkte ihnen zu und lief zum Pfarrhaus. Mariella und Hütter gingen weiter. Die Sonne hatte an Kraft gewonnen und die morgendliche Frische vertrieben, und obwohl ein leichtes Lüftchen wehte, war Mariella froh, als sie den Schatten des Waldes erreichten. Sie wischte sich den Schweiß von der Stirn und schaute zu den Baumwipfeln auf, die sich im Wind hin und her wiegten. Sonnenstrahlen zeigten wie goldene Finger zwischen den Stämmen hindurch und verwandelten den Wald in ein Feenreich. »Es ist schön hier, oder?«

Mariella hatte Juan von der Leine gemacht. Er hatte am Wegesrand ein Mauseloch entdeckt und grub eifrig in der Erde.

Sie ließ ihn gewähren und schlenderte weiter. Einige Meter voraus führte ein Trampelpfad in den Wald hinein.

Hütter war auf dem Weg stehengeblieben und schaute zum Dorf zurück.

»Kommen Sie, unter den Bäumen ist es angenehm kühl.« Sie wartete, bis er zu ihr aufgeschlossen hatte. Seite an Seite tauchten sie unter den tiefhängenden Zweigen einer Kiefer hinweg und liefen in den Wald hinein.

»Sie lieben die Heide, gell?«, sagte Hütter und warf einen kurzen Blick auf Mariella. Dann blieb er unvermittelt stehen. »Mein Gott!«

»Was ist los?«

»Gehen sie ein Stück zurück.«

Doch Mariella blieb neben ihm. Erst sah sie nur den umgestürzten Baum, dann erkannte sie eine Hand, die durch das Geäst schimmerte. »Um Himmels Willen!«

Hütter hatte die Zweige beiseite gezerrt. Da lag eine weibliche Gestalt in einem langen Rock, der nach oben geschoben war und dürre Beine enthüllte. Aus dem Kragen des dunklen Poloshirts ragte ein dünner Hals, und braunes, strähniges Haar hing wie ein Vorhang über dem Gesicht, so dass nur ein spitzes Kinn zu sehen war. Erschrocken fuhr Mariella zurück. »Das ist ja Klara.«

Der Oberwachtmeister fasste Mariella am Arm. »Keinen Schritt weiter.« Er holte sein Handy hervor und telefonierte.

Mariella war wie erstarrt, und als wäre sie in Watte gepackt drangen Worte wie *Wald* und *tot* an ihr Ohr. Willenlos ließ sie sich von Hütter zum Weg zurückführen, zu einer Stelle, an der ein Findling aus dem Boden ragte.

»Setzen Sie sich. Ich würde Ihnen gern einen Schluck Wasser anbieten, aber ich habe nichts dabei.«

Sie spürte den Felsen unter ihrem Po. Er war hart und von der

Sonne erwärmt. Alles in ihr drängte danach, einfach wegzulaufen, doch sie blieb sitzen, presste die Hände auf die Oberschenkel, wie um sich am Weglaufen zu hindern.

Es muss ja weitergehen.

Juan hatte es aufgegeben, nach Mäusen zu graben. Kaum hatte sie sich gesetzt, war er zu ihr gekommen und schmiegte sich an ihr Bein, als würde er spüren, dass sie Halt brauchte. Mechanisch wischte sie ihm die Erde von der Nase.

Hütter hatte sich neben ihr im Gras niedergelassen und zupfte ein paar Halme ab.

»Wie furchtbar«, murmelte sie und begann, Juan hinter den Schlappohren zu kraulen.

Hütter schwieg.

Sie seufzte. »Was sie wohl hier gemacht hat? Vielleicht Pilze gesammelt? Oder Beeren?«

Hütter schwieg noch immer. »Wann haben Sie Klara das letzte Mal gesehen?«, fragte er dann.

»Das war bei der Beerdigung. Am Abend wollte ich nochmal nach ihr schauen, aber sie war nicht zu Hause.«

»Haben Sie sich da nicht gewundert?«

»Doch, schon, aber Klara war eine erwachsene Frau, sie war niemandem Rechenschaft schuldig.«

»Warum wollten Sie sie besuchen?«

Mariella hob die Schultern. »Sie hatte ja sonst niemanden mehr.«

»Also gab es keine Freundin oder jemanden, der sie besser kannte?«

»Nein.«

»Ich habe gedacht, dass man auf dem Dorf enger zusammenhält als in der Stadt, aber anscheinend kann man auch hier einsam sein.«

»Einsam?« Mariella schüttelte den Kopf. »Klara war nicht

einsam. Sie hatte ihre Arbeit in der Bücherei, darin ist sie aufgegangen. Sie war mit Leib und Seele Bibliothekarin. Wer einmal bei ihr ein Buch ausgeliehen hat, ist wiedergekommen. Wissen Sie, sie hatte ein Händchen für die Leser, man hat sich bei ihr einfach wohl gefühlt. Von jedem wusste sie, was er am liebsten liest, und sie hat dafür gesorgt, dass die neusten Titel in den Regalen standen. Vielleicht denken Sie, dass sowas normal ist, aber das ist es keineswegs. Bibliotheken werden von den Gemeinden unterhalten, und die haben für Kultur nur wenig Geld übrig, leider. Klara hat um jeden Cent gekämpft, und trotzdem hat es oft nicht gereicht, um neue Bücher zu kaufen. Manchmal ist sie in die Nachbardörfer gefahren oder nach Delitzsch und hat mit den dortigen Büchereien DVDs und Bücher getauscht, manchmal aber hat sie auch selbst welche gekauft, von ihrem eigenen Geld. Nur um den Lesern etwas Neues zu bieten. So war sie eben, vor allem, seit Pia ausgezogen war. Vielleicht war die Arbeit ein Ersatz für sie.«

Ein Polizeifahrzeug näherte sich, gefolgt von einem dunkelblauen Kastenwagen. Sie hielten vor dem Findling an, auf dem Veit Hütter und Mariella saßen. Aus dem Polizeiauto quälte sich Norbert Breitmann heraus, und für einen kurzen Moment hatte Mariella das Gefühl, dass sich alles wiederholte, was sie vor einigen Wochen erlebt hatte, damals, als sie auf Pias Kopf gestoßen war. Zwei Männer und eine Frau folgten dem Kommissar. Beamten des Erkennungsdienstes. Sie öffneten den Kofferraum und holten Koffer und Kisten heraus. Aus dem Transporter stiegen Marie Simon und Dr. Obermayr aus.

»Wo liegt sie?«, fragte Breitmann.

Veit Hütter stand auf. »Ich führe Sie hin.«

Die Kollegen vom Erkennungsdienst verteilten weiße Einmaloveralls, wieder einmal. Es dauerte ein Weilchen, ehe jeder einen übergezogen hatte, auch das wie schon beim letzten Leichenfund. Am längsten brauchte der Oberkommissar. »Hütter, Sie gehen voran, aber lassen Sie Platz für die Spurensicherung.«

Veit Hütter setzte sich in Bewegung. Die Kollegen nahmen ihre Koffer auf und folgten ihm. Breitmann ging als letzter. Dr. Obermayr nickte Mariella zu. Von Simon fing Mariella einen verwunderten Blick auf, bevor die beiden hinter den anderen unter der Tanne hinweg in den Wald tauchten.

Erst wollte sie ihnen folgen, doch dann blieb sie zögernd stehen und beobachtete, wie das Umfeld der Toten unter die Lupe genommen wurde. Obermayr und Simon waren neben Klara in die Hocke gegangen.

»Der Todeszeitpunkt liegt innerhalb der letzten zwei Tage, grob geschätzt«, hörte Mariella Obermayr sagen. Die Kriminalbiologin antwortete etwas, aber so leise, dass Mariella sie nicht verstand.

Innerhalb der letzten Tage? War das vor oder nach dem Unwetter?

Breitmann und Hütter kamen zurück.

»Was haben Sie eigentlich mit Frau Rabner hier gemacht?«, wollte er von Hütter wissen, und der erklärte, dass sie sich zufällig beim Spazierengehen getroffen hatten.

Fragend schaute der Kommissar Mariella an, die nickte schwach. Ein kalter Schauer lief ihr über den Rücken, und sie schlang die Arme um den Körper, um sich zu wärmen. Zu Hause würde sie sich einen Tee kochen. Hopfen und Melisse vielleicht.

»Spazierengehen am Wochenende, na ja. Haben Sie etwa gedacht, Sie können sich ausruhen, Hütter? Danach sah es vielleicht heute Morgen aus, jetzt haben wir eine zweite Leiche. Man soll den Tag eben nicht vor dem Abend loben, was? Die Dübener Heide scheint gefährlich für einsame Damen zu sein.«

Erst jetzt fiel Mariella auf, dass ganz in der Nähe auch schon

Pias Leiche gelegen hatte.

Breitmann hatte Hütter zu Klaras Haus beordert. Es musste durchsucht und anschließend versiegelt werden. Das übliche Vorgehen. Als Hütter in den Ulmenweg bog, sah er schon von weitem die Polizeifahrzeuge vor Klaras Häuschen stehen. Der Oberkommissar musste Verstärkung angefordert haben.

Ein Polizist in Uniform ging von Haus zu Haus und sprach mit den Bewohnern, die im Garten standen und zu Nummer 17 schauten, als würde dort jeden Moment ein Monster in der Tür erscheinen. Die Nachricht von Klaras Tod hatte sich anscheinend schon herumgesprochen, und Hütter fragte sich, wie die Dörfler so schnell davon erfahren hatten. Ohne sich aufzuhalten, ging er ins Haus.

Breitmann war nicht zu sehen.

»Oberkommissar?«

»Im Wohnzimmer«, rief Breitmann zurück.

Mit drei, vier Schritten durchquerte Hütter den kleinen Flur und stieß die nur angelehnte Stubentür auf. Breitmann stand am Bücherregal und studierte die Buchrücken. »Die Tote scheint viel für Fantasy übrig gehabt zu haben, Hütter, schauen Sie sich ruhig um.«

Auf dem Ohrensessel lag eine zusammengeknüllte karierte Wolldecke, auf dem kleinen Tisch vor der Couch standen eine Glaskanne mit einer grünen Flüssigkeit und eine Tasse, in der eine eingetrocknete blassgrüne Pfütze zu sehen war. Hütter beugte sich darüber und roch daran. Pfefferminztee.

Neben der Tür befand sich ein geöffneter Ausrüstungskoffer, vermutlich aus Breitmanns Wagen. Hütter nahm ein Paar hauchdünne Vinylhandschuhe heraus und streifte sie über. »Wonach suchen wir eigentlich?«

»Nach allem, was uns dem Mörder näherbringt. An Klara

Zeins Hand hingen Stofffäden, sie hatten sich in den Fingern verfangen. Obermayr denkt, dass sie sich an jemandem festgekrallt hat, als sie umgekippt ist oder gestoßen wurde, ganz sicher ist er sich nicht. Nach der Obduktion wissen wir mehr.«

Veit Hütter begab sich in die Küche. Kühlschrank, Kochplatte, ein altmodischer Emaillausguss neben einer Abstellfläche mit einem Gestell, das zum Abtropfen des Geschirrs benutzt wurde, und hellgelb gestrichene Holzschränke - das war die ganze Einrichtung. Er wollte nur so viel anfassen, wie unbedingt nötig war. Beim Öffnen der Schranktüren nahm er sein Taschenmesser zu Hilfe, schob die Klinge unter die Griffe. Ein Ruck und die Türen sprangen auf. Sechs Tassen, jede von einer anderen Größe und Farbe, standen in zwei Fächern verteilt. Die Teller waren ebenso bunt zusammengewürfelt, sie wurden um zwei Schneidebrettchen aus Holz ergänzt, das eine rund, das andere viereckig und beide mit Schnittspuren und Kratzern, die auf einen häufigen Gebrauch schließen ließen. In einem Schubfach fand er Besteck, kein Teil passte zum anderen, als hätte Zein es auf dem Flohmarkt gefunden. Nur das Topfset fiel aus dem Rahmen: vier unterschiedlich große Töpfe, die aussahen wie neu. Dahinter fand sich ein Kaffeeservice aus weißem Porzellan mit Goldrand, vermutlich das Gute für Gäste. Der Mülleimer war geleert und ausgespült, an den Innenwänden des schwarzen Plastikeinsatzes hatte sich Feuchtigkeit niedergeschlagen hatte. Er schaute in den Kühlschrank. Er war leer, bis auf eine ungeöffneten Packung Edamer und fünf Eier, die in der Halterung in der Innentür steckten.

Breitmann kam herein. »Und?«

»Nichts Besonderes.«

»Mal sehen, wo wir ihre Papiere finden. Familienurkunden, Versicherungspolicen, Kontoauszüge - was in einem Haushalt eben anfällt.«

»Sind die nicht in der Stube?«

»Fehlanzeige.«

»Dann vielleicht im Schlafzimmer. Meine Eltern machen es auch so, sie denken, das ist sicherer.«

Als ob Einbrecher nicht zuerst in den Schlafzimmerschränken suchen würden. Er hatte es ihnen oft genug gesagt, doch sie wollten es nicht wahrhaben. Besonders sein Vater, stur wie ein Panzer, der alte Herr.

»Irgendwo müsste ihre Handtasche sein, jede Frau hat mindestens eine davon. Bei der Leiche lag aber keine. Es wäre gut, wenn wir sie fänden«, riss Breitmann Hütter aus seinen Gedanken.

Da sich im Erdgeschoss nur Küche, Flur und Stube befanden, musste das Schlafzimmer im Obergeschoss sein. Die Treppe knarrte, als sie hinaufstiegen. Sie kamen in einen Flur, der noch kleiner war als der unten, und von dem zwei Räume abgingen. Der Flur hatte kein Fenster, aber die Türen waren geöffnet und ließen das Tageslicht aus den Zimmern herein. Links war das Bad. Es gab eine Dusche, die mit einem rot und blau gestreiften Plastikvorhang abgetrennt war, und ein Waschbecken, das einen Sprung hatte, der wie der Abdruck eines Vogelfußes aussah. Die Toilette befand sich unter der Dachschräge. Der Deckel war noch aufgeklappt. Über dem Waschbecken hing ein eintüriger Spiegelschrank. Als Veit Hütter ihn öffnete, kamen ihm mehrere Tablettenpackungen entgegen, alle leer. Der Aufschrift nach hatten sie ehemals Oxycodon enthalten.

Norbert Breitmann nahm eine in die Hand und betrachtete sie von allen Seiten. »Wirkstoff Oxicodonhydrochlorid, kindergesicherte Tablettenverpackung. Scheint was Ungewöhnliches zu sein.«

»Ein Betäubungsmittel«, sagte Hütter, der inzwischen auf seinem Handy nach der Medikamentenbezeichnung gegoogelt hatte.

»So was bekommt man nicht einfach im Laden um die Ecke. Irgendwo müssen die Rezepte sein.«

Sie gingen in den anderen Raum.

Hütter hatte ein klassisches Schlafzimmer erwartet, doch das Zimmer war wie eine zweite Stube eingerichtet. Am Fenster stand eine Couch, die Klara offenbar als Bett gedient hatte. An der Armlehne lag ein geblümtes Kopfkissen, es war in der Mitte gekerbt, als hätte jemand eine Axt hineingeschlagen. Das übrige Bettzeug – ebenfalls geblümt - war zusammengefaltet und glattgestrichen.

Wie im Wohnzimmer, so zogen sich auch in diesem Raum Regale voller Bücher an zwei Wänden entlang. Ein Ungetüm aus dunklem Eichenholz, das aus dem letzten Jahrhundert stammen mochte, nahm die Wand neben der Tür ein.

Breitmann zog an den Türen. Sie klemmten. Er fluchte und ruckte mehrere Male, bis sie endlich aufsprangen und den Blick auf Kleider und Blusen freigaben, die eng aneinandergedrückt auf Holzbügeln hingen. Daneben enthielt der Kleiderschrank eine Reihe übereinanderliegender Fächer, in denen sich Pullover, Shirts und Unterwäsche stapelten. Die Schrankordnung, Hütter bezweifelte, dass es die überhaupt gab, passte zu dem übrigen Zustand des Hauses.

»Wie soll man hier was finden.«

»Wir räumen alles raus. Wenn wir auf die Unterlagen stoßen, nehmen wir sie mit. Beeilen wir uns, hier kann man ja nicht arbeiten.«

Unter dem Dach herrschte brütende Hitze. Breitmann trat ans Fenster, riss es auf und rief einen Befehl nach unten. Kurz darauf begannen die Kollegen, Klaras Habseligkeiten auszuräumen.

Norbert Breitmann und Veit Hütter waren zurück in die Küche

gegangen. Breitmann nickte in Richtung des Spruches, der auf einem ovalen Holzbrettchen an der Wand hing. »Eigner Herd ist Goldes wert.«

Klara Zein und Gold? Sie hatte nicht ausgesehen, als wäre sie reich. »Der Kühlschrank ist fast leer, keine Wurst, kein Käse, und Butter gibt es auch nicht. Nur ein paar Eier und eine Flasche Milch. Sie scheint sich nicht viel ums Essen gekümmert zu haben. Kein Wunder, dass sie so dürr war«, sagte Hütter. »Der Abfalleimer ist ebenfalls leer.«

»Vielleicht wollte sie verreisen. Sehen Sie mal in der Mülltonne nach.«

Ein Mann kam die Treppe herunter, Hütter kannte seinen Namen nicht.

Breitmann zeigte auf den blauen Plastiksack, den der Mann trug. »Sind da die Papiere drin?«

»Ja, Chef. Vier Ordner, sie standen im Kleiderschrank ganz hinten verdeckt von Mänteln und Jacken.«

»Bringen Sie den Kram in die PI.«

Der Wind fuhr von unten nach oben durch das Haus. Im Obergeschoss knallte eine Tür zu, sodass die Wände bebten.

Hütter sah sich nach der Mülltonne um. Bei den meisten Häusern stand sie in der Nähe der Straße, so war es leichter, sie zum Bordstein zu bringen, wenn die Müllabfuhr kam. Klaras Tonne jedoch fand er hinter dem Haus auf einer gepflasterten Stellfläche, deren Fugen von rotem Klee überwuchert waren. Als er den Deckel hob, kamen ihm schillernde Fliegen entgegen. Weiße, kleine Maden fraßen sich durch den Müll, Kartoffelschalen, Kerngehäuse von Äpfeln, verschimmelte Wurst, altes Brot und Unkraut, dazwischen Plastikfolie und Papierschnipsel. In eine Ecke war eine zerknüllte Zeitung gepresst, sie klemmte zwischen einem Kohlkopf, dessen Blätter vergammelt waren, und einigen Dornenzweigen. Mit spitzen Fingern zupfte Hütter an der Zeitung herum, bis sie aufsprang und ein paar vertrocknete Beeren herauskullerten.

Der Oberkommissar kam um das Haus gelaufen. »Was treiben Sie nur so lange, Hütter?«

»Die Tonne scheint nichts Aufregendes zu enthalten. Glauben Sie, dass zwischen den beiden Morden ein Zusammenhang besteht?«

»Es wäre schon verdammt merkwürdig, wenn nicht. Zurück ins Büro, Hütter. Die Arbeit wartet.«

Hütter klemmte sich hinter das Steuer des Polizeiautos und startete. Seinen eigenen Wagen würde er später holen.

Unterwegs telefonierte Breitmann und trommelte alle verfügbaren Frauen und Männer der Mordkommission zusammen. »Los, Hütter, geben Sie Gas«, befahl er dann.

Als sie das Lagezentrum betraten, warteten die Kollegen bereits. Mit wenigen Worten setzte Breitmann sie in Kenntnis.

»Mit der toten Klara Zein haben wir einen neuen Fall. Das gibt Ärger«, prophezeite Tom Krammel düster.

»Jeder Mord ist einer zu viel, und wenn es uns nicht gelingt, die oder den Täter zu fassen, sind wir ein gefundenes Fressen für die Presse. Ich höre Duppich schon rumkrakeelen: *DIE UNFÄHIGE POLIZEI!*«

»Dazu wird es nicht kommen«, sagte Hütter. »Im Gegensatz zu Pia ist Klaras Umfeld bekannt. Irgendjemand wird etwas über sie wissen.«

»Dann schlage ich vor, Sie verlieren keine Zeit und fangen mit den Papieren aus ihrem Haus an.«

Hütter wollte einwenden, dass er sich zuerst unter den Sabnitzern umhören wollte, doch Breitmann guckte so verbissen, dass er es bleiben ließ, sich den blauen Sack mit den Ordnern schnappte und zu seinem Schreibtisch ging. Die Befragung der

Dörfler würden andere übernehmen, auch die der Apothekerin. Er begann zu schwitzen, diese verdammte Hitze.

Der Inhalt der Ordner war durcheinander wie der Inhalt von Klaras Kleiderschrank. Steuerbescheide lagen zwischen Kontoauszügen, Telefonrechnungen zwischen Kaufbelegen und Werbeschreiben der Krankenkasse. Außerdem gab es jede Menge Schreiben einer Versicherungsgesellschaft, Stromrechnungen und unzählige Arztrezepte, allesamt Medikamente gegen Schmerzen. Der Arzt, von dem sie ausgestellt waren, hatte seine Praxis in Delitzsch, Rathenaustraße 7. Sein Name war Robert Kirk.

Vierzehn

Der Sonntag begann mit einem leichten Nieselregen. Hütter war nur mühsam munter geworden, und obwohl er eine kalte Dusche genommen hatte, fühlte er sich wie erschlagen. Die Mordfälle forderten allmählich ihren Tribut. Er schlief wenig, und wenn doch, schlief er schlecht. Unter normalen Umständen gönnte er sich sonntags ein ausgiebiges Frühstück bei Bäckermeister Stalzmann, der gleich um die Ecke seine Backstube mit einem angeschlossenen Bistro betrieb. Doch dieser Sonntag war genauso wenig normal, wie die der letzten Wochen.

Am vergangenen Abend war er wieder einmal der Letzte gewesen in der PI. Breitmann hatte angewiesen, dass er erst noch die Ergebnisse aus der Prüfung von Klara Zeins Schriftkram protokollieren sollte, bevor er gehen konnte. Außerdem mussten sie in die Ermittlungsdatei eingetragen werden, damit die Kollegen der Moko sich am nächsten Tag darüber informieren konnten. Es hatte bis weit nach Mitternacht gedauert, ehe er damit fertig gewesen war.

Während er sich einen Kaffee brühte, telefonierte er mit Tom Krammel, dessen Dienst erst um neun begann. Jetzt war es kurz nach sechs. »Hör zu, Tom, wir müssen zu Kirk. Klara Zein war seine Patientin, er hat ihr unzählige Rezepte ausgestellt. Die Praxis ist heute geschlossen, wir treffen uns vor seinem Wohnhaus. In einer Stunde.« Er gab Krammel die Adresse durch und legte auf.

Im Schrank fand er ein altbackenes Brötchen und würgte es trocken herunter. Beim ersten Schluck Kaffee verbrannte er sich die Zunge und fluchte. Wenig später brach er auf.

Dr. Robert Kirk wohnte in der Mühlenstraße 4 am anderen Ende der Stadt in einem Viertel, das zu den besseren zählte.

Dort lebten Anwälte, Universitätsprofessoren und Ärzte, deren Grundstücke von hohen Mauern umgeben waren. Jedes Haus war eine einsame Insel, ein Refugium, in dem Eindringlinge nicht gern gesehen wurden, noch dazu an Gottes Ruhetag.

Hütter lief die Straße entlang und schaute zum Himmel. Grau, wohin er auch sah. Er zog die Kapuze seiner Jacke fester um den Kopf und beschleunigte seine Schritte. Eine hohe Mauer verbarg die dahinterliegenden Grundstücke, immer wieder von metallenen Toren durchbrochen, die mit Überwachungskameras ausgestattet waren. Die Hausnummern waren in das Metall gestanzt. Er erreichte Nr. 1, dann Nr. 2. Als er Nr. 3 passierte, fuhren die Flügel des Tores – es war ein besonders großes aus grauem Metall – wie von Geisterhand auseinander. Eine Frau trat heraus, gekleidet in einen funktionellen Sportanzug. Ihre neongelbe Laufhose und das ebenso neongelbe Oberteil waren Farbtupfer in dem Regengrau des Tages. Noch während sich das Tor schloss, dehnte sie erst das rechte, dann das linke Bein. Fersen zum Po und Ausfallschritt, wie es auch Hütter machte, wenn er Zeit zum Joggen hatte. Damit fertig, lief sie in gleichmäßigen ausholenden Schritten los, wie sie jemanden zu eigen sind, der Marathons läuft.

Aus dem Haus auf der gegenüberliegenden Seite stürzte ein Mann heraus, hinkte bis zur Straßenmitte und schaute ihr nach.

»Guten Morgen«, sagte Hütter.

Der Mann warf den Kopf herum und lallte etwas, das Hütter nicht verstand. Dann schniefte er und schlurfte zurück, von wo er gekommen war. Seine linke Schulter war tiefer als die rechte, seine Hand baumelte neben dem Knie.

Ein Auto raste die Straße herauf und hielt vor Nr. 4. Tom Krammel. Er winkte Hütter zu. »Guten Morgen. Obwohl gut zu viel gesagt ist. Ich lag noch im Bett, als du angerufen hast. Weiß Breitmann Bescheid?«

Verdammt, das hatte er vergessen. Der Leiter der Mordkommission wollte bei allen Aktionen informiert werden. Hütter zückte sein Handy, doch es meldete sich nur der Anrufbeantworter und so hinterließ er auf der Mailbox die Nachricht, dass Krammel und er bei Kirk und danach im Kakadu zu finden waren.

Krammel gähnte. »Was wollen wir denn im Kakadu?«

»Nina befragen. Die war beim letzten Mal nicht da.«

Hütter drückte auf den Klingelknopf an Kirks Briefkasten, und wenig später saßen sie dem Doktor in dessen Wohnzimmer gegenüber.

»Es haben sich neue Fragen ergeben, Herr Doktor«, begann Hütter.

»Ich kannte Pia Zein nur als Arzt, und als Arzt unterliege ich der Schweigepflicht. Das hatte ich Ihnen schon einmal gesagt, ich werde mich nicht weiter dazu äußern. Wenn Sie die Patientenakte sehen wollen, kommen Sie mit einem Durchsuchungsbeschluss wieder.«

»Ja, ich weiß. Eigentlich sind wir wegen einer anderen Sache hier. Es geht um die Mutter, Klara Zein. Auch die war bei Ihnen in Behandlung.«

»War?«

»Sie ist tot.«

»Mein Gott, so schnell? Sie war schwerkrank, aber ich habe angenommen, sie hätte noch ein paar Monate. Sollte ich mich so sehr geirrt haben?« Kirk schüttelte den Kopf. »Das glaube ich nicht.«

»Was hatte sie denn?«, fragte Krammel.

»Kein Kommentar.«

»Wann haben Sie sie das letzte Mal gesehen?«

»Das war vor ungefähr einer Woche.«

»Wussten Sie, dass Klara Pias Mutter war?«

»Nein, das wusste ich nicht. Sehen Sie zwischen den beiden Todesfällen den Zusammenhang?«

Hütter, der etwas in sein Notizbuch schrieb, hob den Kopf. »Wie meinen Sie das?«

»Sie platzen Sonntag Vormittag bei mir ins Haus und erzählen, dass eine meiner Patientinnen verstorben ist. Zufällig ist auch deren Tochter tot. Aus ärztlicher Sicht hätte Klara Zein noch nicht sterben müssen, aber manche Mütter verkraften es nicht, wenn sie ein Kind verlieren.«

»Sie denken an einen Suizid? Hat sie Ihnen gegenüber so etwas angedeutet?«

»Ich bin Facharzt für Allgemeinmedizin und kein Therapeut. Falls Klara Zein psychische Probleme hatte, haben wir nicht darüber gesprochen.«

»Die genauen Todesumstände werden noch untersucht, aber wir müssen davon ausgehen, dass sie einem Verbrechen zum Opfer gefallen ist.«

»Grundgütiger.« Kirk stand auf und trat an den Barschrank, ein kostbar aussehendes Teil mit Intarsien, die einen Rosenstrauß zeigten. Er holte eine Wodkaflasche heraus. »Ich nehme an, Sie möchten keinen?«, fragte er über die Schulter.

»So ist es.« Hütter stand auf. »Im Augenblick haben wir keine weiteren Fragen an Sie.«

»Was für ein unangenehmer Typ«, stellte Krammel fest, als sie zum Wagen gingen. Die Joggerin in der grellen Laufkleidung kam die Straße entlang, und wie aus dem Nichts tauchte auch der schiefe Typ aus dem gegenüberliegenden Haus wieder auf.

Als sie auf ihrer Höhe war, trat Hütter ihr in den Weg. »Einen Augenblick, bitte. Gibt es ein Problem mit dem da?« Er deutete zu dem Schiefen hinüber.

Sie schüttelte den Kopf. »Das ist nur Peter der Verdrehte. Nicht ganz richtig im Oberstübchen, aber harmlos.«

Luise Eberding machte kein Hehl daraus, wie wenig ihr der polizeiliche Besuch passte. »Zur dicken Nina wollen Sie? Muss das sein?«

»Wir können auch heute Abend wiederkommen, dann aber in Uniform«, erwiderte Hütter.

»Schon gut, Oberwachtmeister. Nina ist oben, den Weg kennen Sie ja bereits.«

Ninas Zimmertür war geschlossen. Veit Hütter klopfte, doch nichts rührte sich. Er hämmerte mit der Faust dagegen, und plötzlich wurde die Tür aufgerissen. »Verdammt nochmal, kann man hier nicht mal seine Ruhe haben?«

»Polizei.« Hütter zeigte seinen Dienstausweis. »Sind Sie Nina?«

Die Frau in der Tür nickte mürrisch.

»Wir möchten mit Ihnen reden.« Tom Krammel schob sie einfach beiseite, und sie traten ein.

Nina schien eine Vorliebe für die Farbe Blau zu haben, denn alles in dem Raum war hellblau, dunkelblau oder in einer Schattierung, die irgendwo dazwischen lag. Selbst das Waschbecken, das hinter der Tür an der Wand hing, war blau und ihre Kleidung ebenso, angefangen bei dem zerknüllten Etwas auf dem Kopf, das an einen Turban erinnerte, bis zu dem Kaftan, der ihr das Aussehen einer Haremsdame gab, obwohl er nur bis zu ihren Knien reichte und ihre strammen Waden sehen ließ. Als sie sich auf das Bett setzte, rutschte der Saum ein Stück nach oben und zeigte fleischige weiße Schenkel.

Nina lehnte sich zum Nachtisch hinüber, griff nach einer Schachtel Filterpapier und zottelte ein Plättchen heraus. Dann pulte sie Tabakkrümel aus einer ebenfalls auf dem Tischchen stehenden schwarzen Dose mit der Aufschrift Gauloises Noir, verteilte sie linienförmig auf dem Papier, rollte es zusammen und leckte den Rand an, um es zusammenzukleben. Sie verzwirbelte die Enden miteinander und schob sich die eine Seite zwischen die Lippen. Die andere zündete sie an und inhalierte den Rauch. »Ira hat mir erzählt, dass Sie schonmal hier waren und rumgefragt haben.«

»Was wissen Sie über Pia?«, fragte Hütter.

Nina zog an der Zigarette, als wäre sie am Verdursten. Sie stieß den Rauch aus und sagte: »Das war ein richtiges Luder, und wenn Sie wissen wollen, ob es mir leidtut, dass sie weg ist – nein, tut es nicht. Kann sein, dass ich mich damit verdächtig mache, aber warum sollte ich lügen? Pia war eine von der Art, die nur an sich denkt. Solche Leute mag ich nun mal nicht.«

»Hatte sie Feinde?«

»Was denken Sie denn? Keine von uns – sie machte eine kreisende Handbewegung, die das gesamte Haus umfassen mochte oder auch nur die Nachbarzimmer – wollte sich mit ihr befassen. Wissen Sie, es ist so: Wenn ein Mädchen neu dazukommt, guckt man erstmal, wie sie tickt, aber man ist freundlich und bereit, der Neuen zu helfen. Zeigt, wo was ist, gibt Tipps, wie man sich am besten verhält und so was. Aber Pia hat alles abgeblockt. Ich glaube, sie wollte ihr eigenes Ding machen, als Hure in einer eigenen Bude, aber sie wusste nicht, wie sie das anfangen sollte. Daher hat sie sich bei Luise eingemietet. Frau Eberding, meine ich. Hier hat man ein Zimmer, die Kunden kommen, ohne dass man dafür werben muss, es gibt Wachpersonal und jemanden, der saubermacht – alles aus einer Hand eben. Ein Rundum-sorglos-Paket.«

»Können Sie genauer erklären, was Sie mit *abgeblockt* meinen?«

»Ich wollte nur nett sein, hatte ihr angeboten, dass ich ihr eine gute Friseurin vermitteln kann. Wissen Sie, was sie geantwortet hat? Sie hätte meine nicht nötig, sie wäre ja selbst Friseurin.«

Die dicke Nina streifte sich den Turban vom Kopf und strich ihre orangeroten strähnigen Locken glatt.

»Wie war Ihr Verhältnis zu Pia Zein?«

»Sie war eine Konkurrentin, das sind wir alle in dem Geschäft. Manchmal gibt es Streit, das betrifft dann zwei oder vielleicht auch drei von uns, je nachdem, um was es geht. Pia hatte mit jeder Zoff, sogar mit der Chefin.«

»Wissen Sie, warum?«

»Da müssen Sie Frau Eberding fragen.«

Hütter starrte auf die orangeroten Löckchen, die an Ninas Schläfe klebten. »Neulich haben Sie sich mit einer von den Damen unterhalten, draußen am Hintereingang. Dass es mit Pia so kommen musste, weil sie heimlichgetan hat. So oder so ähnlich haben Sie sich geäußert. Was hat es damit auf sich?«

»Wann soll das denn gewesen sein, diese Unterhaltung?«

»Nach Pias Tod. Also beantworten Sie bitte meine Fragen. Wieso musste sie sterben?«

»Da muss jemand was falsch verstanden haben. Ich weiß nicht, warum sie ermordet worden ist und erst recht nicht, wer es getan hat. Es ist nur so, dass sie niemand vermisst hat, als sie nicht wiedergekommen ist. Wir haben angenommen, dass sie endlich in den Staaten war, denn das hat sie ja jedem erzählt – dass sie nach Amerika wollte. Nur wann, das hat sie nie verraten.«

»Kennen Sie die Namen von Pias Kunden?«, fragte Hütter.

»Hat Ihnen niemand gesagt, dass Namen in unserem Geschäft unwichtig sind?« Nina rekelte sich. Ihr Kaftan rutschte über die linke Schulter und entblößte ein Tattoo; es stellte einen feuerspeienden Drachen dar.

»Falls Ihnen noch etwas einfällt, informieren Sie uns bitte.« Hütter reichte ihr eine Karte mit seiner Telefonnummer.

»Gibt es eine Belohnung?«

»Das kommt darauf an, was Sie für uns haben.«

Nina wirkte enttäuscht. »Wenn Sie mich brauchen, wissen Sie ja, wo Sie mich finden, Schätzchen.«

Sie machten, dass sie rauskamen.

Im Saal wischte Luise Eberding auf der Edelstahloberfläche des Tresens herum, obwohl der auch so schon fleckenlos glänzte.

Hütter trat zu ihr. »Wir haben gehört, dass es zwischen Ihnen und Pia Streit gegeben hat. Worum ging es dabei?«

»Habe ich vergessen.«

»Wir können Sie vorladen, vielleicht fällt es Ihnen dann wieder ein.«

Langsam faltete Eberding den Putzlappen zusammen. »Es ging um Geld. Sie wollte den Preis drücken. Weil sie nicht immer hier war wie die anderen.« Sie ließ den Lappen in einem Fach unter dem Spülbecken verschwinden. »Ich vermiete die Zimmer zum Pauschalpreis, ob sie benutzt werden oder nicht, interessiert mich nicht.«

»Haben Sie sich geeinigt?«

»Sie wollte einen Anwalt einschalten, aber dazu ist es nicht mehr gekommen. Zumindest habe ich nichts mehr von der Sache gehört, denn sie ist dann ja plötzlich weggeblieben, und ich habe ihr Zimmer weitervermietet.«

»Was für ein Glück für Sie.«

»Wollen Sie andeuten, ich hätte sie umgebracht? Wegen vierhundert Euro?« Energisch schüttelte Eberding den Kopf.

Fünfzehn

»Als Veit Hütter und ich die Klara gefunden haben, wusste ich zunächst nicht, dass sie es war, die da unter dem Baum lag. Dann habe ich sie erkannt. Es war ein richtiger Schock«, sagte Mariella leise.

Sie hatte Lore zum Dienst ins Eiscafé begleitet, weil sie nicht allein sein wollte. Zwar musste Lore arbeiten, aber da es regnete, war kaum Betrieb.

»Und dann?«

»Ich war wie gelähmt.« Mariella seufzte. »Die ganze Zeit, die ich im Wald warten musste, habe ich sie vor mir gesehen. Hilf mir, hat sie gesagt, immer wieder. Ich habe es nicht aus dem Kopf gekriegt.«

»Rede mit dem Kommissar. Erzähle ihm, was sie vorhatte.«

»Sie wollte Pias Mörder finden, mehr weiß ich doch selbst nicht.«

»Hör mal.« Lore machte eine kleine Pause, dann fuhr sie mit gesenkter Stimme fort: »Wir könnten selbst aufklären, wie Klara gestorben ist.«

»Darum kümmert sich die Polizei.«

»Die ist überfordert, das kann man jeden Tag in der Zeitung lesen. Kein Personal, kein Geld, keine Zeit. Und denk an Pia, deren Mörder ist auch noch nicht überführt.«

»Trotzdem sind es Profis. Wir hingegen haben keine Ahnung, wie man in solchen Fällen vorgeht. Ich wüsste ja nicht einmal, wo wir ansetzen könnten.«

Lore hob die Augenbrauen. »Dann denk nach, dir fällt bestimmt was ein. Genau wie bei Pia, da hast du doch auch versucht, etwas rauszukriegen.«

»Ohne Erfolg, wie du weißt. Und überhaupt, was ist, wenn es bei Klara ein Unfall war?« Oder wenn sie gestorben ist, so wie jeder Mensch eines Tages sterben muss, setzte Mariella stumm hinzu. Sie weigerte sich, auch die dritte Möglichkeit in Erwägung zu ziehen. Klara hatte einen guten Grund für einen Freitod gehabt.

»Vielleicht war es wirklich ein Unfall«, sagte Lore. »Lass es uns herausfinden.«

Eine Gruppe in Radlerkleidung stürmte das Café, um aus dem Regen ins Trockene zu kommen. Laut schwatzend schälten sich die Radler aus den nassen Jacken.

»Ich muss arbeiten.« Lore ging, um sie zu bedienen.

Mariella blieb zurück, unschlüssig, was sie tun sollte. Sie rückte den Halter mit der Eiskarte auf dem Tisch hin und her, griff nach der Zuckerdose und fuhr damit in kleinen Kreisen auf dem Tischtuch herum. Als ihr bewusst wurde, was sie tat, stellte sie die Dose zurück in die Mitte des Tisches und verschränkte die Finger.

Hilf mir, hatte Klara gefleht. Und sie? Sie hatte sie im Stich gelassen.

Am liebsten hätte sie sich irgendwo verkrochen, doch das würde alles nur noch schlimmer machen. Menschen konnte sie aus dem Weg gehen, den eigenen Gedanken jedoch konnte sie nicht entrinnen.

Die Radfahrer hatten inzwischen Kaffee und Kuchen bestellt.

»Soll ich dir auch einen Kaffee bringen?«, fragte Lore quer durch den Raum.

»Lieber einen Tee. Pfefferminze, wenn du hast.«

Ein paar Minuten später kam Lore mit einer großen Tasse heißem Wasser und einem Teebeutel an den Tisch. »Tut mir leid, ich habe nur ein Päckchen Kamillentee gefunden. Geht der auch?«

»Natürlich, danke.«

Inzwischen war aus dem Nieselregen ein wahrer Regenguss

geworden.

Lore schaute zum Fenster, dann setzte sie sich zu Mariella an den Tisch. »Bei dem Wetter werden kaum noch Gäste kommen.«

»Der Regen ist gut für die Natur.«

Trotz der heftigen Sommergewitter war die Wiese in Mariellas Garten in den letzten Wochen gelb geworden, und auch die Himbeerbüsche ließen die Blätter hängen. Viele Früchte waren vertrocknet. Sie hoffte, dass sich die Pflanzen durch den Regen wieder erholten.

Juan lag unter dem Tisch und schlief. Er blaffte und zuckte mit den Beinen.

Lore lächelte. »Er träumt. Bestimmt setzt er gerade einer Katze nach.«

»Ja. Erst gestern konnte ich ihn nur mit Mühe davon abhalten, Veras Liebling zu jagen.«

Das war, bevor sie Klara gefunden hatten.

Als Kind hätte sie gern eine Katze gehabt. Aber ihr Vater hatte eine Katzenhaarallergie, und ihre Mutter fand Katzen falsch und hochmütig. Daher hatte es in ihrer Familie immer nur Hunde gegeben. Schwamm drüber. Es hat nicht sollen sein, und davon abgesehen, würde sie Juan niemals eintauschen. Er war der zweite seines Namens, alle ihre Hunde hießen so. Juan der Erste war ein Dackel gewesen, ausdauernd und schlau. Am liebsten hatte er sich unter ihrer Bettdecke verkrochen. Sie hatte ihn geliebt, und jetzt liebte sie Juan den Zweiten, auch wenn der kein reinrassiger Rüde war, sondern eine Promenadenmischung aus einem Beagle und einem Schäferhund.

»Hast du dir überlegt, wie wir vorgehen?«, fragte Lore.

»Wobei?«

»Mamma mia, Mariella, ich rede von Klaras Tod.«

»Vergiss es.« Mariella legte ein paar Münzen auf den Tisch

und stand auf. »Danke für den Tee, ich verschwinde nach Hause.«

Sie nahm Juan an die Leine und ging zur Tür.

»Warte.« Lore kam ihr nach. »Du wirst klatschnass. Soll ich dir einen Schirm borgen?«

Aber Mariella lehnte ab. Das bisschen Regenwasser machte nichts aus. Es würde ihr über die Haare und den Nacken hinab laufen, aber sich auf eine solche Kleinigkeit zu konzentrieren, war ein Segen.

Norbert Breitmann hatte Tom Krammel zu Schreibarbeiten ins Büro beordert, während er Veit Hütter in die Rechtsmedizin bestellt hatte.

Als Hütter eintraf, war Breitmann schon da und unterhielt sich mit Obermayr über das Wetter.

Marie Simon gab Hütter zur Begrüßung die Hand. Ihr Händedruck war fest. »Können wir anfangen, Kriminalkommissar?«, wollte sie dann von Breitmann wissen.

»Ihr Sohn hat heute Geburtstag, ich bin froh, dass sie überhaupt gekommen ist«, raunte Fabius Obermayr Breitmann zu, laut genug, dass es auch Hütter verstehen konnte.

Die Kriminalbiologin musste es ebenfalls gehört haben. Sie verzog keine Miene. »Eine halbe Stunde noch, höchstens, dann bin ich weg.«

Sie gingen in den Raum, den Hütter schon vom letzten Besuch her kannte.

»Klara Zeins Körper weist keine äußeren Verletzungen auf, aber sie war krank. Ein Pankreaskarzinom. Sie hatte nicht mehr lange zu leben, ein Jahr vielleicht, maximal zwei«, begann Obermayr.

Simon rückte ihre Brille zurecht. »Bei Bauchspeicheldrüsenkrebs in diesem Stadium gibt es keine Heilung, die Behandlung läuft auf eine einzige Sache hinaus: Schmerzlinderung. Das wurde auch mit der Toten gemacht. Ich habe das Blut untersucht und Spuren eines semisynthetischen Opioids festgestellt. Man findet es in stark schmerzhemmenden Therapiemitteln.«

»Etwa auch in Oxycodon Retardtabletten? Im Haus der Toten haben wir Medikamentenpackungen gefunden«, sagte Hütter.

»Das könnte passen. Oxycodon ist ein Opioidanalgetikum, es ist hochpotent und wird nur in besonderen Füllen verschrieben. Die Abgabe an Patienten ist zu dokumentieren, soll heißen, dass der Arzt seinen Bestand und den Verbleib lückenlos nachweisen muss. Außer dem Opioid hatte die Tote Lysergsäurediethylamid im Blut. LSD, meine Herren.«

»Ihr Mageninhalt ist interessant«, setzte Obermayr hinzu. »Er enthält unverdaute Reste von ziemlich kleinen Lamellenpilzen. Simon hat ihn identifiziert.«

»Es handelt sich um den Spitzkegelige Kahlkopf, ein häufig vorkommender Pilz, der hauptsächlich auf Weiden sowie an grasigen Stellen wächst, also auch in der Nähe des Leichenfundortes«, erklärte Marie Simon. »Der Pilz gehört zur Gattung Psilocybe, im Volksmund Magic Mushrooms oder Zauberpilze genannt. Sie enthalten Psilocybin und Psilocin. Beide Substanzen wirken sich auf das zentrale Nervensystem aus, aber es ist tatsächlich das Psilocin, welches einen Rauschzustand verursacht. Das kommt daher, dass man sie normalerweise oral konsumiert, also isst. Das Psilocybin wird im Verdauungstrakt durch ein Enzym in Psilocin umgewandelt.«

Norbert Breitmann hob die Hand. »Einen Moment, bitte. Sie haben etwas von einem Rauschzustand gesagt. Ist das ihre Wirkung? Ein Rausch?«

»So ist es. Sie greifen in den Serotonin-Stoffwechsel ein, und Serotonin ist bekanntlich ein Glückshormon. Es gibt Berichte, dass die Konsumenten optische und akustische Visionen haben und sich mit dem Universum als Einheit erfahren. Im mystischen Sinn. Die Tote dürfte etwas ähnliches erlebt haben, trotzdem liegt ihr Fall anders, denn da ist noch etwas.« Die Kriminalbiologin blätterte in ihren Aufzeichnungen. »Ich habe 3,4-Methylendioxy-N-Methylamphetamin nachgewiesen, kurz MDMA.«

»Ecstasy?«

»Unter Ecstasy wird alles Mögliche angeboten: Amphetamin, Piperazinderivate, Methylendioxyphenylbutan und so weiter. Die Konsumenten wissen oft nicht, was sie da nehmen. Die Tote hingegen hat mit hoher Sicherheit ein Monopräparat konsumiert, dafür spricht die hohe MDMA-Konzentration in ihrem Blut.«

»Schmerztabletten, Zauberpilze, die wie LSD wirken, und Ecstasy«, fasste Breitmann zusammen. »Die Mischung hat sie umgebracht, stimmt das?«

»Das ist korrekt.«

»Wurde ihr etwas davon von jemandem verabreicht oder hat sie es selbst genommen?«

»Sie wollen wissen, ob es ein Suizid war?«, fragte Marie Simon zurück, nahm ihre Brille ab, rieb sich die Augen und setzte die Brille wieder auf. »Wir haben keine Fremdeinwirkung festgestellt, jedenfalls keine Verletzungen im Mundbereich oder im Rachenraum, die auf ein gewaltsames Einflößen schließen lassen. Es gibt auch keine Einstichstellen in der Haut, der Konsum mittels einer Spritze kann demnach ebenfalls ausgeschlossen werden.«

»Wobei dafür nur das MDMA in Frage kommen würde. Die Schmerztabletten und die Pilze hat sie mit Sicherheit oral zu sich genommen, also gegessen«, setzte Dr. Obermayr hinzu. Er trat an den Tisch, der wie schon bei Hütters erstem Besuch von Schriftstücken übersät gewesen war, schob sie beiseite und setzte sich auf die Kante.

»Eingangs haben Sie erwähnt, dass Sie keine äußeren Verletzungen festgestellt haben«, sagte Hütter. »Was ist mit dem Baum? Sie lag direkt darunter.«

Simon nickte. »Wäre er auf sie gestürzt, hätte sie größere Blessuren davongetragen, doch außer ein paar kleinen Kratzern ist ihr Körper unversehrt.«

»Kratzer, als ob jemand den Baum über sie gezogen hätte?«

»So ist es. Es gibt winzige Splitter in den Wundrändern, sie stammen von der Rinde.«

Breitmann wandte sich an den Rechtsmediziner. »Der Erkennungsdienst hat den Baum untersucht. Der Stamm ist abgeknickt, vermutlich beim letzten Sturm, jedenfalls wurde nicht festgestellt, dass daran herumgesägt wurde. Aber es gab Schleifspuren auf dem Waldboden. Jemand hat sie mit Laub und Erde verwischt, trotzdem waren sie noch erkennbar. Haben Sie den Zeitpunkt des Todes bestimmt?«

»Das MDMA ist nur vierundzwanzig Stunden im Blut nachweisbar. Am Samstagvormittag wurde die Tote entdeckt, und wir haben sie noch am gleichen Tag untersucht.«

Und Marie Simon ergänzte: »Ausgehend vom Zustand des Körpers und von den Fliegenmaden in den Körperöffnungen ist der Tod schätzungsweise am Freitagabend zwischen zwanzig und vierundzwanzig Uhr eingetreten.«

Sechzehn

Auf Veit Hütters Anrufbeantworter waren zwei Nachrichten gewesen, beide von Ani, mit der ein paar Mal ausgegangen war, um letztendlich mit ihr im Bett zu landen. Ani war genau das, was er sich von einer Freundin erhoffte. Sie war klug, lustig, zärtlich und schön. Seit gestern war sie jedoch wütend. In der ersten Nachricht schimpfte sie, weil er sich nicht bei ihr gemeldet hatte. In der zweiten verkündete sie, dass er sich zum Teufel scheren sollte.

Hütter hatte sie zurückgerufen, doch sie war nicht ans Telefon gegangen. Daraufhin hatte er sich zum Frühsport aufgemacht und war ein paar Kilometer gejoggt, vor allem, um nicht nachdenken zu müssen. Die Erinnerung an Ani hockte in ihm wie ein schöner Traum, der Wehmut weckte, weil er etwas Wunderbares verloren hatte. Wenigstens war es ihm durch den Dauerlauf gelungen, die Müdigkeit der letzten Wochen abzuschütteln. Nach einem Frühstück, das aus einer Banane und einer Tasse Kaffee bestand, hatte er sich nach Sabnitz aufgemacht. Mit ausholenden Schritten eilte er die Hauptstraße entlang zur Bibliothek.

Das Haus befand sich auf der linken Seite der Kirche in einer Gasse von höchstens fünfzig Metern. Es war ein früheres Wohnhaus, das sich von außen kaum von den anderen Häusern der Straße unterschied. Ein Schild wies es als Gemeindeamt und zugleich Leihbücherei aus.

Bürgermeister Jochen Seeberger war an zwei Tagen die Woche zu sprechen; montags und donnerstags, von neun bis zwölf und nachmittags von zwei bis sechs. An den anderen Tagen war er in Sabnitzs ältester Fleischerei zu finden, denn Seeberger war gleichzeitig der Metzger des Oberdorfes, wie auf einem Aushang im Glaskasten neben der Tür zu lesen war.

Er war ein kräftiger Mann, na ja, vielleicht eher dick als kräftig. Sein rundes Gesicht glich ein wenig dem eines Schweines – mit einer breiten nach oben gebogener Nase, Hängebacken und einem Doppelkinn, das bei jedem Wort bebte. Aber sein Blick war scharf, und Hütter nahm an, dass er für Feinde ein ernstzunehmender Gegner war.

Er zeigte seinen Ausweis und stellte sich vor: »Ich ermittle in den Fällen Pia und Klara Zein. Klara hat bei Ihnen gearbeitet, in der Bücherei.«

»Oben.« Seeberger streckte seinen wurstartigen Zeigefinger in Richtung der Decke.

»Danke, aber bevor ich hochgehe, habe ich einige Fragen an Sie, Herr Bürgermeister. Wann haben Sie Frau Zein das letzte Mal gesehen, wann hat sie zuletzt gearbeitet?«

Seeberger hob die Schultern.

»Heißt das, Sie wissen es nicht?«

»Erst Pia tot, dann ihre Beerdigung – das alles war sehr traurig und hat Klara psychisch und physisch mitgenommen. Sie wollte daheimbleiben, und ich habe ihr zu verstehen gegeben, dass sie sich die Zeit nehmen soll, die sie braucht, um alles zu verkraften. Sie hat ohnehin nur stundenweis gearbeitet, aber die Bücherei war immer auf, dafür hat die Krüger gesorgt, ja?«

»Die Krüger?«

»Gesine. Die hilft oben aus, ehrenamtlich.«

»Also, wann haben Sie Frau Zein das letzte Mal gesehen?«

»Das war auf dem Friedhof, als sie ihr Prinzesschen unter die Erde gebracht hat.«

»Was meinen Sie mit: Prinzessin?«

»Die Pia war ihr ein und alles, auch dann noch, als das Mädel längst ausgezogen war.« Seebergers Schweinsäuglein funkelten. »Ich habe Klara oft gesagt, dass sie Pia zu sehr verwöhnt hat. Ist nicht gut, sowas, die Kinder brauchen Regeln und manchmal auch eine strenge Hand. Das hat noch nie geschadet.«

Zur Kindererziehung hatte Hütter nicht viel zu sagen, er selbst hatte keine Kinder und war sich noch nicht einmal sicher, ob er überhaupt welche wollte. »Haben Sie eine Ahnung, wer etwas gegen Frau Zein gehabt haben könnte?«

»Das weiß ich wirklich nicht. Sie sind doch Polizist, schnappen Sie den, der sie auf dem Gewissen hat.« Auf Seebergers Wangen waren rote Flecke zu sehen, als hätte er sich gekniffen, um eine rosige Haut zu bekommen.

»Wir tun unser Möglichstes, es ist nur eine Frage der Zeit.«

»Tja, den Mörder von Pia haben Sie ja auch noch nicht, oder?«

»Nein, aber wir sind nah dran.« Das war eine Übertreibung, doch was hätte er sonst sagen können?

Die Leihbücherei von Sabnitz war ein langer, schmaler Schlauch, die ehemaligen Bodenkammern des Hauses. Sämtliche Wände und Türen waren herausgerissen worden, so dass alle Zimmer einen großen Raum bildeten, nur unterbrochen von Fachwerk aus Holz, das aussah, als hätte es hunderte von Jahren auf dem Buckel. Der Tisch am Eingang war eine alte Verkaufstheke, die mit einer Glasplatte versehen war. Darauf stand ein Pappschild, das um RUHE bat. Die verschieden großen Regale, der abgetretene Teppich mit den verwaschenen Farben, die kleinen zusammengewürfelten Wandlampen – das alles erweckte den Eindruck, dass die Inneneinrichtung aus Haushaltsauflösungen stammte.

Auch Gesine Krüger erweckte diesen Eindruck. Sie trug einen weiten dunkelblauer Rock, der ihr bis zu den Knöcheln reichte, eine braune kurzärmlige Baumwollbluse und eine lange Strickweste, die ehemals weiß gewesen war, jetzt aber vergilbt. Dazu hatte sie einen Haarknoten im Nacken, der wie ein verschrumpelter Apfel aussah.

»Frau Krüger? Ich bin Oberwachtmeister Hütter, ich habe ein paar Fragen an Sie.«

Sie musterte ihn und presste ihre ungeschminkten Lippen zusammen. »Ich weiß wirklich nicht, was ich Ihnen erzählen könnte. Ich wohne gleich um die Ecke am Anger, das ist ziemlich weit weg von dem Platz, wo Klara gefunden wurde.«

»Aber Sie und Frau Zein haben zusammengearbeitet. Wann war sie denn das letzte Mal in der Bücherei?«

Die Krüger ging um die Theke herum und setzte sich dahinter auf den Schreibtischsessel. Sie lehnte sich in dem schwarzen Monstrum aus Edelstahl und Leder zurück. »Das letzte Mal, dass Klara hier war? Das war, bevor Pia gefunden wurde, danach war Klara krank. Verständlich, bei so einem Schicksalsschlag.«

»Und später? Haben Sie sie da nochmal getroffen oder gesehen?«

»Nur bei der Beerdigung. Sie waren auch da, ich habe Sie gleich erkannt.«

Hütter trat an eines der Regale. »Wie vertraut waren Sie und Frau Zein eigentlich miteinander?«

»Wie man es ist, wenn man eine gemeinsame Arbeit verrichtet. Sie war eine nette Frau, hilfsbereit, aber nicht aufdringlich. Kontakt außerhalb der Arbeit gab es mit ihr nicht, das war eben nicht ihre Art, und ich selbst wollte es auch gar nicht. Früher war das anders, aber da war ich auch noch jung. Gott, was waren wir wild.« Sie verzog ihren schmalen Mund zu einem Lächeln. »Ich war Krankenschwester im Kreiskrankenhaus in Delitzsch und nach der Schicht sind wir oft noch ausgegangen, auf ein Bier oder ein Glas Wein. Ich persönlich habe ja lieber Tee oder Grog getrunken, aber damals haben wir eben viel gefeiert. Zu viel, wenn Sie mich fragen. Der Alkohol lockert die

Zunge, wie es so schön heißt, und was soll ich sagen? Es stimmt. Irgendwann wussten wir alles voneinander. Manche haben das später ausgenutzt und geheime Wünsche verraten oder Dinge weitererzählt, von denen man nicht will, dass sie jeder weiß. Richtig traurig hat mich das gemacht, und eine Zeitlang wollte ich deswegen sogar weg aus Delitzsch, zurück an die Küste, meine Heimat, verstehen Sie? Die See, der Strand, Wind und Wellen…« Ihr Blick verlor sich in der Ferne. Dann blinzelte sie. »Aber als ich pensioniert wurde, bin ich nach Sabnitz gezogen. Hier ist es auch ganz nett. Anders, aber trotzdem schön.«

»Außerhalb der Bibliothek haben Sie und Klara Zein demnach nichts miteinander zu tun gehabt, aber bei der Arbeit haben Sie sich bestimmt unterhalten. Gab es ein Thema, das ihr besonders wichtig war? Über das sie mehr als über andere Sachen geredet hat? Oder vielleicht über eine bestimmte Person?«

»Spontan fällt mir nur ihre Tochter ein.«

»Bitte denken Sie nach.«

»Na ja, da waren noch die Bücher. Klara hat fast alles gelesen, am liebsten Fantasy. Zauberei und alles, was mystisch ist - das war genau ihr Ding. Wir sind davon umgeben, hat sie immer gesagt. Überall um uns herum gibt es Magie, hat sie gemeint.«

»Auch in der Dübener Heide?«

»Dort besonders. Wenn sie im Wald war, hat sie es gefühlt, jedenfalls hat sie das behauptet.«

Vermutlich ein Ergebnis der Zauberpilze.

»Manchmal hat sie von Visionen gesprochen«, fuhr Krüger fort. »Ich glaube, früher hätte man sie als Hexe verbrannt, da war man nicht pingelig, was das betraf. Da brauchte es nur einen Denunzianten, einen verschmähten Verehrer zum Beispiel oder einen neidischen Nachbarn. Mit Klara hätte man damals kurzen Prozess gemacht, noch dazu, wenn sie ihre Visionen nicht für sich behalten hätte.«

Veit Hütter rieb sich die Nasenwurzel. »Welche waren es denn?«

In der Tür tauchten zwei Jungen auf, bepackt mit mehreren Büchern. »Kommt später wieder, ihr seht doch, dass ich im Moment beschäftigt bin«, sagte Krüger barsch.

Hütter wartete, bis die Kinder verschwunden waren. »Bitte, Frau Krüger, was für Visionen hat Frau Zein gehabt?«

»Die von einer perfekten Welt. Sie hat es so bildhaft erzählt, dass ich manchmal gedacht habe, sie hat es wirklich erlebt, das Einssein mit dem Wald und der Luft und dem Himmel. Mit dem ganzen Universum eigentlich.«

»Wissen Sie, was Klara nach der Beerdigung ihrer Tochter gemacht hat?«

»Ich glaube, sie ist sofort nach Hause gegangen. Eigentlich komisch, ja? Normalerweise sitzt man danach noch zusammen, erinnert sich an die Toten, erzählt, was sie gemacht haben und wie sie gelebt haben.« Sie hob die Schultern. »Mehr kann ich Ihnen wirklich nicht sagen. Fragen Sie Loriana Teziano, zu der ist Klara ins Auto gestiegen, nach Pias Beerdigung.«

Die Eisdiele der Familie Teziano öffnete erst nachmittags, aber die Tür stand sperrangelweit auf. Musik schwappte nach draußen, ein Mann sang von Amore.

Veit Hütter trat ein.

Lore stand an dem Edelstahltisch seitlich des Tresens und schüttete ein rotes Pulver in einen der großen nostalgischen Glasbehälter, die der Eiszubereitung dienten, und in denen große Edelstahlquirle eine weiße Masse umrührten.

Bei Hütters Anblick stellte sie das Radio leiser. »Hallo Herr Wachtmeister, haben Sie Neuigkeiten?«

»Was Klara Zein betrifft? Nein, aber ich hoffe, Sie können mir sagen, was sie Freitag Nachmittag gemacht hat.«

»Tut mir leid, das weiß ich nicht. Nach Pias Beerdigung habe ich sie nach Hause gebracht. Sie wollte sich hinlegen, das hat sie mir gesagt. Später wollten wir sie besuchen, also Mariella und ich, das war am zeitigen Abend. Wir haben geklingelt, doch Klara hat nicht aufgemacht. Eine Weile haben wir gewartet, dann sind wir zur Heidebaude gegangen, auf ein Bier.«

»Wie spät war es da?«

Lore hob die Schultern. »Halb oder um neun? Es war noch nicht dunkel.«

»Haben Sie sich nicht gewundert, dass Frau Zein auf Ihr Klingeln nicht reagiert hat?«

»Warum? Sie ist oft unterwegs gewesen, wenn sie Kummer hatte. Dann ist sie in den Wald gegangen, das wissen alle im Dorf. Klara hat den Wald geliebt, er war sowas wie ihr Rückzugsort.« Lore nahm einen kleinen Löffel und stieß ihn in das rosafarbene Eis, das in dem Glasbehälter entstanden war. »Erdbeere. Wollen Sie mal probieren?«

Hütter schüttelte den Kopf.

Lore kostete, nickte und legte den Löffel zurück. »Als Kind hatte ich ein Häuschen, eigentlich eine Bude. Papa hatte sie im Garten aufgestellt, in einer Ecke, die hinter hohen Rosenbüschen lag. Dort habe ich mich verkrochen, wenn ich traurig war und allein sein wollte. Für mich ist der Wald kein idealer Ort, und im Dunkeln würden mich keine zehn Pferde hinkriegen. Da ist er richtig gruselig, aber Klara hat das nichts ausgemacht.«

»Vielleicht weil sie keine Bude wie Sie hatte.«

»Meine ist längst kaputt, aber es stimmt schon, dass jeder ein Fleckchen braucht, an dem er Ruhe hat. Wie ist es bei Ihnen? Haben Sie eins?«

Hütter dachte an seine Wohnung unterm Dach, in der die Wände bebten, wenn die Hausbewohner Partys feierten. Er machte eine vage Handbewegung. »Ich arbeite meistens.«

»Haben Sie keine Angst vor einem Burnout? Na ja, vermutlich nicht, Sie sehen fit aus. Bestimmt treiben Sie viel Sport. Müssen Sie ja wohl auch, als Polizist, meine ich, sonst laufen Ihnen die Verbrecher davon.« Lore lächelte. »Sind Sie sicher, dass Sie nicht doch ein Erdbeereis wollen?«

»Ganz sicher, schon wegen der Verbrecher, die ich mit zu viel Speck auf den Rippen nicht einholen kann.« Er lächelte zurück, gleich darauf schalt er sich. Was machte er hier bloß? Flirten? Um Himmels Willen, bloß das nicht. »Mit wem war Klara befreundet?«, fragte er.

»Verstanden hat sie sich mit jedem. Sie hatte etwas an sich, das alle mochten, etwas in der Art von *Ich bin nett, also sei du es auch*. Man konnte sich gar nicht mit ihr streiten. Aber befreundet? So richtig eng? Da fällt mir niemand ein. Haben Sie schon mit Gesine Krüger gesprochen? Die arbeitet in der Bibliothek. Wenn jemand Klara besser kannte, dann wohl sie.«

»Was, glauben Sie, hat Klara in ihrer Freizeit gemacht? Hatte sie Hobbys, abgesehen von ihren Büchern?«

»Sie hatte ihren Garten, und sie gehörte zu den Landfrauen, einer Gruppe von Bäuerinnen, die das Dorfleben ankurbeln. Sie wissen schon: Kuchenbasare veranstalten und Kochkurse geben. Beim Maibaumaufstellen oder zum Tag des Denkmals verkaufen sie selbstgemachte Marmelade.«

Hütter hielt wenig von den Straßenfesten, sie bedeuteten meistens zusätzliche Arbeit für die Polizei. In Delitzsch war man schon dabei, aufzurüsten. Das jährliche Peter & Paul Fest stand vor der Tür. Da tummelten sich drei Tage nicht nur die Einheimischen, sondern auch viele Touristen in den engen Altstadtstraßen.

»Wer ist sonst noch bei den Landfrauen dabei?«

»Vera Hitzelmann, Hanna Bruckner, die alte Mina und

Mariella natürlich. Die anderen kenne ich nicht.«

»Mariella? Die ist doch Apothekerin, ich dachte, die Landfrauen sind Bäuerinnen.«

»Das dürfen Sie nicht wörtlich nehmen.«

»Und Sie? Mischen Sie auch dort mit?«

»Na, hören Sie! Ich bin fünfundzwanzig. Viel zu jung für sowas.«

Aus Lores Zopf hatte sich eine Locke gelöst. Sie baumelte vor ihrem Gesicht, glänzend wie schwarzes Pech, und Lore pustete sie sich aus der Stirn.

»Können Sie mir die Adressen von Frau Bruckner und dieser Mina geben?«

»Hanna führt die Heidebaude, da müssen Sie in Richtung Schlaitz die B 100 entlang, aber zu Fuß ist der Weg angenehmer. Nehmen Sie den Weg hinter der Kirche bis zur Gabelung, dort gibt es Hinweisschilder. Die alte Mina wohnt bei Bürgermeister Seeberger, sie ist seine Mutter.« Lore strich die hartnäckige Locke nach hinten und schaute auf die Uhr an ihrem Handgelenk. »Es ist halb zwölf, um die Zeit ist sie bestimmt am Kochen. Wenn Sie sich beeilen, erwischen Sie Mina noch, bevor der Bürgermeister zum Mittagessen heimkommt. Er wird sauer, wenn er bei Tisch gestört wird.«

Seebergers Fleischerei war im Vorderhaus eines Vierseithofes untergebracht, aber da Montag war, hatte sie geschlossen. Veit Hütter klopfte an die neben dem Geschäft in die Mauer eingelassene Tür und wartete. Als sich nichts rührte, drückte er auf die Klinke. Es war nicht abgeschlossen, schnell trat er ein.

Im Hof blieb er unschlüssig stehen. Rechts war eine Scheune, die als Garage diente. Durch das offene Tor waren mehrere Autos zu sehen, allesamt Oberklassewagen. Er erkannte einen BMW, einen Audi und sogar einen Porsche. Ob als Bürgermeister oder als Fleischer - Seeberger schien nicht schlecht zu verdienen.

An dem Gebäude auf der linken Seite befand sich ein Schild, das es als Schlachthaus auswies. Blieb noch das Haus, das vor Hütter lag.

Er überquerte den Hof und nahm die Stufen zur Eingangstür. Wieder klopfte er, und diesmal wurde er gehört, eine Frau öffnete ihm. »Ja?«

»Ich bin Oberwachtmeister Hütter von der Leipziger Kriminalpolizeiinspektion. Sind Sie Mina Seeberger?«

»Bevor ich was sage, will ich Ihren Ausweis sehen.«

»Natürlich.« Hütter zog seinen Polizeiausweis hervor.

Die alte Frau holte eine schmale Lesebrille aus ihrer Kittelschürze, setzte sie auf und entzifferte seinen Namen. Dann setzte sie die Brille ab und verstaute sie wieder. »Man kann nicht vorsichtig genug sein.«

»Darf ich reinkommen?«

»Ja, aber beeilen Sie sich. Mein Junge wird gleich zum Essen kommen, es gibt Fleischklopse, und ich muss aufpassen, dass sie mir nicht verbrennen. Außerdem muss ich noch Kartoffelmus anrühren.«

»Es dauert nicht lange, versprochen.«

Die alte Mina ging voraus und führte Hütter in eine Küche, die groß genug war, um eine ganze Fußballmannschaft zu bekochen. Eine Wand wurde von mehreren nebeneinanderstehenden Backöfen eingenommen. An einem davon machte sich Mina sogleich zu schaffen. Sie goss Milch in einen Topf mit gestampften Kartoffeln, gab Butter dazu und rührte alles kräftig durch. Als sie den Deckel der danebenstehenden Pfanne hob, breitete sich der Duft gebratener Buletten aus.

Hütter, der seit dem Morgen nichts gegessen hatte, schluckte. »Ich ermittle im Todesfall Zein und möchte wissen, wann Sie

Klara zuletzt gesehen haben.«

Mina nahm Topf und Pfanne vom Herd und stellte beides auf ein Brett. »Das war auf dem Friedhof, als Pia beerdigt wurde. Aber damit das klar ist, ich hatte nichts für Klara übrig. Die hat mir zu viele Geschichten erzählt.«

»Was für Geschichten? Über Freunde oder Bekannte?«

»Blödsinn war's, so Zeug von Elfen und Geistern. Als würde es sowas geben!« Sie schnaubte. »Ich bin ja bloß eine alte Frau, aber ich habe schon vieles erfahren, und das können Sie mir glauben: Einen Geist habe ich mein Lebtag noch nicht gesehen.«

»Wissen Sie, ob Klara Feinde hatte?«

»Ach Gott, ganz bestimmt nicht.«

»Freunde?«

»Das könnte möglich sein, sie war ja zu jedem freundlich, sogar zu mir, obwohl ich ihr gesagt hab, dass sie mir mit den Geistergeschichten vom Leibe bleiben soll. Mir war es ernst damit, aber sie hat nur gelächelt und gesagt, dass ich ihr schon noch glauben würde, irgendwann. Wenn die Zeit reif ist, so hat sie es ausgedrückt. Was sie damit gemeint hat? Tut mir leid, ich habe sie nicht danach gefragt, es hat mich nicht interessiert.« Sie verschränkte die Arme vor der Brust.

»Haben Sie eine Ahnung, wo sie am Samstagabend war?«

»Im Wald vermutlich, dort wurde sie ja gefunden.«

Ein Klopfen an der Tür schreckte die alte Mina auf. »Warten Sie mal kurz, ich muss schauen, wer da was will.«

Sie verließ die Küche und kam in Begleitung einer Frau um die Vierzig zurück, die ein Kleid trug, das Hütter an ein Dirndl erinnerte, nur dass ihre Schultern und Arme nackt waren.

»Die Hanna von der Heidebaude ist gekommen, die kannte Klara auch«, sagte Mina und dann zu Hanna: »Das isser.«

Hanna musterte ihn neugierig. »Sie sind von der Kripo? Ihr

Kollege sah ganz anders aus, der hatte wenigstens eine Uniform.«

»Ich nehme an, er hat Sie wegen Pia Zein befragt, ich aber bin wegen der Mutter hier.«

»Er will wissen, ob Klara Feinde hatte und so«, setzte Mina hinzu.

Veit Hütter schaute Hanna Bruckner an. »Was meinen Sie? Hatte sie welche?«

Die zupfte an ihrem Kleid herum, strich den Rock glatt und nahm umständlich auf einem Stuhl Platz.

»Du weißt, dass Jochen gleich heimkommt, also sieh zu, dass du fertig wirst«, gab Mina ihr Bescheid.

»Jochen ist mit dem Pfarrer zugange. Sie stehen vor der Kirche und reden wer weiß was für Zeug. So schnell kommt er nicht.«

Mina seufzte und trat an den Herd, um das Essen warm zu stellen.

»Also, Frau Bruckner, hatte Klara nun Feinde oder nicht?«, brachte sich Hütter in Erinnerung.

»Feinde ist vielleicht übertrieben, aber es gab welche, mit denen sie unzufrieden war.«

»Geht es etwas genauer, bitte?«

»Mit Von Weiden gab es mal Streit, ist schon eine Weile her, aber sie hat sich lange darüber aufgeregt. Eigentlich ging es um nichts Großes, nur um ihre Wanderungen. Na ja, das ist vielleicht das falsche Wort, es waren ihre Tänze und weil sie manchmal durch den Wald gezogen ist. Nachts.«

»Was wollte sie dort?«

»Wie gesagt, tanzen.«

»Verrückt rumhopsen, meinst du wohl«, warf Mina vom Herd her ein.

Hütter ignorierte sie. »Und was hatte der Schlossherr damit zu tun?«

»Er fand es lächerlich und außerdem gefährlich, und er wollte es ihr verbieten. Aber Klara hat sich gewehrt. Der Wald sei für alle da, hat sie gesagt, egal, wem er gehört. Hin und her ging das mit den beiden, bis der Bürgermeister ein Machtwort gesprochen hat. Von Weiden musste nachgeben, aber jeder hat mitgekriegt, dass er es nur widerwillig getan hat. Vielleicht hatte er recht, denn dort ist sie ja gestorben. Erschlagen von einem Baum, oder?«

»Das wird noch untersucht«, wich Hütter aus. »Noch eine andere Frage: Nach Pias Beerdigung ist Klara nach Hause gefahren. Haben Sie sich an diesem Tag später nochmal gesehen?«

»Nein, wie auch? Klara kam nur selten zu uns in die Baude, und ich hatte an dem Tag mehr als genug zu tun und konnte die Baude nicht verlassen. Um Klara zu besuchen, meine ich.«

Mina kam vom Herd herbei. »Ich müsste jetzt den Tisch decken.« Sie stellte zwei Teller und zwei Gläser auf den Tisch. »Der Jochen…«

»Schon gut, ich bin gleich weg.« Hütter verabschiedete sich. »Wenn Ihnen noch etwas einfällt, rufen Sie mich an, gell?«

Die Frauen nickten. Im Hinausgehen hörte er Hanna Bruckner sagen, wie nett er doch sei, ehe sie dazu überging, der alten Mina zu erklären, dass sie unbedingt Wurstsuppe von ihr bräuchte, weil ihre eigene aufgebraucht war. Keine der beiden Frauen schien der Tod von Klara Zein besonders nahe zu gehen.

Siebzehn

Die Kantine der Polizeiinspektion befand sich im Erdgeschoss des Gebäudes. Vierer- und Sechsertische standen im Karree um eine Insel von Grünpflanzen herum, in deren Mitte eine Palme in die Höhe ragte, deren Wedel an den Spitzen vertrocknet waren. Es war nach vierzehn Uhr. Ein Aufsteller auf der Theke verkündete die verfügbaren Tagesgerichte: Schmorkraut mit Kassler oder Spinat mit Rührei.

Hütter hing noch der köstliche Duft von Minas Frikadellen in der Nase. Er entschied sich für das Kraut, Tom Krammel hingegen bevorzugte eine Bockwurst, die zum Standardangebot gehörte.

»Was hast du in Sabnitz erfahren?«, wollte Krammel wissen, nachdem sie ihr Essen in Empfang genommen und sich an einem Vierertisch niedergelassen hatten.

Veit Hütter stocherte mit der Gabel auf seinem Teller herum. »Nicht viel. Klara Zein hatte mal Ärger mit Arno von Weiden.«

»Dem Adelsfritzen? Weshalb?«

»Der Wald, er wollte anscheinend, dass sie wegblieb aus seinem Besitz.«

»Hat sich sonst noch was ergeben?«

»Breitmann und ich, wir waren bei Obermayr, um die Ergebnisse der Obduktion auszuwerten. Die Tote war mit einem Cocktail aus Betäubungsmitteln, LSD und Ecstasy vollgepumpt. Na gut, das LSD war keine richtige Droge, aber sie hatte Pilze gegessen, die eine ähnliche Wirkung haben.«

»Sie war high?«

Hütter nickte. »Ich wette, das Betäubungsmittel hatte sie von Kirk.«

»Können wir das beweisen?«

»Noch nicht, aber ich hoffe, wir finden die Beweise bald. Sie war seine Patientin, sie hatte Krebs, deshalb hat er ihr das Oxikodon verschrieben, gegen die Schmerzen.«

»Wie passen die Pilze dazu? Denkst du, der Doktor hat gewusst, was sie sich eingeworfen hat?«

»Logisch, aufgrund des Oxikodons müsste er ihre Blutwerte regelmäßig kontrolliert haben. Übrigens hat er nicht nur Klara, sondern auch Pia behandelt. Das kann kein Zufall sein.«

Krammel schob sich das letzte Stück Wurst in den Mund und nuschelte: »Er hat gesagt, dass er nicht wusste, dass sie Mutter und Tochter sind.«

»Glaubst du das wirklich? Zein ist kein häufiger Name.«

»So selten nun auch wieder nicht. Und in unserer Straße gab es früher mal einen Bäcker, *Hermann-Martin-Gregor Zein, Backwaren von groß bis klein.*« Krammel warf die zerknüllte Serviette auf den Teller und stand auf. »Wir nehmen uns diesen Doktor Kirk noch einmal vor.«

Sie fuhren mit Hütters Wagen. Krammel musterte die Ablage in der Mittelkonsole, in der sich Parkscheine, Bonbonpapier und diverse Keksverpackungen häuften. »Hier sieht es aus wie im Schweinestall.«

Hütter raffte den Abfall zusammen und stopfte ihn achtlos in die Seitentür. »Wenn wir Glück haben, erwischen wir den Doktor in seiner Praxis.«

Doch die Praxis war geschlossen, daher fuhren sie weiter zu seiner Villa in der Mühlenstraße, aber auch hier schien Kirk nicht zu sein. Obwohl sie mehrmals klingelten, kam niemand an die Tür.

Veit Hütter sah die Straße entlang. Peter der Verdrehte stand vor seinem Haus und starrt zu ihnen herüber. Er trug ein kariertes Hemd, das an der Seite aus der grauen Jeans hing. Die Hände hatte er in den Hosentaschen vergraben. Seine Wangen waren feucht, als hätte er geweint.

Hütter und Krammel gingen zu ihm. Hütter zeigte seinen Ausweis. »Hallo, wir haben uns letztens schon mal gesehen, hier auf der Straße, erinnern Sie sich? Ich bin Polizist und wollte den Doktor besuchen. Wissen Sie vielleicht, wo er ist?«

Peter schreckte zusammen. »Der…Doktor…bellt.«

»Dr. Kirk hat einen Hund?«

»Bell…«, wiederholte Peter, dann wandte er sich um und watschelte ins Haus.

Tom Krammel hob die Schultern. »Hast du wirklich gedacht, dieses Wrack antwortet dir? Der ist doch nicht ganz dicht.«

Kaum im Auto, legte Hütter einen Schnellstart hin, so dass sich Krammel haltsuchend an dem Griff über der Tür festklammerte.

»Was soll das? Bist du verrückt?«

Hütter presste die Lippen aufeinander und antwortete nicht. Er wusste selbst nicht, wieso er auf einmal so sauer war. Vielleicht, weil sie in den Mordfällen nicht weiterkamen? Womöglich nahm er das alles zu persönlich, doch insgeheim gestand er sich ein, dass ihn die Fälle gerade deswegen so in Atem hielten: weil sie für ihn eine persönliche Note hatten. Bei Pia war er als erster Polizist vor Ort gewesen, er hatte ihren restlichen Körper später selbst entdeckt, und bei Klara war er ohnehin derjenige, der sie gefunden hatte. Verdammt nochmal, der Mörder musste doch zu überführen sein. Wenn es sich um ein und denselben Täter handelte, noch konnten sie das nicht beweisen, aber für ihn stand das fest. Er nahm den Fuß vom Gaspedal und verlangsamte die Fahrt.

Ein paar Minuten später kämpfte sich eine dunkle Männerstimme durch das Motorengeräusch. *Somewhere over the Rainbow*. Hütter runzelte die Stirn und warf Krammel einen Blick.

»Was denn? Das ist mein Handy«, sagte Krammel und nahm

das Gespräch an. »Ja? - Heute? - Geht klar, Chef.« Er verstaute das Handy in seiner Hosentasche.

»Irgendwo über dem Regenbogen?« Hütter grinste schief. »Was für ein ausgefallener Klingelton für einen harten Bullen.«

»Wer sagt, dass ich hart bin? Das am Telefon eben war Breitmann. Wir müssen nach Chemnitz zur Landesdirektion, Abteilung Inneres. Die überwachen den Betäubungsmittelverkehr in ganz Sachsen, und wenn wir Glück haben, wissen die, woher Klara Zein das Betäubungsmittel bekommen hat.«

»Ich tippe auf Kirk.«

»Klar, aber ein Nachweis dafür ist allemal besser als dein Tipp. Wie hieß das Zeug noch mal?«

»Oxycodon.« Hütter bog auf die B184 Richtung Leipzig, um zur A14 zu kommen. Kaum auf der Autobahn, jagte er den Motor auf 200 Stundenkilometer hoch.

Das Haus, in dem die Landesregierung Sachsen residierte, befand sich im Süden von Chemnitz auf einem Areal, auf dem in den 1920er Jahren eine Aktiengesellschaft und später zu DDR-Zeiten ein Volkseigener Betrieb diverse Büromaschinen hergestellt hatte, bis die übriggebliebene Produktion 1993 liquidiert wurde. Der hufeisenförmig angelegte Komplex war im Bauhausstil errichtet und stand unter Denkmalschutz. In seiner Mitte überragte ein Turm die mehrgeschossigen Gebäude und auch den Parkplatz, auf dem Hütter den Wagen abstellte.

»Der Leiter des Referats 26 heißt Vincent Grahl und ist ein Freund vom Chef«, sagte Krammel, während sie zum Eingang liefen.

Auf dem Wegweiser im Eingangsbereich stand, dass sich Grahls Büro im dritten Stock befand. Sie nahmen die Treppe, die durch Tageslicht erhellt wurde, das durch große Fenster fiel. Oben angekommen, fanden sie sich in einem Gang wieder, in dem sich Tür an Tür reihte; Büros des Referat 26 Pharmazie, wie auf minimalistischen Wandschildern neben den Türen zu lesen war. Sie fanden das Büro des Sekretariats, Hütter klopfte, dann traten sie ein.

Das Zimmer war kleiner, als es Hütter erwartet hatte. Es beinhaltete nur eine Theke, hinter der ein Tisch und ein Stuhl standen. Auf dem Stuhl saß eine Frau um die fünfzig, die Post sortierte. Die Sekretärin, wie Hütter vermutete. »Guten Tag, wir sind von der Polizeiinspektion Leipzig und möchten zu Herrn Grahl.«

Die Sekretärin bat sie, sich einen Moment zu gedulden, verschwand durch eine Verbindungstür zum Nachbarraum, kam aber gleich darauf zurück und forderte sie auf, näherzutreten.

Vincent Grahl war ein großer, elegant gekleideter Mann mit einem schmalen Gesicht und klugen Augen. Er trug eine grün gemusterte Fliege, die farblich perfekt zu den grünen Streifen seines Anzugs passten. Grün war auch der Teppichbelag seines Büros. Die Schränke und der Schreibtisch hingegen glänzten schwarz. Vor dem Tisch standen zwei schwarze Holzstühle mit einer dunkelgrünen Polsterung.

»Meine Herren, nehmen Sie doch bitte Platz. Sie kommen aus Leipzig? Nobs hat mich informiert, dass er zwei Männer schickt. Seine besten, hat er gesagt.«

»Nobs?« Hütter und Krammel wechselten einen Blick.

»Nobert, meine ich, Kriminalkommissar Breitmann. Wir haben mal Tür an Tür gewohnt, vor ewigen Zeiten, aber wir haben nie den Kontakt zueinander verloren. Sie wollen etwas über ein bestimmtes Medikament wissen?«

»Es heißt Oxycodon«, entgegnete Hütter. »Wir würden gern erfahren, wie eine bestimmte Person an das Mittel gekommen ist. Ihr Name war Klara Zein, sie stammte aus Sabnitz, einem Dorf im Landkreis Nordsachsen in der Nähe von Delitzsch.«

»Wissen Sie, wer ihr Hausarzt war?«

»Ein gewisser Dr. Robert Kirk, er praktiziert in Delitzsch, aber ich bin mir nicht sicher, ob sie das Zeug von ihm hatte. Möglicherweise hat sie es von einem anderen Arzt bekommen. Leider haben wir nur die Verpackungen sichergestellt, die dazugehörenden Rezepte fehlen.«

Grahl nickte. »Die konnten Sie nicht finden, weil bei der Verschreibung von Betäubungsmittel ein besonderes Formular verwendet wird, das aus drei Blättern besteht. Zwei behält die Apotheke, die das Mittel an den Arzt ausliefert, das dritte verbleibt beim Arzt. Der führt auch den Nachweis, an wen er welche Menge gegeben hat. Er muss die Zu- und Abgänge in seiner Praxis dokumentieren, und zwar lückenlos. Übrigens bedarf es einer gesonderten Erlaubnis für den Umgang mit solcherart Mitteln.«

»Besteht die Möglichkeit festzustellen, welche Arztpraxis in Delitzsch und Umgebung eine solche Erlaubnis hat?«

»Die Genehmigungen erteilt das Bundesinstitut für Arzneimittel und Medizinprodukte. Die Kollegen sitzen in Bonn, ich werde mich dort erkundigen.«

»Eine gute Idee. Wie lange wird es dauern, bis das Ergebnis vorliegt?«

Grahl griff zum Telefon. »Wenn ich nur nach diesem Dr. Kirk frage, habe ich die Antwort schnell. Für die komplette Liste brauche ich natürlich mehr Zeit.«

»Als erstes reicht Robert Kirk. Rathenaustraße 7 - das ist die Adresse seiner Praxis.«

Grahl hatte schon eine Nummer gewählt und hielt den Hörer ans Ohr. Am anderen Ende der Leitung schien sich jemand zu melden. »Grüß dich, Heinz«, sagte Grahl. »Wie geht's? - Mir ebenfalls - Bei uns auch, die Hitze. Hör mal, ich brauche eine Auskunft. Es geht um einen Dr. Robert Kirk, Rathenaustraße 7 in Delitzsch. Ist er bei euch gemeldet? - Ja, ich warte.« Er bedeckte die Sprechmuschel des Hörers mit der Hand und sagte zu Hütter und Krammel: »Heinz Mildenberg prüft das Erlaubnisregister.«

Es schien wirklich schnell gegangen zu sein, denn gleich darauf notierte er etwas auf einem kleinen Zettel. »Danke, Heinz. Die offizielle Anfrage schicke ich per Post. Das betrifft dann alle Ärzte in der Gegend…« Er lauschte. »Die Kliniken auch?«, wollte er von Hütter wissen.

Hütter nickte.

»Ja, die auch – natürlich – mach's gut, Heinz.« Grahl legte auf und schob Hütter den Zettel zu. »Kirks Erlaubnis datiert vom 07.05.2001. Seitdem hat er jedes Jahr die zur Verschreibung notwendigen amtlichen Formblätter beantragt und auch erhalten. Wie es aussieht, hat er mehrere Patienten, denen er regelmäßig Betäubungsmittel verschreibt, es scheint jedenfalls nichts Besonderes für ihn zu sein. Wenn Sie wissen wollen, ob diese Klara Zein das Oxycodon von ihm erhalten hat, lassen Sie sich am besten sein Betäubungsmittelbuch zeigen. Wie ich schon sagte, ist er verpflichtet, die Personen zu erfassen, denen er die Medikamente ausgehändigt hat.«

»Welche Apotheke hat an Kirk geliefert?«

»Auch das finden Sie in seiner Nachweisführung, vorausgesetzt, er macht sie ordentlich. Aber davon gehen wir aus, sonst hätte ihn die Bonner Kollegen gesperrt.«

»Danke, Sie haben uns sehr geholfen.«

»Richten Sie Nobs meine Grüße aus. Die Liste der Ärzte schicke ich ihm zu, wenn ich sie vom Bundesinstitut erhalten habe.«

Auf der Straße machte sich auf Krammels Gesicht ein fettes Grinsen breit. »Nobs! Du meine Güte.«

Hütter grinste zurück. »Stell dir vor, wie der guckt, wenn du ihn so nennst.«

»Breitmann würde mich lynchen.«

Sie fuhren nach Leipzig zurück, aber auf der Autobahn kamen sie in einen Stau, wegen eines Unfalls, wie der Verkehrsfunk verkündete. Die Reihe der Fahrzeuge, die sich Stoßstange an Stoßstange vorwärts quälten, schien endlos zu sein.

»Das kann ja ewig dauern«, murrte Krammel. »Wenn wir wenigstens was zu trinken hätten.«

»Wir machen eine Pause.« Hütter fuhr an der nächsten Raststätte rechts raus.

Auf dem Parkplatz vor dem Restaurant zählte er nicht weniger als achtzehn Motorräder; schwarze glänzende Monster, die nebeneinander in Reih und Glied standen. Ihre Besitzer, die meisten hatten lange Haare und einen zottligen Bart, saßen in ihrer schwarzen Lederkluft rittlings auf den Sitzen und rauchten. Ritter der Landstraße, harte Kerle, dachte Hütter und stellte den Wagen so weit entfernt wie möglich ab. Als sie zum Restaurant liefen, warf ein Cowboy nach dem anderen seine Maschine an, und dann dröhnte der Pulk an ihnen vorbei.

Während sie im Stehen einen Kaffee tranken, checkte Hütter immer wieder die Verkehrsmeldungen. Es dauerte fast zwei Stunden, bis die Unfallstelle beräumt und der Stau Geschichte war. Zeit für sie, weiterzufahren.

Statt der einen Stunde, die sie normalerweise für die Strecke von Chemnitz bis Leipzig benötigten, brauchten sie geschlagene drei Stunden, ehe sie auf dem Parkplatz der Polizeiinspektion ankamen.

In der PI streiften junge Männer und Frauen durch die Flure und schauten in Büros. Die Polizei hatte zum *Tag der offenen Tür* aufgerufen, um die Arbeit in der Dienststelle zu zeigen und um Nachwuchs für den Polizeidienst zu finden. Nach dem Sparkurs der letzten Jahre, dem viele Stellen zum Opfer gefallen waren, ging die Regierung in ganz Deutschland wieder dazu über, den Mitarbeiterbestand aufzustocken. Eine Maßnahme, die von der Bevölkerung begrüßt wurde, auch in Sachsen, obwohl hier die Aufklärungsquote von Verbrechen nicht schlechter als anderswo war. Aber mit dem Sicherheitsempfinden war das so eine Sache. Hütter hatte sich mehrfach anhören müssen, wie die Leute schimpften. Wegen der Betrüger, Diebstähle und Überfälle. Sobald er gefragt hatte, wie viele Male sie persönlich davon betroffen gewesen waren, hatte er immer die gleiche Antwort gehört: bis jetzt noch nie, aber man kann ja nie wissen.

Er drängte sich durch die Massen. In Siebels Zimmer standen mehrere Jugendliche und löcherten Bruno mit Fragen: Wie viele Fälle er jährlich hätte, wann er morgens zur Arbeit käme, was er verdienen würde.

Als Siebel Hütter entdeckte, scheuchte er sie aus dem Büro. »Du kannst dir nicht vorstellen, was hier los ist. Seit dem Morgen geht das schon so, ich komme kaum zum Luftholen.«

Veit Hütter begab sich ins Lagezentrum, wo Tom Krammel die Informationen, die sie in Chemnitz erhalten hatten, in die Ermittlungsakte integrierte. Flink huschten seine Finger über die Computertasten.

»Um an Kirks Patientenakten zu kommen, muss jemand die Beschlagnahme beantragen«, sagte Krammel ohne von seiner Arbeit aufzusehen.

»Breitmann?«

»Ja, der ist kein Problem, nur der Richter, der muss mitspielen.«

»Gibt es dabei Schwierigkeiten?«

»Wenn Breitmann ihn nicht überzeugen kann, stellt er sich quer. Sowas kommt öfter vor, als du denkst.«

Hütter loggte sich am Nachbarcomputer in die Ermittlungsdatenbank von Klara Zein ein. »Schau mal, Luis Matula hat ein

Foto von der Toten digitalisiert. Wir sollten wir es im Kakadu herumzeigen.«

»Was versprichst du dir davon? Klara Zein hat nicht gewusst, dass ihre Tochter dort gearbeitet hat.«

»Trotzdem will ich das gern überprüfen, und bei der Gelegenheit nehmen wir auch Fotos von Martin Gruber und Arno von Weiden mit. Beide haben Pia näher gekannt, irgendwo muss es einen Zusammenhang geben. Wenn wir den finden, haben wir auch den Mörder.« Alles, was er über Mordfälle und Täter wusste, war reine Theorie. Das hier war sein erster Einsatz bei der Kripo, das hier war Realität und die stimmte nicht immer mit der Theorie überein. Hütter schüttelte den Kopf. Nein, er konnte sich nicht irren, ganz sicher suchten sie in beiden Zein-Fällen nach demselben Mann.

Achtzehn

»Wie oft wollen Sie uns denn noch beehren?«, fragte Luise Eberding, als sie im Kakadu an den Tresen traten.

Hütter zeigte ihr Klaras Foto. »Haben Sie diese Frau schon mal gesehen?«

Sie nahm es in die Hand, studierte es eingehend und reichte es Hütter zurück. »Nicht, dass ich wüsste.«

Er legte die Fotos von Martin Gruber und von Arno Von Weiden auf den Tisch. »Was ist mit denen? Kennen Sie einen davon?«

»Nein.«

»Bitte schauen Sie sie sich nochmal an.«

Sie warf einen längeren Blick darauf und sagte dann: »Kann sein, dass der Ältere mal hier war, aber beschwören kann ich es nicht.«

»Haben Sie was dagegen, wenn wir uns noch einmal umsehen?«

»Kann ich es verhindern?«

»Kaum.«

»Die Mädchen werden sich freuen.«

Sie begannen bei Tanja. Wie bei Hütters letztem Besuch trug sie ein Tüllröckchen, aber diesmal war es in hellgrün gehalten und mit Blüten bestickt. Die dünnen Zöpfe hatte sie zu Schnecken gedreht.

Hütter breitete die Fotos vor ihr aus. »Kommt Ihnen eine der Personen bekannt vor?«

Tanja zupfte an ihrer Oberlippe herum. »Den alten Typ habe ich schon mal gesehen.«

»Hier im Kakadu?«

»Möglich. Er könnte ein Kunde sein.«

»Von wem? Von Pia?«

»Weiß ich doch nicht, es *könnte* ein Kunde sein, habe ich gesagt.« Sie stand auf und hämmerte mit der Faust gegen die Wand zum Nachbarraum. Gleich darauf kam die dicke Nina herüber, gehüllt in den blauen Kaftan mit den Pfauenfedern, der im Gegensatz zum letzten Mal gelitten hatte. Unter dem dicken Busen und über dem Bauch war er zerknittert, doch noch immer schillerten die Federn bei jeder Bewegung. Sie strahlte Hütter an. »Schau an, der Herr Wachtmeister.«

Tanja steckte einen Kaugummi in den Mund und kaute hingebungsvoll. »Er hat Fotos mit.«

Hütter schob Nina die Fotos zu. »Erkennen Sie jemanden wieder?«

Sie tippt auf Klaras Bild. »Die war mal hier, ist noch nicht lange her. Erinnerst du dich an sie, Tanja? Die Frau hat nach Pia gefragt, mit wem sie zusammen war und so.«

»Das ist Klara Zein, Pias Mutter. Sie ist tot«, sagte Hütter.

Nina plumpste neben Tanja auf das rosafarbene Bett, dass die Püppchen am Kopfende umkippten. »Gottchen, ist das wahr?«

»Möglicherweise wurde sie ebenfalls ermordet, deshalb brauchen wir Ihre Aussage. Überlegen Sie bitte, was Klara gesagt hat. Wonach hat sie gefragt? Hat sie Ihnen einen Grund genannt, weswegen Sie bei Ihnen war? Jede Kleinigkeit kann wichtig sein.«

Tanja betrachtete das Foto mit zusammengezogenen Augenbrauen. Wahrscheinlich brauchte sie eine Brille, war aber zu eitel, um eine zu tragen. »Hm, ich weiß nicht recht, kann schon sein, dass sie es war, aber auf dem Bild hier, da sieht sie viel älter aus. Als sie hier war, dachte ich zuerst, sie wollte bei uns einsteigen.« Nina wies mit dem Kopf in Tanjas Richtung. »Die hier macht auf kleines Mädchen, das dürften Sie ja kapiert haben, und glauben Sie mir, es gibt viele Kerle, die darauf stehen. Girlie, Großmutter oder Nanny – es gibt eine Menge

Vorlieben, genauso viele, wie es Kerle gibt, würde ich sagen.«

»Wie passte da Pias Mutter dazu?«

»Sie hatte was von einer Elfe an sich, auch dafür gibt es Liebhaber, für Elfen und Feen und so. Ich kannte mal einen, der wollte Captain Hook sein und Jungs fangen. Für den musste ich mich auch immer verkleiden.«

In Hütter begann etwas zu klingen, aber so sehr er sich auch anstrengte, er kam nicht darauf, was es war.

»Sie hat nicht gesagt, dass sie Pias Mutter ist«, fuhr Nina fort. »Hat nur gefragt, ob ich die Pia kenne.«

»Wissen Sie noch, wann das war?«

»Im Mai oder Juni ungefähr, jedenfalls nachdem Pia aufgefunden wurde und die Bullen alle im Haus befragt haben.« Mit einer gespielten Pose schlug sie die Hand vor den Mund. »Tschuldigung.«

»Klara hat gefragt, ob Sie Pia kennen - und weiter?«, fragte Krammel.

»Eigentlich war es Mary, die sich länger mit ihr unterhalten hat«, erwiderte Nina. »Bei der war sie nämlich auch, bei Mary de la Rose.«

»Anne Trenkisch, ihr Zimmer ist im Erdgeschoss, rechts am Tresen vorbei«, gab Hütter Krammel Bescheid.

»Ich hole sie.« Tom Krammel verschwand.

Wenig später kehrte er mit Anne zurück.

Hütter nickte ihr zu. »Hallo, Anne. Ich habe Fotos dabei und möchte, dass Sie sich die mal ansehen.«

Er zeigte auf das Bett, wo die Fotos wie Fremdkörper auf der rosafarbenen Seide lagen. »Kennen Sie eine der Personen?«

Zögernd warf Anne einen Blick darauf. »Die Frau kenne ich, das ist die Mutter von dem Mädchen, das vor mir mein Zimmer hatte, von dieser Pia.«

»Dir hat sie wohl verraten, dass sie Pias Mutter war?«, fuhr

Nina dazwischen.

»Ja.« Anne verschränkte die Arme.

»Was hat sie gewollt?«, fragte Hütter.

»Sie hat Fragen gestellt, über ihre Tochter.«

Hütter versuchte, sich in Klara hineinzuversetzen. Zwanzig Quadratmeter mit Waschbecken, Schreibtisch und Schrank und einem Bett, das den Mittelpunkt dieser kleinen Welt bildete. Was musste sie gedacht haben, als sie erkannt hatte, dass ihre Tochter eine Nutte war?

»Was genau wollte Frau Zein von Ihnen wissen?«

»Wie lange Pia hier gewohnt hat, welche Freunde sie hatte und ob ich wüsste, mit wem Pia verkehrt hatte. So hat sie es ausgedrückt: Verkehrt, nicht gefickt oder so.«

»Sie hat geglaubt, dass ihre Tochter als Friseurin gearbeitet hat«, warf Krammel ein.

Anne schüttelte den Kopf. »Wer im Kakadu auftaucht, weiß, was ihn erwartet. So blauäugig kann sie nicht gewesen sein.«

Hütter räusperte sich. »Was haben Sie ihr geantwortet?«

»Dass ich es nicht weiß. Ich habe sie ja nicht einmal persönlich gekannt.« Sie warf Nina einen Blick zu und schaute dann schnell weg.

»Das war alles?«

»Eigentlich schon. Der Rest war nur das, was ich über sie gehört habe.«

»Und das wäre? Bitte sagen Sie es mir, Anne. Wir ermitteln in einem Mordfall, da kann jedes Wort wichtig sein.«

»Ich habe ihr nichts Besonderes erzählt. Nur, dass Pia scharf aufs große Geld war. Sonst nichts.«

»Tatsächlich?«

»Na gut, ich habe ihr gesagt, dass die anderen neidisch waren. Stimmt doch, oder?« Anne rieb ihr Ohrläppchen und guckte Nina an.

Die fuhr auf. »Du miese Ratte.«

»Streiten können Sie sich später«, mischte sich Hütter ein. »Zuerst will ich wissen, weswegen Sie neidisch waren.«

Doch weder Tanja noch Nina antworteten ihm. Mit versteinerten Gesichtern saßen sie auf dem Bett und starrten vor sich hin.

Er wandte sich Anne zu: »Bitte, warum sollte jemand auf Pia neidisch sein?«

Sie öffnete den Mund, schloss ihn jedoch sogleich wieder und zuckte mit den Schultern. »Keine Ahnung, warum.«

Er wartete eine Weile, ob sie es sich vielleicht anders überlegen würde, und sagte schließlich: »Sie wissen, dass ich Sie als Zeugen vorladen kann, sie alle, aber vielleicht überlegen Sie es sich ja noch einmal und sagen mir auch so, was Sie wissen. Nicht jetzt, sondern später. Rufen mich an, meine Telefonnummer haben Sie ja schon.«

»Augenblick noch«, meldete sich Tom Krammel zu Wort. »Was ist mit den Männern?«

Anne tippte auf das Bild, das Arno von Weiden zeigte. »Der ist mein Stammkunde. Lieb, aber sonderbar.«

»Wie meinen Sie das?«

»Er kommt nicht hierher, sondern ich muss zu ihm gehen. Ins Hotel. Es ist wegen so einem Kerl. Arno denkt, dass er verfolgt wird oder beobachtet oder so was, aber ich habe noch niemanden in seiner Nähe rumlungern sehen.«

»Und der andere, was ist mit dem?«

Anne schüttelte den Kopf. »Nie gesehen.«

Neunzehn

Jemand hatte die Rasensprenger rechts und links der Auffahrt zum Sabnitzer Schloss angestellt. Sie mussten schon eine ganze Weile sprühen, auf dem Kopfsteinpflaster hatten sich Pfützen gebildet, die – weil die Sprenger nach wie vor ihre Pflicht taten – immer größer wurden.

Veit Hütter stoppte vor der ausladenden Treppe.

Krammel sah sich um. »Schicker Laden.«

»Warte, bis wir drin sind.«

Sie liefen die Treppe hinauf zur Tür, und Tom Krammel ließ es sich nicht nehmen, den massigen Türklopfer aus Eisen gegen die Tür zu wummern.

Niemand nahm davon Notiz.

»Komm!« Hütter führte Krammel die Treppe wieder hinab und um das Haus herum zu einem Seitengebäude, in dem er den Stall vermutete. Das Mauerwerk war nicht verputzt, aber die Fugen zwischen den Ziegel schienen neu verfüllt zu sein, jedenfalls konnte er keine Ritzen oder Löcher entdecken. Auch die Fenster mussten erst vor kurzem gestrichen worden sein, denn am Fuße der Mauern waren noch grüne Kleckse zu sehen, wie sie entstehen, wenn zu viel Farbe am Pinsel haftet, die beim Streichen tropft. Alles in allem war es ein gepflegtes Gebäude, abgesehen von dem Efeu, der sich an der Vorderfront einen Weg nach oben bahnte, der sah nicht gerade gesund aus.

Das Tor des Stalles war angelehnt. Hütter zog es auf, und sie traten ein.

Drinnen war es hell. Nicht nur die Fenster in den Wänden, sondern auch Glasflächen in den Dachschrägen ließen reichlich Tageslicht herein. Es roch nach Stroh und Heu und Pferden. Die Boxen zogen sich die Wände entlang, auf jeder Seite zehn Stück. Sie waren leer, bis auf die erste, in der ein großes, schwarzes Pferd stand und sie musterte. Es blähte seine Nüstern und schnaubte.

Er machte ein paar Schritte in den Mittelgang, und das Pferd wieherte. Im hinteren Teil des Stalles klappte eine Tür, dann tauchte Arno von Weiden auf. Er hatte eine braune Cordhose an und grüne Gummistiefel. Auf seinem Kopf saß die karierte Schirmmütze. In der Hand hielt er eine Forke. »Ich bin beim Ausmisten, was wollen Sie schon wieder?«

»Es hat sich etwas ergeben, über das wir reden müssen.«

»Meinetwegen. Es stört Sie doch nicht, wenn ich bei Ihren Fragen mit meiner Arbeit weitermache, oder?« Von Weiden verschwand hinter einer Tür.

Hütter und Krammel folgten ihm und kamen in einen Nachbarraum, in dem in einer Box eine braune Stute stand, daneben ein Fohlen, das auf dünnen Beinen herumstakste.

»Gestern erst geboren, es ist ein Hengstfohlen. Seine Eltern sind berühmt, beides Turnierpferde, und mit ein bisschen Glück bringt er mir gutes Geld.« Von Weiden stieß die Mistgabel in das Stroh, das den Boden der Nachbarbox bedeckte.

»Geld, das Sie für die Mädchen im Kakadu ausgeben können?«, fragte Hütter.

Langsam drehte sich Von Weiden zu ihnen um. »Woher wissen Sie das?«

»Wir wissen eine ganze Menge. Zum Beispiel auch, dass Sie glauben, einen Beobachter zu haben, weshalb Sie es vorziehen, die Mädchen außerhalb des Bordells zu treffen.«

»Mein Privatleben geht Sie nichts an.« Von Weiden warf den aufgespießten Strohbatzen in die vor der Box stehenden Schubkarre.

»Stimmt, außer wenn sich herausstellt, dass Sie in engem Kontakt zu einem Mordopfer standen. So war es doch, gell? Jetzt ist Anne Ihre Favoritin, Sie kennen sie vermutlich unter dem Namen Mary de la Rose, aber vor ihr war es Pia Zein, und es war keinesfalls so, dass Sie die junge Frau nur als ehemalige Freundin Ihres Schwiegersohnes betrachtet haben. Sie können es ruhig zugeben.«

So sicher, wie sich Hütter gab, war er keineswegs, aber er hatte es satt, immer nur auf der Stelle zu treten. Was blieb ihm übrig, als auf den Busch zu klopfen?

Von Weiden legte die Forke ab, schob seine Mütze in den Nacken und seufzte. »Sie haben recht, ich habe Pia regelmäßig – ich meine, wir hatten – ach was, Sie wissen, was wir getan haben. Es war pure Lust, für mich jedenfalls.«

»Wann haben Sie sie das letzte Mal gesehen?«

»Am 30. März im letzten Jahr.«

»Wie kommt es, dass Sie sich so genau an das Datum erinnern?«

»Wir haben uns jeden letzten Freitag im Monat getroffen. Das nächste Mal wäre am 27. April gewesen, aber da hat sie mich versetzt.«

»Wo waren Sie verabredet?«

»Im *Drei Linden.* Dort wohne ich immer, wenn ich in Delitzsch übernachte.«

Hütter kannte das Hotel, es lag in der Nähe des Marktplatzes. »Haben Sie versucht zu erfahren, weshalb Pia nicht gekommen ist?«

»Ich habe im Kakadu angerufen, dort wusste man nur, dass sie schon seit einiger Zeit weg war. Nach Amerika, wie die Eberding meinte.«

»Und das hat Sie nicht überrascht?«

»Ich meine, sie hätte mir ja sagen können, dass unser Märztreffen ein Abschied war, oder? Eine Zeitlang habe ich gedacht, dass sie eben nur eine Nutte war, mir gegenüber zu nichts verpflichtet, außer ihren Job zu machen. Später, nachdem ich erfahren hatte, dass sie tot war, habe ich mir Vorwürfe gemacht. Vielleicht, wenn ich zu ihr ins Kakadu gegangen wäre …«

»Vor allem hätten Sie nicht verschweigen dürfen, wann Sie Pia zuletzt gesehen haben. Sie haben eine wichtige Information verheimlicht, Herr von Weiden.«

»Ich wollte nicht, dass jemand davon erfährt.«

»Davon, dass Sie für Sex bezahlen? So schlimm ist das nun auch wieder nicht.«

»Sie verstehen das nicht. Ich lebe auf dem Dorf, hier gibt es kein Verständnis für einen Schlossbesitzer, der sich von Huren auspeitschen lässt.«

Von Sadomaso hatte Anne nicht gesprochen, aber Hütter hatte sie ja auch nicht gefragt, welche Leistungen sie konkret anbot.

»Haben Sie Klara Zein erzählt, dass ihre Tochter im Kakadu gearbeitet hat?«, fragte er.

»Wieso sollte ich? Würden Sie zu einer Mutter sagen: *Ach übrigens, deine Tochter ist eine Hure?*«

»Anne hat angegeben, dass Sie denken, Sie werden von jemandem verfolgt. Können Sie das erklären?«

Arne von Weiden runzelte die Stirn. »Es ist Martin. Er hat mich mal gesehen, als ich aus dem Kakadu kam. Das war, bevor ich Pia ins Hotel kommen ließ. Er hat mich darauf angesprochen, wollte Geld sehen, der feine Herr Schwiegersohn. Oder ob es mir lieber wäre, wenn er Veronika sagt, womit sich ihr Daddy beschäftigt? Geld gegen Schweigen, und damit ich schön bei der Stange bleibe, hat er mich immer wieder beschattet. Sogar Fotos hat er gemacht, von Pia und mir und auch von Mary, also Anne. Er war sich nicht zu fein, sie mir auch noch zu zeigen. Dieser Lump.« Von Weiden lachte auf. Es war ein böses und zugleich trauriges Lachen.

»Wollen Sie ihn anzeigen?«

»Mir wäre es lieber, wenn das unter uns bleibt.«

»Das wird nicht möglich sein. Nur im Hinblick auf Ihre sexuellen Vorlieben kann ich Sie beruhigen, die spielen für uns keine Rolle.«

Die Erleichterung darüber war dem Schlossbesitzer anzusehen. Er begleitete sie nach draußen zum Wagen und sah ihnen nach, als sie davonfuhren.

Veit Hütter lenkte das Auto die immer noch nass glänzende Auffahrt den Hügel hinab, das stolze Schloss im Rücken, die Mittagssonne vor sich, so dass er blinzeln musste.

»Mann, was für ein Typ«, murmelte Krammel.

»Der Schlossherr? Ich kann mir nicht vorstellen, dass er ein Mörder ist.«

»Wenn du dich damit mal nicht irrst.«

Aus dem Forsthaus drangen Frauenstimmen und Kinderlachen nach draußen. Auf Hütters Klopfen hin wurde die Tür von einem kleinen Jungen mit verschmiertem Gesicht geöffnet. »Tante Vroni hat keine Zeit«, verkündete er und schlug die Tür wieder zu.

Hütter klopfte erneut und hörte jemanden rufen: »Toni, wer war das?«

Nach einigem Hin und Her wurde die Tür von einer jungen Frau aufgerissen, die dem Jungen mit der freien Hand den Mund abwischte.

»Frau Veronika Gruber? Ich bin Oberwachtmeister Hütter von der Kriminalpolizeiinspektion Leipzig. Neben mir, das ist Wachtmeister Krammel.«

Sie schaute ihre Ausweise an, als müsse sie die Daten auswendig lernen. »Kommen Sie rein, ich bin Manuela, Veronika ist meine Schwägerin.«

Den Jungen vor sich herschiebend führte sie Hütter und Krammel in die Küche. Dort stand eine etwa Dreijährige auf einem Stuhl am Küchentisch und war dabei, Mehl und Zucker miteinander zu vermischen. Ihre Ärmchen fuhrwerkten auf dem Tisch herum, dass es nur so stiebte. Neben ihr saß eine blonde junge Frau, deren langen Haare zu einem Pferdeschwanz gebunden waren.

»Vroni, du hast Besuch, die Polizei.« Manuela nahm die Kleine auf den Arm und ging mit ihr und dem Jungen nach draußen.

Veronika stand auf und schloss die Tür. »Setzen Sie sich doch.«

Sie zeigte auf die Eckbank aus Holz hinter dem Tisch, dann schien ihr einzufallen, dass die darauf verteilten Backzutaten Flecken auf der Kleidung der Polizisten verursachen könnten. »Warten Sie, ich mach das schnell weg. Sie müssen entschuldigen, normalerweise sieht es hier nicht so aus.« Sie begann, Mehl und Zucker mit einem Lappen in eine Porzellanschüssel zu wischen.

Währenddessen ließ Veit Hütter den Blick schweifen. Die Küche bestand aus Bauernschränken, die mit bunten Blumen bemalt waren, dem Holztisch mit zwei Stühlen und der Sitzbank – die Lehnen genauso bemalt wie die Schränke – sowie einer Spüle und einem Herd, der nicht nur zum Kochen, sondern auch zum Feuermachen benutzt werden konnte. Zusätzlich gab es in einer Ecke einen hellen Kachelofen mit einer Ofenbank, auf der mehrere geblümte Kissen lagen.

»So, das hätten wir.« Veronika ließ sich auf einen Stuhl fallen.

Auch Hütter und Krammel nahmen Platz. »Wir ermitteln immer noch in den Mordfällen Zein. Sie wurden ja bereits befragt, aber trotzdem: Wann haben eigentlich Sie selbst Klara Zein zuletzt gesehen?«

»Es ist auf jeden Fall lang her, da hat sie noch in der Bibliothek gearbeitet.«

»Und Ihr Mann? Hat der sie in letzter Zeit mal getroffen?«

Veronika hob die Schultern. »Das müssen Sie ihn schon selbst fragen, ich weiß es nicht.«

»Eigentlich wollten wir ja auch zu ihm«, warf Tom Krammel ein. »Ist er da?«

»Er ist im Wald. Normalerweise kommt er mittags heim, heute aber nicht. Manuela und die Kinder sind zu Besuch, das ist ihm zu viel Trubel. Er mag es lieber ruhig.«

»Wo genau im Wald können wir ihn finden?«

Sie öffnete das Schubfach an der Unterseite des Tisches und zog einen Kalender heraus. Es war einer von der Art, wie er zum Jahresbeginn der Tageszeitung beigefügt war, ein kostenloses Stück Karton im A4-Format mit der ersten Jahreshälfte auf der Vorderseite und den Monaten Juli bis Dezember auf der Rückseite.

Veronika fuhr mit dem Zeigefinger die Tage des Augusts entlang. »Er wollte zur alten Bieberfarm und weiter am Kieswerk vorbei zu dem aufgeforsteten Baumgebiet am Seelhausener See. Bestimmt ist er Schwimmen, es gibt da eine Stelle auf der Höhe der Stufen, über die man nach Sausedlitz kommt. Da geht es zum Ufer durch das ehemalige Bergbaugebiet. Wenn Martin dort ist, können Sie ihn gar nicht verfehlen.«

»Kannten Sie Klaras Tochter?«, fragte Hütter.

Veronika hob den Kopf. Ihre Augen hatten die Farbe frischer Veilchen. »Pia?«

»Die Ex Ihres Mannes.«

»Ja, ich habe sie gekannt. Vom Sehen.« Veronikas Lippen bildeten einen Strich. Ihre Iris war ins Dunkelblaue gewechselt. Marine hieß die Farbe, oder war es nachtblau? Hütter erinnerte sich nicht an die genaue Bezeichnung, Veronikas Augen jedenfalls waren von der Tiefe eines Ozeans.

»Hatte Ihr Mann noch Kontakt zu ihr? Nach der Trennung, meine ich?«

»Was soll ich sagen…« Sie legte den Kalender in das Schubfach zurück und schob es mit einem Ruck zu. »Ehrlich gesagt, auch das weiß ich nicht. Mein Mann redet nicht mit mir über die Zeins, und ich verstehe das. Pia hat ihn verlassen, darüber ist er nur schwer hinweggekommen. Aber das habe ich schon dem anderen Polizisten gesagt. Er hieß…« Sie überlegte, dann sagte sie: »Warten Sie, ich habe den Namen aufgeschrieben.« Wieder kramte sie in der Schublade herum, bis sie ein Stück Papier hervorbrachte. »Kommissar Matula, so hieß er.«

Hütter hatte in der Ermittlungsakte den Bericht von Luis Matula gelesen, er stimmte mit Veronikas Aussage überein. »Trotzdem hat Ihr Mann ziemlich schnell geheiratet, und zwar Sie. Warum die Eile, wenn er noch an Frau Zein hing?«

»Er hat nicht mehr an ihr gehangen.« Jetzt waren ihre Augen fast schwarz. »Es hat ihn geärgert, dass sie ihn einfach zur Seite gestoßen hat. Durch mich hat er gemerkt, dass es auch andere Frauen gibt, und ob Sie es glauben oder nicht, ich liebe meinen Mann. Und er liebt mich.«

Aus dem Obergeschoss drang Kindergeschrei nach unten.

»Ihre Eltern - haben die eine gute Ehe geführt?«

»Wie bitte?« Eine helle Röte überzog ihren Hals und breitete sich in Richtung ihres Gesichts aus.

»Nun ja, ich wüsste gern, ob sich ihre Eltern oft gestritten haben. Oder ob es Handgreiflichkeiten gab.«

»Mein Vater ist ein guter Mensch, er würde niemanden schlagen. Niemals. Und jetzt gehen Sie, bitte.« Die Röte hatte ihre Wangen erreicht.

Sausedlitz war ein Dorf, das sich von der Bundesstraße bis zum Seelhausener See zog. Es ging auf Mittag zu, als Veit

Hütter und Tom Krammel den Parkplatz erreicht hatten. Hütter hatte angenommen, dass bei den hohen Temperaturen mehr Betrieb am See wäre, doch abgesehen von Grubers Jeep war der Parkplatz leer.

Der Platz lag einige Meter über dem See, ein paar breite Stufen waren in den Hügel gestampft und führten zu einem asphaltierten Rundweg hinab. Hütter und Krammel erreichten den Weg und orientierten sich. Auf einer Tafel stand, dass sich vor ihnen Bergbaugelände befand. Betreten verboten.

»Dort entlang.« Krammel zeigte auf den kaum sichtbaren Pfad, der sich zwischen den hohen Gräsern hinschlängelte, die auf dem Ufergelände wuchsen. Nach etwa fünfzig Metern kamen sie an das Ufer. Die Badestelle bot kaum Platz für zwei, drei Menschen. Ein Häufchen Kleidung lag auf dem Sand, obendrauf ein dunkelgrünes Handtuch. Abseits kraulte ein Schwimmer durch das Wasser.

Hütter schirmte die Augen mit der Hand ab. »Das ist unser Mann.«

Gruber musste sie ebenfalls erkannt haben, er schwamm zügig auf sie zu.

Sie warteten, bis er aus dem Wasser war. »Herr Gruber, können wir Sie einen Moment sprechen?«, fragte Hütter.

Gruber bückte sich nach dem Handtuch und begann sich abzutrocknen. »Ich habe schon alles gesagt.«

»Außer, dass Sie lange vor uns wussten, dass Pia Zein eine Nutte war. Die Frau, die Ihnen den Laufpass gegeben hat, hat sich an jeden verkauft, der sie haben wollte. Das muss hart für Sie gewesen sein.«

»So hart, dass Sie sie dafür bestrafen wollten?«, hakte Krammel nach.

»Um Himmels Willen, nein.«

Hütter runzelte die Stirn. »Dann, als Pia tot war, haben Sie da vielleicht gedacht, dass auch ihre Mutter leiden sollte? Es wäre nur gerecht, gell? Klara hat zu Pia gehalten, sie hat sie vergöttert und hätte sie jederzeit verteidigt. Was aber, wenn sie erfährt, womit ihre Tochter ihr Geld verdient hat? Haben Sie es Klara Zein erzählt?«

»Nein, so war es nicht.«

»Wie war es dann, Herr Gruber? Erzählen Sie es uns.«

»Ich … bitte … darf ich mich anziehen?«

»Nur zu.«

Gruber zottelte eine grüne Latzhose aus dem Kleiderhäufchen und stieg hinein. Die nasse Badehose behielt er an. Sein Hemd war noch zugeknöpft, und als er es sich überstülpte, verhedderte er sich in den Ärmeln. Es dauerte geraume Zeit, ehe er sich durchgefitzt hatte und seinen Kopf aus dem Kragen schob. Er war knallrot.

Er hat Angst, dachte Hütter. »Also, Herr Gruber. Was haben Sie uns zu sagen?«

»Die Klara hat mich ständig gelöchert. Wo Pia gewesen sein könnte, bevor sie starb, und mit wem sie sich getroffen hat. Erst habe ich sie abgewiesen, aber Klara ist immer wieder zu mir gekommen, sie hat mir förmlich aufgelauert. Egal wo ich beim Arbeiten war, sie tauchte auf und fragte, fragte und fragte. Irgendwann wollte ich einfach nur noch meine Ruhe haben, und da habe ich es ihr gesagt.«.

»Wie hat sie reagiert? War sie wütend? Oder entsetzt?«

»Nichts hat sie gesagt. Hat sich rumgedreht und ist gegangen.« Gruber streifte die Träger der Latzhose über die Schultern. »Ich schwöre bei Gott, dass ich weder mit dem Tod von Pia, noch mit dem Tod von Klara was zu tun habe. Das müssen Sie mir glauben.«

Musste er das wirklich? Hütter starrte auf Grubers Hals, wo ein Muskel zuckte.

Zwanzig

»Unterschreiben Sie hier.« Der Lieferbote des Pharmaunternehmens zeigte auf den Schein, der vor Mariella auf dem Bedienungstresen der Apotheke lag. »Die Firma hat neue Formulare eingeführt, deshalb.«

»Was war schlecht an den alten?«

»Nichts, aber der Chef hat einen Unternehmensberater eingestellt. Der soll alles besser machen. Optimierung, hat der Chef gesagt. Vielleicht sind die neuen Formulare billiger.«

Marielle setzte ihren Namen in das vorgeschriebene Feld und händigte dem Kurier den Durchschlag des Lieferscheines aus. Er war ein Mann um die Dreißig mit kinnlangen Haaren, Sommersprossen und einer Hornbrille. Mit dem Job als Kurier besserte er sein Einkommen auf, hatte er ihr mal erzählt. Eigentlich studierte er Medizin und wollte Kinderchirurg werden. Manchmal trank sie mit ihm einen Kräutertee oder ein Zitronenwasser. Aber heute war es schon kurz vor der Mittagszeit, und sie wollte schnell den Laden abschließen und das eben eingetroffene Medikament zu Veronika Gruber bringen. Eine Ausnahme, gewöhnlich holten die Kunden ihre Bestellungen bei ihr ab, aber dieses Mal wollte sie Veronika zuvorkommen. Das Medikament gab ihr einen Grund, unverfänglich mit Martins Frau zu sprechen.

Sie schob den Kurierfahrer aus der Tür und schloss hinter ihm ab. Dann schwang sie sich auf ihr Rad und fuhr auf schnellstem Wege zum Forsthaus hinauf.

Veronika Gruber war im Garten und spielte mit zwei kleinen Kindern Ball.

Mariella winkte. »Hallo!«

»Ja, was machst du denn hier?« Veronika passte einen

Moment lang nicht auf, und schon traf der Ball ihren Kopf. Die Kinder brüllten vor Lachen.

»Mein Neffe und meine Nichte«, sagte Veronika zu Marielle und dann mit einem Lächeln im Gesicht zu den Kleinen: »Na wartet, ich fange euch.«

Kichernd rasten die Kinder zu den ausladenden Rhododendronbüschen, um sich darunter zu verstecken.

»Sie sind einfach goldig, nicht wahr?« Veronika lächelte. »Was gibt es denn?«

»Deine Tabletten sind grad gekommen, und ich dachte, ich bringe sie dir gleich.« Mariella holte die Packung aus ihrer Tasche.

Ein freudiges Staunen huschte über Veronikas Gesicht. »Endlich.«

»Du wartest deinen Zyklus ab und beginnst am dritten Tag mit der Einnahme. Zwei Stück, mehr nicht. Daran musst du dich unbedingt halten, damit du einen Eisprung bekommst.«

»Natürlich. Ich würde alles tun, um endlich schwanger zu werden.« Sie schaute zu den Kindern hinüber. »Ich liebe die beiden, aber ein eigenes Kind … es würde Martin und mich zu einer richtigen Familie machen.«

»Du darfst dich da nicht reinsteigern, sonst bist du enttäuscht, wenn es nicht klappt. Außerdem muss ich dir noch etwas sagen: Die Clomifentabletten haben üble Nebenwirkungen. Es kann sein, dass dein Magen und dein Darm verrücktspielen und dass dir übel wird. Du kannst Kopfschmerzen, Sehstörungen und Hitzewallungen kriegen, und du kannst auch depressiv werden. Also pass auf und beobachte deinen Körper. Bei den geringsten Problemen gehst du sofort zum Arzt, versprichst du das?«

Veronika nickte. Sie hielt die Tablettenschachtel wie ein kostbares Geschenk zwischen den Händen. »Was wird sich Martin freuen. Endlich hat er etwas, das ihn ablenkt.«

»Wovon denn? Ist er etwa nicht glücklich?«

Ein Schatten flog über Veronikas Gesicht. »Doch, natürlich.«

»Aber?«

»Er hat eben viel Arbeit, manchmal bis in die Nacht hinein. Vor allem freitags, da ist er fast immer unterwegs, und wenn er wiederkommt, schaut er ganz grimmig drein.«

»Hast du ihn gefragt, was er hat?«

Veronika nickte. »Er weicht mir aus.«

»Denkst du, es hat etwas mit Pia oder Klara zu tun?«

»Wie kommst du denn darauf. Die Pia hat er längst vergessen. Und Klara? Mit der wollte er längst nichts mehr zu tun haben. Martin hat was gegen Drogen. Er hasst das Zeug regelrecht, und er hat auch allen Grund dazu. Immer wieder findet er im Wald Spritzen, die sind eine Gefahr für das Wild, und stell dir vor, wenn ein Kind das Zeug finden würde. Was da alles passieren kann.«

»Klara hat damit nichts zu tun gehabt.«

»Martin sagt, dass sie ständig unter Drogen stand.«

Klara hatte Zauberpilze gegessen. Wie kam Martin Gruber dazu, sie mit Drogen in Verbindung zu bringen? Mariella wusste nicht, was sie davon halten sollte. »Hat Martin auch gesagt, welche sie genommen haben soll?«

Laut lachend stürmten die Kinder auf sie zu, hüpften im Kreis um sie herum und versuchten, sich gegenseitig zu übertönen: »Tante Vroni, Tante Vroni.«

»Aufgepasst, ihr Wilden. Wer zuerst im Haus ist … Es gibt Vanillepudding mit Schokoladensoße«, rief Veronika.

Vor Freude kreischend stoben die Kinder davon.

»Von welchen Drogen hat Martin gesprochen? Denk nach, Veronika«, drängte Mariella.

»Er hat es mehr allgemein gemeint, glaube ich. Jedenfalls weiß ich es nicht mehr, und Zeit habe ich jetzt leider auch keine mehr. Mach's gut und danke, dass du dir den Weg zu mir gemacht hast.« Veronika presste die Medikamentenpackung an die Brust und eilte den Kindern nach.

Nachdenklich fuhr Mariella zurück ins Dorf. Klara und Drogen? Schon die Pilze konnten schädlich für sie sein, vor allem in Verbindung mit den Schmerztabletten, die sie nahm, um mit dem Krebs besser fertigzuwerden. Mehrmals hatten sie sich darüber unterhalten, und jedes Mal hatte Mariella darauf hingewiesen, dass die Pilze gefährlich waren. Ich esse sie nur, wenn ich nicht anders kann, hatte Klara beteuert. Von anderen Drogen war nie die Rede gewesen. Und überhaupt, woher sollte Klara gewusst haben, wie man an Kokain, Haschisch, Ecstasy und das alles kommt?

Mariella bog in die Gasse zur Leihbücherei und stellte das Rad an der Hauswand ab. Die Tür stand offen, demnach war Gesine Krüger trotz der Mittagszeit da.

Sie stieg die schmale Treppe hinauf. Bei jedem Schritt knarrten die Holzstufen. Flusen tanzten im Sonnenlicht, das vom Obergeschoss ins Treppenhaus fiel. Es roch nach Sommerblumen und trockenem Staub.

Gesine Krüger saß an der alten Verkaufstheke und aß ein Butterbrot. Sie hatte ein Stück Alufolie untergelegt, um die Krümel aufzufangen. Vermutlich war ihr Brot davor darin eingewickelt gewesen, es lag noch eine zweite Schnitte darauf und eine Tomate, die angebissen war.

»Guten Appetit.«

Krüger legte die Schnitte nieder. »Kann ich Ihnen helfen?«

»Ich möchte Sie etwas fragen, Frau Krüger. Vielleicht ist es eine sonderbare Frage, aber sie lässt mir keine Ruhe. Sie wissen doch, dass ich Apothekerin bin, ja? Ich kenne mich mit Medikamenten aus, und ich weiß, wie Drogen wirken. Es heißt, dass Klara welche genommen hat, aber ehrlich – können Sie sich so etwas vorstellen?«

»Ach was.« Gesine Krüger winkte ab. »Das wäre mir bestimmt aufgefallen. Im Krankenhaus habe ich Patienten gehabt, die abhängig waren. Das vergisst man nie, das Verhalten von Süchtigen, meine ich. Mal himmelhochjauchzend, mal zu Tode betrübt, mal müde, mal hyperaktiv - nichts davon habe ich bei Klara bemerkt und auch keine äußeren Anzeichen wie veränderte Pupillen, trockene Lippen und alles das.«

»Da bin ich aber froh, dass ich mich nicht geirrt habe, aber ich wollte ganz sicher sein.«

»Warum ist das so wichtig? Schließlich ist Klara tot, nicht wahr?«

Mariella rieb sich die Schläfen, ihr Kopf schmerzte plötzlich, als wolle er zerspringen. »Ja, tot. Ich dachte nur … na ja, es ist nichts weiter, Frau Krüger. Einen schönen Tag noch.«

Sie ignorierte den verwunderten Blick der Bibliothekarin und ging.

Auf der Straße besserte sich ihr Kopfschmerz augenblicklich. Die Zeiger der Kirchturmuhr standen auf um eins. Um zwei musste sie die Apotheke wieder öffnen, aber die Zeit würde genügen.

Siebel war der Einzige, den Mariella in seinem Büro in der Polizeiinspektion antraf, und der konnte oder wollte ihr nicht sagen, ob die Rechtsmediziner Drogen in Klaras Körper gefunden hatten. »Das sind polizeiliche Fakten«, wiederholte er ein ums andere Mal und schließlich gab sie es auf, ihm Fragen zu stellen.

»Richten Sie Wachtmeister Hütter einen Gruß aus.« Sie verließ das Büro. Als sie die Tür schloss und sich umwandte, wäre sie fast mit einer jungen Frau zusammengestoßen. Sie war zierlich und trug die Haare kurz wie ein Knabe.

»Wachtmeister Hütter, ist er da drin?«

»Nein, aber…«

»Gut, dann sage ich es eben Ihnen. Sie können es an ihn weitergeben.«

»Aber ich…«

»Ich habe es eilig, es ist wegen Pia Zein, der Toten aus der Dübener Heide. Die anderen Mädchen waren eifersüchtig, wegen Kirk. Der Doktor hatte anscheinend was für die Kleine übrig. Soll sie bevorzugt beliefert haben, mit Stoff. Ecstasy und so. Sagen Sie das bitte Ihrem Kollegen und auch, dass er den anderen Frauen nicht verraten soll, dass ich hier war, vor allem nicht Nina. Ich will keinen Ärger, okay?«

Das Mädchen lief zur Treppe.

»Augenblick, wer sind Sie?«, rief Mariella ihr nach.

»Der Wachtmeister weiß Bescheid.«

Mariella informierte Bruno Siebel, dann folgte sie der Frau, die sie anscheinend für Hütters Kollegin gehalten hatte. Doch was sie gesagt hatte, ergab keinen Sinn.

Die anderen Mädchen - welche denn? Und dann Dr. Kirk! Den Namen hatte sie schon mal gehört, von Klara. Wenn es stimmte, was die Frau gesagt hatte, dann hatte dieser Kirk Pia mit Drogen versorgt. Mariella stockte. Was, wenn er auch Klara…

Jemand rempelte sie an. »Menschenskind, Sie versperren den Weg.« Ein Mann überholte sie und warf ihr einen verärgerten Blick zu.

Sie suchte im Handy über das Internet nach Kirks Adresse. Rathenaustraße 7 in Delitzsch. Das lag praktisch auf ihrem Heimweg nach Sabnitz, und wenn sie sich beeilte, konnte sie ihn noch aufsuchen, bevor sie zurück in die Apotheke musste.

Abgekämpft erreichte sie Kirks Arztpraxis. »Bis um drei

behandelt der Doktor nur bestellte Patienten«, verkündete ihr die Sprechstundenhilfe am Empfang.

Mariella setzte ihr freundlichstes Lächeln auf. »Würden Sie ihn bitte fragen, ob er eine Ausnahme macht? Es handelt sich um einen Notfall.«

Die Schwester verschwand im Behandlungszimmer. Wenig später kam sie zurück. »Sie haben Glück. Geben Sie mir Ihre Chipkarte, damit ich Ihre Daten einlesen kann. Sie können inzwischen zum Doktor ins Sprechzimmer gehen.«

Mariella zögerte. Sie wollte keine Behandlung, sie wollte Auskünfte, aber wenn sie das zugab, würde sie womöglich gleich abgewimmelt. Sie nestelte ihre Gesundheitskarte aus der Tasche und händigte sie der Schwester aus.

Die zeigte zur Tür des Behandlungszimmers. »Dort hinein, bitte.«

Mariella hatte erwartet, einen älteren Mann in der Art von Marlon Brando in seiner Rolle als Mafioso in *Der Pate* vorzufinden. Wie sie darauf gekommen war, konnte sie nicht erklären und wie stets in solchen Fällen, schob sie es auf ihr Bauchgefühl. Stattdessen sah sie einen Mann von Mitte dreißig mit einem Lächeln, das ihre Knie weich werden ließ.

»Wo tut es denn weh?«, fragte Kirk.

»Ich komme wegen Klara Zein«, platzte Mariella heraus. »Wir stammen aus demselben Dorf, aus Sabnitz, es ist nicht weit von Delitzsch entfernt.«

Kirks Lächeln erstarb. »Wie interessant, aber ich weiß wirklich nicht, wie ich Ihnen helfen kann.«

»Klara hatte Krebs, deshalb war sie ja auch bei Ihnen in Behandlung. Sie hat Schmerzmittel genommen, und wenn ich gewusst hätte, welche … ich bin Apothekerin … und ich hätte…« Mariella biss sich auf die Lippen.

Kirk stand auf, kam um den Schreibtisch herum und blieb

neben ihr stehen. »Was beunruhigt Sie eigentlich?«

Sie konnte sein Aftershave riechen, eine Mischung aus Vanille, Bergamotte und Holz. Dieser Mann sah nicht nur aus wie ein Filmstar, er roch auch noch gut. »Wie gesagt, ich bin Apothekerin…« Verdammt, was stotterte sie herum wie ein Teenager?

»Ich stelle es meinen Patienten frei, ihre Medikamente in einer Apotheke ihrer Wahl zu besorgen. Die meisten kaufen sie in der Stadt, auch Frau Zein wird es so gemacht haben.« Kirk ging zurück zu seinem Stuhl und nahm wieder Platz.

»Ab und zu hat Klara Magic Mushroom gegessen.« Mariella beugte sich über den Tisch und sah ihm mitten ins Gesicht. »Angenommen, Sie haben es gewusst und haben ihr – außer den Schmerzmitteln – noch etwas anderes gegeben. Ecstasy zum Beispiel, und angenommen, diese Mischung hat zu ihrem Tod geführt, dann wären Sie mitschuldig an Ihrem Tod, Herr Doktor.«

»Das sind ziemlich viele Annahmen, und sie stimmen nicht einmal.«

Kein Zwinkern, kein Zucken ließ erkennen, ob sie ihn verunsichert hatte. War er wirklich nur der Arzt, der Klara wegen der Krebserkrankung behandelt hatte? Wie auch immer, sie musste Hütter sagen, was eine Droge bei Klaras Pilzkonsum anrichten konnte.

»Sie haben recht, ich weiß nicht, was in mich gefahren ist, bitte entschuldigen Sie. Ich will Ihnen auch nicht länger Ihre Zeit stehlen, bestimmt haben Sie Wichtigeres zu tun.« Mariella stand auf.

Kirk hob die Hand. »Warten Sie. Vielleicht sollten wir uns doch eingehender über Frau Zein unterhalten. Nicht hier, natürlich, dazu lassen mir die Patienten keine Zeit, aber wie wäre es mit heute Abend? Bei einem Essen redet es sich leichter. Um acht bei mir zu Hause? Mühlenstraße 4, ich würde mich freuen, wenn Sie kommen.«

Mariella zögerte. Was bezweckte Kirk mit der Einladung? Wollte er sie verführen? Eigentlich war es nicht ihre Art, sich so schnell auf einen Mann einzulassen. Andererseits bestand die Möglichkeit, dass sie tatsächlich etwas von ihm über Klara erfuhr.

»Gut, dann bis heute Abend also.« Sie nahm sich vor, einen kühlen Kopf zu behalten.

Veit Hütter und Tom Krammel eilten durch die Delitzscher Altstadt auf dem Weg zur Rathenaustraße. Brunos Nachricht hatte sie beim Mittagessen erreicht. Eine Frau hatte behauptet, dass Kirk die Frauen im Kakadu mit Drogen versorgt. Ihren Namen hatte sie nicht genannt, aber sie hatten ihre Beschreibung. Jung und mit kurzen Haaren. Anne Trenkisch, wer sonst.

Sie wichen einer Gruppe Japaner aus, zwängten sich zwischen zwei dicken Frauen hindurch und konnten gerade noch beiseite gehen, damit sie nicht unter die Räder eines Kinderwagens kamen.

Von weitem sah Hütter eine brünette Frau aus dem Haus kommen, in dem sich Kirks Praxis befand. Sie schaute kurz nach links, dann wandte sie sich nach rechts. Mariella Rabner, wieder einmal. Kurz darauf erschien auch der Arzt und lief ebenfalls rechts die Straße hinauf.

»Du folgst ihr«, beschied Hütter Krammel. Er selbst eilte weiter, um Kirks Praxis zu erreichen.

Das Wartezimmer war leer. Die Sprechstundenhilfe stand hinter dem Empfangstresen und war im Begriff, Karteikarten in einen Kasten zu sortieren. Das Schild an ihrem hellgrünen Kittel wie sie als Schwester Karen aus.

Noch ehe er sagen konnte, was er wollte, schüttelte sie den

Kopf. »Kommen Sie morgen wieder, oder Sie gehen zu seiner Vertretung. Frau Dr. Martens, Klingenstraße 49.«

Er zeigte ihr seinen Dienstausweis. »Ich war schon einmal hier, erinnern Sie sich?«

Auf ihrer Stirn erschienen tiefe Falten, die jedoch gleich darauf verschwanden. »Jetzt weiß ich es wieder, aber Dr. Kirk können Sie trotzdem nicht sprechen. Er ist gerade gegangen.«

»Vielleicht können Sie mir an seiner Stelle eine Auskunft geben? Es geht um eine Patientin, Pia Zein.«

»Ich weiß wirklich nicht, ob ich Ihnen da etwas sagen darf.«

»Das hat schon seine Richtigkeit.«

»Wie war der Name nochmal?«

»Pia Zein«, antwortete Hütter ungeduldig.

Schwester Karen gab den Namen auf dem PC in die Patientendatei ein. »Na bitte, hier ist sie. Was wollen Sie denn wissen?«

»Zunächst, wie oft sie hier war. Oder wie oft der Doktor sie im Kakadu behandelt hat.«

»Sie hatte nur zwei Termine.« Sie tippte wieder etwas ein, dann runzelte sie die Stirn. »Das verstehe ich nicht.«

»Was denn?«

»Frau Zein war für den 7. April letztes Jahr bestellt, wegen einer Bescheinigung. Sie brauchte sie für ihren USA-Aufenthalt, daran erinnere ich mich genau. Kommt ja nicht oft vor, sowas. Dass jemand auswandern will, ja? Die Frau Zein hat es mir selbst erzählt, als sie den Termin vereinbart hat. Aber es gibt keine Dokumentation dazu.«

»Was für eine Dokumentation?«

»Na, über die Untersuchung. Dabei weiß ich genau, dass sie hier war. Sie kam auf die letzte Minute, ich war schon im Mantel und wollte gehen. An dem Tag war in der Schule die Tabaluga-Aufführung. Meine Tochter spielte die Lilli. Kennen Sie die Geschichte?«

Hütter zog die Augenbrauen zusammen.

»Ist ja auch egal«, fuhr Schwester Karen fort. »Jedenfalls wollte ich pünktlich Feierabend machen. Obwohl ich sonst nicht so bin, ich meine, sonst auch mal länger bleibe, wenn es nötig ist. Ich wollte also gehen, und da schneite die Frau Zein herein. Zum Glück hat der Doktor nicht darauf bestanden, dass ich bleibe.«

»Sie sind also gegangen, Kirk hat Frau Zein untersucht, aber in Ihren Unterlagen ist nichts davon zu finden. Richtig?«

»Richtig.«

Ihm gegenüber hatte Kirk behauptet, Pia nur ein einziges Mal untersucht zu haben. Das war, als sie im Kakadu angefangen hatte, und weil Eberding darauf bestanden hatte. Von einem Gesundheitszeugnis für sie als angehende Au-pair war keine Rede gewesen. Warum hatte er das verschwiegen?

»Die Mutter von Pisa Zein war ebenfalls eine Patientin von Kirk. Ihr Name war Klara, sie war schwer krank. Können Sie bitte nachschauen, wann sie das letzte Mal hier war?«, fragte Veit Hütter.

Wieder hämmerte Schwester Karen auf der Tastatur herum. »Vor vier Wochen.« Sie runzelte die Stirn. »Das ist aber seltsam.«

»Stimmt etwas nicht?«

»Nein – ja - ich meine … sie ist als gefährdet eingestuft.«

»Was bedeutet das?«

»Anscheinend hat sie Halluzinogene konsumiert, hier steht etwas von Psilocybin und Psilocon, in Klammern LSD.« Sie drehte den Monitor herum, damit Hütter einen Blick darauf werfen konnte und tippte mit dem Zeigefinger auf eine Zeile. »Sehen Sie? Ich bin kein Arzt, aber das zusammen mit dem Oxycodon? Ich weiß nicht … es könnte zu Komplikationen führen.«

»Welche Art von Komplikationen?«

»Übelkeit, Herzrasen, Wahrnehmungsstörungen, und bestimmt ist das noch längst nicht alles.«

»Ich hätte gern einen Ausdruck aus Ihrer Datei.«

»Haben Sie denn einen Beschluss? Dafür, dass ich Ihnen das mitgeben muss?«

Bis jetzt hatte der Richter noch gezögert, Breitmanns Antrag auf Anordnung einer Durchsuchung von Kirks Praxis und der Beschlagnahme der Patientenakten stattzugeben. »Ich kriege den Beschluss, und dann komme ich wieder« versprach Hütter.

Einundzwanzig

Die Mordkommission hatte sich in der PI versammelt. Norbert Breitmann fasste die bisherigen Ermittlungsergebnisse zusammen. »Pia Zein wurde voriges Jahr im April erstochen. Die Leiche wurde jedoch erst ein Jahr später an einer Stelle abgelegt, wo sie gefunden werden musste, nämlich in der Dübener Heide unweit von Sabnitz, dem Dorf, in dem sie aufgewachsen ist. Auch ihre Mutter wurde dort gefunden, und zwar vor einer Woche. Sie starb an einer Überdosis halluzinogener Stoffe, verursacht durch den Mischkonsum von Ecstasy, Rauschpilzen und dem Schmerzmittel Oxycodon, das unter die Betäubungsmittelverordnung fällt. Beide Frauen wurden vom selben Arzt behandelt, nämlich von Dr. Robert Kirk, und wie das Bundesinstitut für Arzneimittel und Medizinprodukte mitgeteilt hat, war er es, der Klara Zein das Oxycodon verschrieben hat. Im Übrigen ist er der einzige Arzt in Delitzsch, der derartige Medikamente ausgeben darf. Darüber hinaus hat er Pia Zein mit Drogen versorgt. Auch Klara hatte welche konsumiert, nämlich wie ich schon sagte, Ecstasy.«

Ina Zankl meldete sich zu Wort. »Der Täter im Fall Nummer Eins ist jemand, der die Kontrolle über sich verliert, wenn er auf Widerstand stößt. Die Zahl der Stichverletzungen lässt vermuten, dass er wütend war, und zwar nicht nur ein bisschen, sondern außer Kontrolle. Ein weiteres Indiz dafür ist der abgetrennte Kopf. Er wollte die Frau noch nach ihrem Tod verletzen, also hat er sie verstümmelt. Fall Nummer Zwei dagegen deutet darauf hin, dass hier jemand am Werk war, der wusste, was er tat. Ein planmäßiges Vorgehen, raffiniert ausgedacht, um es wie einen Selbstmord aussehen zu lassen. Zwei Taten, die unterschiedlicher nicht sein könnten, und man könnte meinen, sie wurden von verschiedenen Tätern begangen. Gäbe es da nicht die Gemeinsamkeiten.«

»Die da wären?«

»Der Mord an Pia Zein wurde über ein Jahr lang vertuscht. Der Täter hat sich Gedanken gemacht, wie er es anstellen musste, damit die Leiche so lange unentdeckt bleibt. Ort und Art der Lagerung, ein Versteck, zu dem niemand Zugang hat, und alles das angesichts der ständigen Gefahr, dass er trotzdem auffliegt - das erfordert nicht nur eine umsichtige Planung und damit eine gewisse Intelligenz, sondern auch einen starken Charakter, also Ausprägungen, die wir auch bei Klaras Mörder voraussetzen können. Aber auch der hat eine andere Seite, denn er hat etwas getan, das zu den unkontrollierten Messerstichen in Pias Fall passt: Er hat einen Baum über Klara gezerrt. Eine irrationale Handlung, dadurch war ein Suizid praktisch auszuschließen.«

Luis Matula hob die Hand.

Breitmann nickte ihm zu. »Ja?«

»Wenn sich Pias Mörder schon so viel Mühe gegeben hat – warum hat er sie später in der Heide abgelegt?«

»Eine gute Frage«, erwiderte die Psychologin. »Ich glaube, er hat es ganz bewusst getan. Jeder hat angenommen, dass Pia in den Staaten war, deshalb hat sie niemand vermisst. Aber jeder wusste auch, dass sie nach einem Jahr wiederkommen würde. Wenn sie dann nicht auftauchte, würde man sie suchen, jedenfalls ihre Mutter hätte das getan. Vielleicht hatte er Angst, dass eine Spur zu ihm führen könnte. Vielleicht fühlte er sich inzwischen auch nur sicher genug, dass seine Tat nach dieser langen Zeit nicht mehr aufgeklärt werden könnte.«

»Passt das Profil auf Kirk?«, fragte Tom Krammel.

»Davon gehe ich aus.«

»Und was ist mit dem Motiv?«

»Noch kennen wir es nicht«, warf Breitmann ein. »Was wir

haben, ist ein Anfangsverdacht. Sobald der Beschluss des Ermittlungsrichters vorliegt, starten wir mit der Durchsuchung seiner Praxis und seiner Wohnung. Ich rechne damit, dass wir in der Morgendämmerung loslegen, bitte halten Sie sich bereit. Der frühe Vogel fängt den Wurm.«

»Der frühe Vogel, hat Breitmann gesagt. Wenn du mich fragst, sind wir ziemlich spät dran«, sagte Veit Hütter zu Krammel, als sie den Beratungsraum verließen.

Der hob die Schultern.

Bruno Siebel lief über den Gang, in der Hand eine Thermoskanne. Siebel konnte zu jeder Tageszeit Kaffee trinken, selbst am Abend. »Magst du eine Tasse?«

»Klar.« Veit Hütter folgte ihm ins Büro.

Während er den Kaffee trank, starrte er aus dem Fenster. Siebel in seinem Rücken redete derweil über die gestiegenen Spritpreise. Hütter schaute auf seine Uhr. Kurz vor zwanzig Uhr. Ob Kirk zu Hause war? Er stellte seine Tasse auf den Tisch. »Danke für den Kaffee, Bruno, ich muss nochmal weg.«

Es war halb neun, als er in die Mühlenstraße bog.

Peter der Verdrehte stand vor seinem Haus und wippte auf den Zehenspitzen.

Hütter stoppte und stieg aus. »Guten Abend. Haben Sie den Doktor nach Hause kommen sehen?«

»Bell…«

Auf der anderen Straßenseite öffnete sich das Tor zu Haus Nummer 3 und die Joggerin trat auf die Straße, diesmal in einer Hose, deren Farbe an einen Regenbogen erinnerte.

Peter stürzte auf sie zu, und Hütter folgte ihm.

»Bell … Bell …«

»Was meint er damit, mit Bell?«

Die Joggerin lächelte. »Er lebt in seiner eigenen Welt. Denkt, er wäre Peter Pan.«

»Bell … Bell …«

Auf einmal machte es bei Hütter Klick. Die Fee! Eine kleine, schlanke Person mit einer fast durchscheinenden Haut. Eine, die sich nicht darum scherte, was die Leute dachten, wenn sie durch die Gegend tanzte. Für Peter war sie Tinkerbell, für alle anderen Klara Zein.

Er schaute zu Kirks Grundstück. »Was hat er mit ihr gemacht?«

»Doktor … Bell … Auto …schläft …«

»Der Doktor hat sie ins Auto getragen?«

Peter nickte heftig, dann drehte er sich um und watschelte über die Straße zurück.

Hütter wartete, bis er hinter dem Gartentor verschwunden war. »Wer kümmert sich um ihn?«

»Seine Schwester.« Die Joggerin machte einige Dehnübungen und nickte ihm zu. »Nun will ich aber mal.« Sie lief los und bog um die nächste Ecke.

Die Straße lag verlassen da, getaucht in die tiefstehende Sonne, die in ein paar Minuten hinter dem Horizont verschwinden würde.

Veit Hütter atmete die trockene Luft, roch den Sommer und konnte es kaum glauben, dass er drauf und dran war, die Mordfälle zu lösen. Dann fasste er sich und wählte Breitmanns Nummer. »Hütter hier - es gibt einen Zeugen – ja – vertrauenswürdig? – Hm. – so schnell, es geht – in Ordnung.«

Er steckte sein Handy zurück in die Hosentasche. Der Richter hatte die Durchsuchung noch nicht genehmigt, aber Breitmann wollte umgehend nachfragen. Inzwischen sollte er vor Kirks Haus die Stellung halten. Keinen Alleingang, Hütter, hatte Breitmann befohlen und versprochen, Krammel zu schicken, und Matula auch. Zur Verstärkung, wie er gesagt hatte. Als ob er nicht allein mit Kirk fertig werden würde!

Mit einem Blick vergewisserte sich Hütter, dass niemand auf der Straße war, dann nahm er Anlauf und schnellte an der Mauer zu Kirks Grundstück hoch. Seine Finger fanden Halt, er krallte sich fest, zog sich auf den Sims und rollte sich darüber. Zwischen zwei Koniferen prallte er auf den Boden und blieb schwer atmend liegend. Außer seinem Keuchen war nichts zu hören.

Nachdem sich sein Atem beruhigt hatte, lugte er durch die Büsche zum Haus. Die roten Ziegelmauern lagen im Schatten, nur oben auf dem Dach war noch ein dünner Streifen Sonnenlicht zu sehen. Im Erdgeschoss waren die Jalousien heruntergelassen, aber nicht ganz geschlossen. Zwischen den Lamellenspalten schimmerte ein schmaler Lichtschein nach draußen.

Geduckt rannte er über den Rasen. Als er die Hauswand erreicht hatte, kauerte er sich unter ein Fenster und lauschte. Alles war ruhig. Vorsichtig richtete er sich auf und lugte durch die Ritzen der Jalousie. Er befand sich vor dem Wohnzimmer. Dem Fenster gegenüber stand ein halbhoher Schrank, auf dem sich eine Flasche und Gläser befanden. Vielleicht hatte Kirk Besuch, aber Hütter konnte niemanden sehen. Er starrte und starrte, und irgendwann begannen seine Zehen von der Anstrengung zu kribbeln, als würde er in einem Ameisenhaufen stehen. Bemüht, kein Geräusch zu verursachen, schüttelte er erst das eine, dann das andere Bein, das Kribbeln aber blieb. Er musste die Stellung wechseln, ging in die Hocke, drehte sich mit dem Rücken zur Wand und setzte sich. Stumm seufzend streckte er die Beine aus. Während er seine Zehen abwechselnd beugte und streckte, schloss er die Augen. Ab jetzt würde ihm sein Gehör an Stelle der Augen sagen, wenn sich im Haus etwas tat.

Mariella und Kirk waren in der Küche. Kirk hantierte am Herd, und Mariella saß auf einem Stuhl und schaute ihm zu. Ab und zu nippte sie an ihrem Glas, das er mit kirschrotem Wein gefüllt hatte, einem dreijährigen Proschwitzer Frühburgunder, wie er erklärt hatte, um dann ausgiebig das Aroma von schwarzen Johannisbeeren, Backpflaumen und einem Hauch von geräuchertem Speck zu loben. Mariella schmeckte nichts davon aus dem Wein, aber sie fand ihn gut.

»Wie mögen Sie das Fleisch – englisch, rosa oder durch?«, fragte Kirk.

»Rosa, bitte.«

Das heiße Fett in der Pfanne knisterte, als Kirk die Steaks hineinlegte. Kurz darauf zog der Duft nach gebrutzeltem Fleisch durch die Küche.

»Sie kannten nicht nur Klara, sondern auch Pia, oder?«, fragte Mariella.

»Wie kommen Sie darauf?« Kirk stocherte in der Pfanne herum.

»Sie haben die Mutter behandelt, warum also nicht auch die Tochter?«

»Wenn Sie wüssten, wie viele Familien unterschiedliche Ärzte haben – Sie würden staunen.«

»Heißt das, Sie haben Pia nicht gekannt?«

»Wir sollten das Fleisch genießen, solange es heiß ist. Später können wir weiterreden.« Kirk nahm zwei Teller aus dem Schrank und richtete die Steaks darauf an. Mit der Sorgfalt eines Chirurgen garnierte er sie mit ein paar Löffeln Tomatensalat und Gurkenstückchen, dann drückte er Mariella zwei Messer und zwei Gabeln in die Hand. »Ich schlage vor, wir gehen ins Wohnzimmer, geradeaus über den Korridor, bitte.«

Im Wohnzimmer brannte Licht. Mariella legte das Besteck auf den Tisch und setzte sich. Ihr Blick fiel auf den an der Wand stehenden Schrank. »Ein schönes Teil, vor allem das Muster.«

»Ein Erbstück, ich habe ihn von meiner Mutter, und die hat

ihn von meinem Vater geschenkt bekommen. Sie hat Rosen geliebt, daher die Intarsien.«

»Er sieht aus, als würde er aus einem Dornröschenschloss stammen.«

»Das habe ich als Kind auch oft gedacht.« Kirk stellte die Teller ab, griff nach der Wodkaflasche und füllte die Gläser.

»Für mich bitte nicht«, wehrte Mariella ab.

»Ach, seien Sie doch keine Spielverderberin. Das ist bester Beluga, destilliert aus Malzspiritus und dem kristallreinsten Wasser sibirischer Quellen. Alles in Handarbeit, er wird Ihnen schmecken.« Er reichte ihr ein Glas.

Mariella nippte. Der Wodka brannte in ihrer Kehle.

Kirk setzte sich auf den Stuhl ihr gegenüber. »Probieren Sie das Fleisch. Ich bin sicher, es ist perfekt.«

Das Steak war so, wie sie es mochte: rosarot und so zart, dass es auf der Zunge verging.

»Habe ich zu viel versprochen?« Kirk stand auf und füllte die Gläser ein zweites Mal.

»Keineswegs, es war wirklich gut. Bei Klara hätten Sie damit aber nicht punkten können.«

»Klara?«

»Sie war Vegetarierin, Klara Zein, meine Bekannte. Ihre Patientin, die Mutter von Pia. Wir wollten über sie reden.«

»Ach ja, das hatte ich vergessen. Kein Wunder, Sie bringen mich ganz durcheinander.«

»Ach?«

»Sie erinnern mich an jemanden.«

»An eine Frau?«

»Meine große Liebe. Es war etwas Besonderes zwischen uns. Etwas, das man nur ganz selten findet, und bei Ihnen habe ich das erste Mal seit langer Zeit die Hoffnung, dass sich eine solche Liebe wiederholen könnte.«

»Das ist … na ja, es ist nett von Ihnen, dass Sie sowas sagen. Aber eigentlich…«

»Schhh! Sprechen Sie es nicht aus. Ich weiß, dass ich Ihnen nicht egal bin. Mehr noch, ich kann fühlen, wie unsere Liebe wächst und wächst. Es ist hier drin.« Er legte die Hand auf seine Brust.

Mariella schob ihren Stuhl zurück. »Vielleicht reden wir ein anderes Mal. Ich möchte jetzt lieber gehen.«

»Sind Sie sicher?« Kirks Stirn umwölkte sich.

Wie traurig er aussieht, dachte Mariella, und auf einmal tat er ihr leid. Er hatte seine Liebe verloren und nun glaubte er, sie könnte ihm darüber hinweghelfen. Vermutlich konnte er jede haben, attraktiv und reich, wie er war, und kochen konnte er auch. Welche Frau würde da widerstehen? Mariella seufzte. Nein, der Herr Doktor machte sich etwas vor, sie könnte ihn nie wirklich lieben, aber sie würde behutsam sein, um ihn nicht zu verletzen. »Danke für das Essen, es war wundervoll.«

»Schon gut, aber ohne einen zweiten Drink lasse ich Sie nicht fort. Auf einem Bein kann man nicht stehen, so heißt es wohl.« Er drehte sich zu dem Barschrank um, auf dem immer noch ihr gefülltes Wodkaglas stand. »Ein wenig Eis dazu?«

»Danke, gern.«

Sie hörte Eiswürfel klingen. Als er ihr das Glas reichte, stand etwas in seinen Augen, was sie frösteln ließ, doch gleich darauf lächelte er und prostete ihr zu. Vielleicht hatte sie sich geirrt?

Sie leerte das Glas in einem Zug, dann stellte sie es auf den Tisch und schüttelte sich. »Oh, das war …«

»Anders?« Kirks Stimme hatte einen lauernden Ton.

Überrascht sah sie ihn an. »Ja, das war es wohl. Anders.«

»Ich habe den Drink ein wenig aufgepeppt.«

»Aufgepeppt?«

»Mit einer Kleinigkeit, einer Pille. Gleich werden Sie locker werden, das verspreche ich Ihnen, und ich wette, Sie bleiben noch ein Weilchen hier.«

»Eine Pille? Etwa Drogen?«

»Ach, tun Sie doch nicht so, als wären Sie entsetzt. Ecstasy nimmt doch jeder.«

»Auch Pia Zein? Oder Klara?«

»Warum vergessen wir die beiden nicht einfach? Hier und jetzt geht es nur um Sie und um mich.«

Er ging zu einem Schrank und öffnete die Tür. Eine Musikanlage kam zum Vorschein. »Mögen Sie Ravels Boléro? Es ist mein Lieblingsstück, vor allem wenn ihn, wie auf dieser Aufnahme, das London Symphony Orchestra spielt. André Previn, der Leiter, war ein Genie! Wussten Sie, dass er fünfmal verheiratet war?«

Gleich darauf füllten Trommelklänge den Raum, dann mischten sich die hellen Töne eines Blasinstrumentes darunter, eine Flöte oder Klarinette, Mariella wusste es nicht genau, doch die getragene Melodie brachte etwas in ihr zum Klingen. Langsam wiegte sie sich im Takt, überflutet von roten Wellen, die aus der Musikanlage kamen und durch das Zimmer waberten.

Wellen? Rot? Was für ein Blödsinn! Sie riss die Augen auf und zwinkerte ein paarmal, um den Kopf freizubekommen, doch es gelang ihr nicht ganz. »Die Musik ist wirklich schön.«

»Oh ja, und Previn hätte noch mehr wunderbare Stücke dirigiert, wenn er noch leben würde.«

»Er ist tot? Woran ist er gestorben?«

Kirk zuckte mit der Schulter. »An Altersschwäche, nehme ich an. Er war fast neunzig.«

»Klara ist nur fünfzig geworden.«

»Mein Gott, müssen Sie denn ständig an dieses Weib denken?«

Die Trommelklänge veränderten sich, wurden drängender und

eindringlicher. Weitere Instrumenten fielen ein, sangen und klagten, als würden sie trauern. Mariella war, als läge ein Stein auf ihrer Brust. Wie schwer das Atmen plötzlich war. Die roten Schwaden hatten sich verzogen, dafür schossen helle Blitze aus der Wand. Was hatte Kirk gerade gesagt?

Drummdarummdrummdrumm. Jeder Trommelschlag ein Blitz.

»Ich möchte mit Ihnen tanzen.« Mariella ließ zu, dass Kirk sie an sich zog. Sie roch seinen Duft. Vanille und Holz, er umhüllte sie wie eine Decke, und sie wollte nur noch eins: sich hineinkuscheln. Dann spürte sie seinen Körper, Brust an Brust.

Die Trommeln dröhnten, Bläser und Streicher steigerten sich zu einem wilden Durcheinander, endeten in einer Dissonanz, die sich kreischend in ihren Kopf grub, dass sie meinte, er würde gleich zerspringen. Kirks Gesicht kam unaufhaltsam näher, wurde größer und größer, bis sie nur noch den Mund sah, blutrot und geöffnet wie eine frische Wunde. Abrupt machte sie sich von Kirk los.

»Das ist Wahnsinn.« Ihre Stimme zerschnitt die plötzliche Stille.

»Meinen Sie die Musik?«

»Ich meine Sie, Herr Doktor, Sie haben mir noch nicht geantwortet. Haben Sie Klara Drogen gegeben?«

»Und wenn es so war? Wen juckt das schon.«

»Sie als Arzt hätten wissen müssen, dass Klara daran sterben würde. Wie haben Sie es gemacht? Haben Sie ihr die Pillen unter die Schmerztabletten gemischt? Oder sie ihr als zusätzliches Mittel aufgeschwatzt?«

»Jetzt machen Sie mal einen Punkt! Dieses dumme Weib hat herumgeschnüffelt. Wegen ihrer Tochter, aber Pia hat mir gehört, mir allein.«

Mariella stockte der Atem. »Was haben Sie getan?«, flüsterte sie.

»Ich konnte nicht zulassen, dass sie geht.« Mit dem Zeigefinger zeichnete er die Umrisse der Intarsien nach und flüsterte: »Eine unendliche Liebe - für immer vereint.«

Das Klappern der Jalousie ließ ihn herumfahren.

»Los, steh auf! Wir machen eine Spritztour.« Kirk zerrte Mariella vom Stuhl.

Sie spürte seine Finger, jede Kuppe einzeln. Wie Klauen gruben sie sich in ihren Oberarm. »Sie tun mir weh.«

Ein grimmiges Lachen antwortete ihr. »Vorwärts!«

Kirk stieß sie über den Flur. An der Haustür lockerte er seinen Griff, um die Tür zu öffnen, doch bevor Mariella reagieren konnte, hatte er sie schon wieder gepackt und dirigierte sie zu seinem Auto, das im Dunkeln vor der Garage stand. Seine linke Hand hatte sich um ihren Oberarm gekrallt, mit der rechten riss er die Beifahrertür auf.

Wie aus dem Nichts flog ein Schatten heran, prallte gegen Kirk, stieß ihn gegen Mariella, die mit der Brust an die Kante der Tür knallte. Sie schrie auf und sackte zu Boden.

Hinter ihr waren Geräusche, ein Keuchen, dumpfes Klatschen. Sie versuchte, etwas zu sehen, aber da waren nur Schemen, die hin und her sprangen. Dann ging das Licht über dem Garagentor an, und sie sah Kirk mit jemandem kämpfen.

Mühsam rappelte sie sich auf. Ihr Blick blieb an den Kugeln aus Edelstahl hängen, die neben dem Eingangsbereich lagen. Es waren drei Stück, die größte maß einen halben Meter, die kleinste ungefähr die Hälfte. Sie entschied sich für die mittlere, packte sie und stolperte auf die Männer zu.

Kirk musste sie gehört haben. Er sah zu ihr auf. »Helfen Sie mir, verdammt nochmal.«

Sie hob die Kugel über den Kopf und ließ sie mit voller Kraft fallen. Kirk brach zusammen.

Veit Hütter beugte sich zu ihm hinab, rollte ihn in eine seitliche Lage und fesselte seine Hände auf dem Rücken. Dann richtete er sich auf und klopfte sich den Staub von den Knien. »Danke, Frau Rabner.«

»Ist er tot?«

»Nein, er atmet noch.«

»Gott sei Dank.«

»Was ist mit Ihnen? Sind Sie in Ordnung?«

Mariella nickte. »Wo kommen Sie so plötzlich her?«

»Ich habe die ganze Zeit unter dem Fenster gehockt und alles mit angehört. Entschuldigen Sie mich bitte, ich muss telefonieren.« Hütter ging ein paar Schritte zur Seite.

Mariella beobachtete ihn. Mit dem Handy am Ohr lief er auf und ab, und unwillkürlich musste sie an einen schwarzen Panther denken. Er hatte unter dem Fenster gehockt. Hieß das, er hatte gesehen, wie sie getanzt hatte? Wie sie sich an Kirk geklammert hatte? Oder war es umgedreht gewesen, und Kirk hatte sie an sich gezogen? Unwillig schüttelte sie den Kopf. Sie konnte sich nicht mehr erinnern.

Ein Scharren lenkte sie ab. Kirk rührte sich. »Er kommt zu sich, Wachtmeister.«

Sofort war Hütter bei ihr. »Meine Kollegen sind schon unterwegs.« Und dann zu Kirk: »Sie sind vorläufig festgenommen.«

»Mein Kopf ...«

»Bleiben Sie ruhig liegen. Man wird Sie untersuchen, aber es dauert noch ein Weilchen.«

»Was machen wir so lange?«, fragte Mariella.

»Warten, was sonst.«

Sie setzten sich auf die Eingangsstufen. Hütter legte den Arm um ihre Schultern. »Ich wärme Sie ein bisschen, nur für den Fall, dass Sie unter Schock stehen.«

»Wie haben Sie mich gefunden? Wussten Sie, dass ich mit

dem Doktor verabredet war?«

»Wir Polizisten sind besser, als Sie denken. Im Aufklären von Fällen, meine ich.«

Wäre es nach Mariella gegangen, so hätten sie ewig auf der Schwelle sitzen können.

Motorengeräusch näherte sich und brach vor dem Grundstück ab.

Veit Hütter stand auf. Tom Krammel und Luis Matula kamen durch den Garten gelaufen und nahmen Kirk in Empfang.

»Die Durchsuchungsanordnung liegt vor. Breitmann trommelt den Rest der Mannschaft zusammen, dann nehmen wir hier alles auseinander«, sagte Krammel.

»Soll ich auf ihn warten?«

»Nicht nötig. Wir versiegeln einstweilen die Tür. Bring erst einmal Frau Rabner nach Hause, dann kommst du zurück.«

Um vier Uhr in der Früh hatten die Männer mit der Durchsuchung begonnen. Zimmer für Zimmer arbeiteten sie sich durch das Haus.

Hütter und Krammel hatten das Wohnzimmer übernommen und waren bis auf den Barschrank durch. Sie hatten nichts Verdächtiges gefunden.

Tom Krammel öffnete den Schrank und begutachtete die Spirituosenauswahl. »Geschmack hat er ja, der Herr Doktor. Geld auch, wie es scheint. Hier steht das Beste vom Besten.«

Neben den Flaschen befand sich ein Fach, eher eine große Schublade, die ein Drittel des Schrankes einnahm. Sie war verschlossen, der Schlüssel war nirgends zu sehen.

»Ich hole Breitmann und Grump.« Hütter ging und kam wenig später mit dem Kommissar und dem Staatsanwalt zurück.

Grump musterte das Fach. »Brechen Sie es auf.«

Ein paar Handgriffe, und Krammel hatte das Schloss

geknackt. Er zog die Lade auf. »Na bitte!«

Das Schubfach war voller Tüten. Veit Hütter nahm sie heraus und breitete sie auf dem Tisch aus. »Ecstasy und Dope. Wenn das mal kein guter Fund ist.«

Krammel griff nach einem Postpäckchen, das noch verschlossen war. Dem Absender nach kam es aus Berlin. »Ich bin gespannt, was hier drin ist.«

»Seien Sie vorsichtig, Mann! Wir packen alles ein und nehmen es mit. Die Drogenfahnder werden sich freuen.« Breitmann wandte sich an Grump. »Wir sind fertig, das war der letzte Raum. Wir haben jede Menge Fotos von Pia Zein und mehrere Messer gefunden. Es wird sich zeigen, ob die Mordwaffe darunter ist.«

Hütter verzog den Mund. »Fotos und Messer – hoffentlich genügt das, um Kirk zu überführen.«

»Das vielleicht nicht, aber es gibt etwas, das Sie noch nicht gesehen haben. Kommen Sie mit.«

Breitmann führte Hütter in den Keller und dort in einen ungewöhnlich großen Raum, der in keiner Beziehung einem herkömmlichen Kellerraum glich. Die Wände waren mit Seidenstoff bespannt, und von der Decke baumelte ein Kronleuchter, dessen Kristalle im Licht funkelte wie unzählige Sterne. Den Boden zierte ein dicker, dunkelroter Teppich mit einem Rosenmuster. Eine Seite des Raumes nahm ein Weinregal ein, das bis an die Decke reichte. Davor befanden sich zwei Sessel und ein kleiner Tisch. Auf dem Tisch stand ein Foto von Pia, davor eine Kerze. Beides kam Hütter bekannt vor. »Stammt das aus dem Haus von Klara Zein?«

»Ich nehme es an, aber das wird noch überprüft.«

Ein Mann vom Erkennungsdienst verstaute das Bild und die Kerze in einer Plastiktüte. »Wir haben alle Spuren gesichert, Sie können jetzt rein.«

Breitmann ging die gegenüberliegende Seite entlang bis zu einer Metalltür, die einen Mauervorsprung verschloss. Er öffnete sie und trat zur Seite, damit Hütter einen Blick ins Innere werfen konnte. Die Wände waren weiß gestrichen, sie strahlten Kälte aus.

»Ein Kühlhaus?«

»Sieht ganz danach aus. Hier hat er vermutlich Pias Leiche aufbewahrt, aber das muss die Auswertung der DNA-Spuren erst noch beweisen.«

Krankhafte Liebe. Ein häufiges Motiv.

Zweiundzwanzig

Es war kurz vor Ladenschluss, als Hütter das Blumengeschäft in der Delitzscher Innenstadt betrat und einen Strauß Nelken erstand. Die Verkäuferin hüllte die Blumen in Papier.

Auf dem Weg nach Sabnitz legte er sich zurecht, was er sagen würde, doch als Mariella die Tür öffnete, brachte er nur ein verlegenes Lächeln zustande.

»Sind die für mich?« Mariella zeigte auf die Blumen.

»Ich dachte, Sie haben sich eine Belohnung verdient. Dafür, dass Sie Kirk erledigt haben.«

»Ach das.« Mariella winkte ab. »Möchten Sie reinkommen?«

Später, als sie im Garten hinter dem Haus saßen, und eisgekühlten Rosmarintee tranken, fragte sie: »Hat Kirk gestanden?«

»Er ist ein widersprüchlicher Mensch.«

»Ich glaube, er war es. Erst hat er Pia umgebracht und dann auch Klara. Sie hätten ihn sehen müssen! Wie er vor mir stand und mich angeschrien hat, dieser kultivierte Mann.«

»Wie ich schon sagte, er strotzt vor Widersprüchen.«

»Und was er gebrüllt hat, wissen Sie noch? Dass er Pia nicht gehenlassen konnte, und dass Klara herumgeschnüffelt hat. Bestimmt hatte sie herausgefunden, dass er ihre Tochter getötet hat. Deshalb musste auch sie sterben.«

Hütter lächelte schief. »Sie würden eine gute Kriminalpolizistin abgeben.«

»Das sagt Lore auch immer: dass ich alles herauskriege.« Mariella schaute ihn an.

In ihren Augen spiegelte sich die Abendsonne. Wie Sterne, dachte Hütter, und in seinem Bauch begann es zu kribbeln.